SUNIL MANN

In bester Absicht

SUNIL MANN

In bester Absicht

ROMAN

Geparden Verlag

Autor und Verlag danken für die Unterstützung:

Stadt Zürich
Kultur

Kanton Zürich
Fachstelle Kultur

Sunil Mann
In bester Absicht

Lektorat: Anne Wieser
Gestaltung und Satz: Nadja Zela
Umschlaggestaltung unter Verwendung
eines Fotos von Miklós Klaus Rózsa.

www.gepardenverlag.ch

Druck und Bindung:
Gyomai Kner, Gyomaendrőd
Printed in Hungary
ISBN 978-3-907406-05-2
1. Auflage 2023

Teil 1

1

Zerbricht eine Welt, ist kein Laut zu hören. Einzig das Rauschen der Klimaanlage erfüllt den Raum, übertönt vom gleichmäßigen Stampfen der Maschine. Auf der anderen Seite der Scheibe verliert sich der Korridor im Halbdunkel, die eben noch neongrelle Beleuchtung ist zu einem warmen Schimmer heruntergedimmt. Zu sehen ist niemand. Schemenhaft der Rollstuhl vor dem nächsten Zimmer, ein vergessener Infusionsständer, die Konturen verschmelzen mit den Schatten an der Wand. Weiter vorn die Pflegestation, ein matt erleuchteter Glaskasten wie auf einem Raumschiff, grünliches Licht zeichnet ein scharf umrissenes Rechteck auf den Linoleumboden.

Zusammengesunken sitzt Rohan auf dem harten Stuhl, den er in eine Ecke des Zimmers geschoben hat, Ellbogen auf die Knie gestützt, das Gesicht in den Händen verborgen. Dass die Dinge eine derart fatale Wendung genommen haben, kann er immer noch kaum fassen. Weder seine minutiöse Planung noch die stets eingehaltene Diskretion haben ihn vor diesem Desaster bewahrt. Und nun muss er sich einer Sache stellen, für die er keine Strategie zur Hand hat, mit der er nicht ansatzweise klarzukommen weiß.

Erschöpft hebt er den Kopf, sein Blick geht quer durch das Zimmer zum Monitor neben dem Krankenbett. Ein paar Atemzüge lang starrt er auf die grün leuchtenden Ausschläge der Herzfrequenz, erst dann schafft er es, den Fokus nach rechts zu verlagern. Selbst nach drei Tagen zieht sich bei diesem Anblick reflexartig etwas in seiner Brust zusammen, wie bei einem Weichtier, das mit Säure beträufelt wird.

Hat er sich endlich überwunden, kann er kaum noch wegschauen, vor Scham und Reue und Wut, getrieben von der Hoffnung, der reglos daliegende Körper möge sich endlich rühren. Ein Fingerzucken würde reichen, das Flattern eines Augenlids, ein leises Seufzen. Doch nichts tut sich, seit bald zweiundsiebzig Stunden nichts.

*

Diese beinahe sakrale Stille in Hotelzimmern. Alles, was eben noch laut und lärmig gewesen war, verstummte mit dem Zudrücken der Tür, wurde zu einem gedämpften Wispern in einer weit entfernten Welt. Die Einrichtungsgegenstände – Schreibtisch, Lampen, ein Stuhl, ein Sessel, das blassgelbe Sofa mit dem gestreiften Leinenbezug und den Zierkissen – waren praktisch, funktional und nach dem kleinsten gemeinsamen Nenner zusammengestellt, damit sich alle wenigstens ein bisschen wohlfühlten. *Your Home away from Home,* Gemütlichkeit vorgaukeln, nur zufriedene Gäste kommen wieder.

Der dicke dunkelblaue Teppich schluckte jedes Geräusch. Rohans Schuhe hinterließen klar umrissene Abdrücke in den hochflorigen Fasern, Sekunden später waren sie wie von Geisterhand verschwunden. Sie wurde wohl ausschließlich für gehobenere Hotels angefertigt, diese Art von Teppich, mutmaßte Rohan. In Privathaushalten hatte er noch nie einen solchen entdeckt, es sähe ungeheuerlich aus.

Mit einem gedämpften Dreiklang hatte sich der Fernseher eingeschaltet, sobald er das Zimmer betreten hatte.

Welcome Mr. and Mrs. Smith.

Beinahe hätte er aufgelacht. Diese selbstverständliche Annahme. Der unerschütterliche Glaube an die traditionelle Gesellschaftsordnung. Die Buchstaben hell flimmernd auf dem Flachbildschirm, Fahrstuhlmusik aus den Lautsprechern. An der Wand der übliche Monet. Ein düsterer Morgen am Meer, hinter dichtem Nebel die Sonne bloß ein rot leuchtender Punkt. Fischerboote im Vordergrund, in der Ferne lagen, kaum erkennbar im Dunst, Schiffe vor Anker. Rohans Blick blieb an dem Bild hängen. Der Hafen von Le Havre. Irgendetwas daran sprach ihn an, auch wenn er nicht benennen konnte, was genau es war. Er näherte sich dem Bilderrahmen und studierte jedes Detail. Aus der Nähe verlor das Gemälde seinen Zauber, was an dem billigen Kunstdruck liegen mochte. Enttäuscht drehte er sich weg und schaute auf die Uhr. Er war zu früh.

Der Reiz ging irgendwann verloren, redete er sich ein, die Heimlichtuerei, die Aufregung des Verbotenen, die Planung, das alles war längst zu einem Teil seines Lebens geworden, alles wurde zur Routine. Genauso ging er auch vor, routiniert. Das «Bitte nicht stören» Schild außen an den Türknauf hängen, Kondome auf dem Nachttisch platzieren, die schweren Vorhänge bis auf einen handbreiten Spalt zuziehen, sodass ein schmaler Streifen Nachmittagslicht quer durchs Zimmer aufs Bett fiel. *Queen Size,* was genug hergab für halbgare Frotzeleien. Am Ende spielte es keine Rolle, sie lachten über alles, lachten gern, es verband sie in diesen kurzen Auszeiten an helllichten Nachmittagen, an den frühen Abenden, das Lachen und alles andere auch.

Rohan begab sich ins Badezimmer, die Beleuchtung war zu grell, die Kacheln klinisch weiß. Der Boden spiegelglatt und kalt, vergoldete Wasserhähne und Marmor in Altrosa, ein Interieur wie aus der Zeit gefallen. Gäbe es in der Hölle Badezimmer, sie sähen exakt so aus. Der Raum bereitete ihm ein beinahe körperliches Unbehagen, er klappte die Klobrille hoch, pinkelte im Stehen. Spritzte sich Wasser ins Gesicht, die Dichtung des Hahns war hin, innert Sekunden war die Armatur überschwemmt. Er knöpfte sein Hemd auf, roch an seiner Achselhöhle. Zog sich langsam aus. Setzte sich nackt aufs Bett und wartete.

*

Stöhnend massiert Rohan seine Schläfen, knetet seine Wangen und gräbt dabei die Nägel tief in die Haut, reibt sich die Müdigkeit aus den Augen. Jedes Mal, wenn er das Krankenhaus betritt, wird ihm übel.

Das dichte schwarze Haar, das sich leicht wellt, wenn er den Besuch beim Frisör zu lange hinausschiebt, ist jetzt auf der Seite millimeterkurz, oben etwas länger. Ein Schnitt, wie ihn die jungen Männer in diesem Land tragen, vor allem diejenigen, die ursprünglich nicht von hier stammen. Er lässt Rohan weniger exotisch aussehen, moderner, europäischer, macht ihn unsichtbar in der Menge, wie er glaubt. Ausnahmsweise hat er sich rasieren lassen, messerscharfe Bartkonturen, die etwas zu buschigen Augenbrauen akkurat gestutzt. Es ist ihm wichtig gewesen, an diesem Abend gut auszusehen.

Rohan senkt den Kopf und starrt auf die Spitzen seiner weißen *Nike*-Turnschuhe. Reinen Tisch hat er machen wollen, einen Schlussstrich ziehen, zurückkehren in das Leben, das sie für ihn vorgesehen hatten. Keine Sekunde hat er daran gezweifelt, dass es ihm gelingen würde. Alles hinter sich lassen, so wie er es immer getan hat, ohne einen Blick zurückzuwerfen, mit dieser ihm eigenen liebenswürdigen und gleichzeitig unverhandelbaren Nonchalance.

Alle Zähler auf null. Beweisen, dass er ein guter Ehemann ist, irgendwann ein fürsorglicher Vater, der perfekte Sohn. Er ist gut darin, Erwartungen zu erfüllen.

Ihm ist immer alles leicht von der Hand gegangen, die Schule, das Studium, für den ersten Job in einem aufstrebenden IT-Startup haben sie ihn gleich von der

Delhi Technological University, einer der renommiertesten Universitäten des Landes, wegengagiert. Die Hochzeit, der Umzug schließlich, das Einleben in der Schweiz. Probleme hatte Rohan immer weggelächelt, ignoriert, weggeschoben, bis sie sich von allein lösten oder einfach verschwanden. Bei gutaussehenden Menschen funktioniert das in der Regel, das weiß er aus eigener Erfahrung. Mit Schwierigkeiten hat er nicht gerechnet. Die waren in seinem Konzept nicht vorgesehen.

Noch immer erwartet er insgeheim ein Knirschen und Knacken, ein leises Rieseln wenigstens, Geräusche, die den unmittelbaren Einsturz seines Lügengebildes ankündigen. Denn ihm ist klar, dass genau dies gerade geschieht. Seine umsichtig konstruierte Welt bricht zusammen, zerfällt zu Schutt und Staub, und es gibt nichts, was er dagegen tun kann.

Die Spitzen seiner Sneakers verschwimmen vor seinen Augen, Umrisse verdoppeln sich, Spektralfarben fächern auf. Die Kehle plötzlich eng. Und während Rohan gegen die aufkommende Verzweiflung ankämpft, erfüllt das Rauschen der Klimaanlage weiterhin den Raum. Übertönt nur vom rhythmischen Pumpen und Zischen der Beatmungsmaschine.

2

Tsch-ka, tsch-ka, tsch-ka. Sita atmet im Takt der Schritte, passt sich automatisch dem rhythmischen Geräusch der Schuhsohlen auf dem nassen Asphalt an. Tsch-ka, tsch-ka, in ihren Ohren klingt es wie Musik. In diesen Augenblicken, wenn sie sich ganz ihren Bewegungen hingibt, wenn der Körper einfach funktioniert und der Kopf leicht und frei wird, fühlt es sich an, als höbe sie gleich ab, als könnte sie fliegen.

Sita biegt in die Kurve vor der letzten Geraden ein. Im orangefarbenen Schein der Straßenlampe erkennt sie die ältere Frau, die ihren Mops jeweils spät noch Gassi führt, ein knappes Nicken zum Gruß, die Straße fällt vom Wald zur Siedlung hin leicht ab.

Später, nachdem sie geduscht hat, in ein weites T-Shirt und ihre alte Trainingshose geschlüpft ist, isst sie im Stehen einen Apfel.

Ihre Wut ist in den letzten zwei Stunden, seit Rohan angerufen hat, abgekühlt, die Joggingrunde hat den Zorn verfliegen lassen. Wie immer.

»Ich muss sofort ins Krankenhaus.« Rohans Stimme klang dumpf. »Keine Ahnung, wann ich nach Hause komme.«

»Was ist passiert?«, wollte sie wissen, tonlos, hastig, das Schlimmste befürchtend.

Ein paar Sekunden lang schlug ihr Stille entgegen. Bis

sie merkte, dass er weinte, unterdrückt und voller Scham, einzig dieses gequälte, halb erstickte Keuchen, wenn er nach Luft schnappte, verriet ihn. Ihr wurde auf der Stelle eiskalt.

Aus seinem bruchstückhaften Bericht filterte sie heraus, dass ihm nichts passiert war. Immerhin. Sita wusste nicht, ob sie erleichtert sein sollte. Den Rest reimte sie sich zusammen.

Sie hatte die Heimlichtuerei satt, sein komplett unnötiges Versteckspiel. Dass er monatelang davon überzeugt gewesen war, sie würde auf seine fadenscheinigen Lügen hereinfallen, beleidigte sie, beleidigte ihre Intelligenz. Sie hatte ihn längst durchschaut und die entsprechenden Konsequenzen gezogen, doch obschon sie ihm an den Kopf geworfen hatte, dass sie von seinen nächtlichen Ausflügen wusste, dass ihre Ehe am Ende sei, glaubte er aus irgendwelchen Gründen immer noch, er müsste ihr etwas vormachen.

Und nun hatte es ihn erwischt. Seine Lügen flogen ihm um die Ohren. Dummer Zufall vielleicht, früher oder später hatte es so kommen müssen. Selber schuld, dachte Sita. Das Bild der perfekten Ehe, den schönen Schein nach außen hätten sie ohnehin nicht mehr länger aufrechterhalten können.

Sita wirft das Apfelgehäuse in den Abfalleimer. Eigentlich haben sie sich schon lange einen dieser Kunststoffbehälter anschaffen wollen, in denen man Grünabfälle sammelt, aber irgendwie ging die Box bei ihren Einkaufstouren immer vergessen. Auf nackten Sohlen durchquert Sita den offenen Küchenbereich mit dem langen Tisch aus Eichenholz und bleibt am Fenster stehen.

Sie hat das Licht nur kurz angemacht, als sie nach Hause gekommen ist, nach dem Duschen hat sie es gleich wieder ausgeknipst. Der rostfarbene Schein der Lampen im Park vor dem Wohnblock lässt die Möbel lange Schatten werfen. Geschützt und unsichtbar. Wäre es Sita möglich, würde sie sich im Halbdunkel auflösen.

Ihre Gedanken wandern zu Rohan und jäh flammt der Ärger wieder auf. Auf ihn, seine verdammte Fahrlässigkeit, auf sich selbst. Der unbändige Drang, gegen die Scheibe zu hämmern, bis Glas splittert und Scherben ihre Haut zerfetzen, bis das Blut warm und klebrig über ihre Finger läuft. Stattdessen lehnt sie bloß die Stirn gegen den Fensterrahmen, atmet tief ein und aus, während sie in die Nacht hinausstarrt.

Silberne Wolkenbänder vor einem eisigen Mond, im Innenhof der Wohnsiedlung Büsche und ein paar Bäume, ein Gehweg führt in geschwungenen Bögen über den akkurat geschnittenen Rasen, an Sitzbänken, einem Brunnen und etlichen Abfalleimern vorbei. Die Grünzone sieht immer sauber und ordentlich aus, falls mal eine Zeitung oder achtlos weggeworfene Zigarettenstummel liegen bleiben, sind sie kurze Zeit später wie von Zauberhand verschwunden. So hatte sich Rohan die Schweiz vorgestellt, bevor er seine Heimat verließ; das hat er ihr kurz nach seiner Ankunft verraten.

Schon wieder Rohan. Sita weiß nicht, wohin mit ihrem Unwillen. Sie schließt die Augen, denkt sich in die Vergangenheit zurück, die Bilder beruhigen sie.

Die Wohnung war erfüllt vom Geruch frisch gebackener Chapatis. Kurzfristig verdrängte er sogar den mildwürzigen Duft des auf dem Herd simmernden Lammcurrys mit Spinat *Saag Gosht* und des Dals, das in einer kupfernen Pfanne Blasen warf. Die Schärfe der Zwiebeln, des Knoblauchs und des Ingwers, die ihre Mutter vor zwei Stunden auf einem Brett fein gehackt hatte, hing noch in der Luft, genauso wie ein Hauch des Kreuzkümmels, des schwarzen Pfeffers, des Zimts und der Senfkörner, die sie erst geröstet und anschließend zu feinem Pulver zermahlen hatte. Im Moment überdeckte der intensive Brotgeruch der Chapatis jedoch alles andere.

Schwungvoll gab ihre Mutter einen Fladen nach dem anderen in eine weite Gusseisenpfanne, damit der Teig die typischen dunklen Flecken entwickelte, danach wendete sie die Chapatis auf einem Gitter über der rotglühenden Herdplatte und drückte mit einem sauberen Geschirrtuch den Rändern entlang, bis sich die Brote blähten.

Im Hintergrund lief das Radio.

Das kleine Apartment im Erdgeschoß des Personalhauses war eng und bot knapp Platz für zwei. Selbst nach stundenlangem Lüften roch es hier stets nach einer Mischung von Curry und Räucherstäbchen. Second-Hand-Möbel überall, mit Geschmack ausgewählt, allerdings mangelte es an Platz, gerade das Wohnzimmer wirkte vollgestopft. Tisch, Sofa, Kommode, Fernsehmöbel und Bücherregal reihten sich dort dicht aneinander wie in einem Warenlager. Nikotingelbe Gardinen, vermutlich von der Vormieterin zurückgelassen, bunt bemalte hinduistische Götterstatuen auf den Simsen. An den Wänden hauptsächlich gerahmte Bilder von Sita, Meera hatte die Aufnahmen ihrer Tochter mit dem eigenen Apparat geschossen und anschließend im Fotofachgeschäft vergrößern lassen. Einzig hinter der Sitzgruppe hing eine Aufnahme der Familie. Schwarzweiß, absichtlich überbelichtet, auf dem Bild hatten alle eine verblüffend helle Gesichtshaut. Mit grimmigen Mienen blickten Meera und ihre sechs Geschwister, der Größe nach von links nach rechts aufgereiht und flankiert von ihren Eltern, in die Kamera. Eine ganz und gar misslaunige Sippe, hätte man meinen können. Sita erinnerte sich allerdings an die Aufnahmen in den mit Leder eingebundenen Alben, die Schnappschüsse, auf denen sich ein wesentlich ausgelasseneres Bild des Clans zeigte.

Meine Mutter war hübsch, stellte Sita jedes Mal ein wenig verblüfft fest, wenn sie das Foto betrachtete, und schämte sich dabei ein bisschen, weil ihr dieser Gedanke im Alltag, wenn Meera dauernd um sie herum war, nie kam. Es fiel ihr schlicht nicht auf. Wie bei einem

Comicheft, bei dem Buchstaben und Illustrationen zur Unkenntlichkeit verschwammen, wenn man sich die Seiten zu nah vors Gesicht hielt. Einzig, wenn sie eine Zeitlang getrennt waren, nach einer Schulreise oder wenn Sita den Nachmittag bei einer Freundin verbracht hatte, und ihr die Mutter in diesen Stunden ein klein wenig fremd geworden war, nahm sie es wahr. Ganz kurz sah sie dann Meera mit den Augen einer zufälligen Beobachterin, erkannte in ihr die attraktive Frau, die sie war, bevor sie sich wieder annäherten, sich die Distanz auflöste und die schöne Unbekannte sich in ihre Mutter zurückverwandelte.

Meera tauchte unvermittelt im Türrahmen zur Küche auf, sie trug einen ausgeleierten Sari, eine weite Hose aus zerschlissenem Stoff darunter, von der sie sich nicht trennen mochte, Pantoffeln an den Füßen. Zu Hause gab sie wenig auf ihr Äußeres, sie hatte die Wohnung gleich nach ihrer Ankunft zur indischen Exklave erklärt, wo ihre eigenen Regeln galten. Die Schweiz fand draußen statt.

Das schwarze Haar hatte sie zu einem Zopf gebunden, Schweißtropfen glänzten auf ihrer Stirn, das stundenlange Herumwerkeln in der Küche ließ ihr Gesicht leuchten. In diesen Momenten wirkte sie glücklich und gelöst. Das war ihr Reich, wo sie alles unter Kontrolle hatte.

Meera winkte ihre Tochter heran und fischte eine frisch ausgebackene Okraschote aus einer Chromstahlschüssel. Als sie feststellte, dass das Gemüse noch heiß war, hielt sie es an ihre Lippen und blies vorsichtig darauf, erst dann reichte sie den Snack an Sita weiter. Vorsichtig biss Sita hinein. Die Hülle aus Kichererbsenmehl war knusprig, die Schote aber zart und saftig, sie schmeckte leicht bitter, etwas scharf.

»Gut?«

»Mhm.«

Ein Gefühl der Geborgenheit erfasst Sita. Plötzlich ist sie wieder das kleine Mädchen, das noch warm vom Badewasser in einen nach Waschmittel duftenden Schlafanzug gepackt und aufs Sofa gesetzt wird, um im Fernsehen Trickfilme anzuschauen, bis das Abendessen bereitsteht.

Schon wieder platzt Rohan in ihre Gedanken.

»Verdammte Scheiße!« Sitas Lippen formen die Worte bloß, ein tonloser Fluch. »So ein Idiot.«

Ihre Hände ballen sich zu Fäusten. Wegschauen ist diesmal keine Option, das hat sie lang genug getan, diesmal verspricht keine gespielte Blindheit Rettung, diesmal muss sie sich mit der Situation auseinandersetzen, es bleibt ihr keine Wahl. *Er* lässt ihr keine Wahl.

Sie atmet tief ein, der Chapatigeruch ist weg. Das Gefühl der Geborgenheit auch. Mit einem Mal fühlt sie sich verloren. Rasch schiebt sie diese Regung von sich, Selbstmitleid erlaubt sie sich nicht. Schließlich hat sie das Desaster mitzuverantworten.

3

Es war nicht leicht, in dieser Siedlung eine Wohnung zu ergattern, die Konkurrenz war groß, die Mietkaution hoch, und während der monatelangen Suche nach einem zentral gelegenen Apartment, das gleichzeitig bezahlbar war, machten Sita und Rohan die Erfahrung, dass man als Paar mit nicht weißer Hautfarbe von Vermietern selten mit offenen Armen empfangen wurde. Am Ende war es ihnen, zu ihrer eigenen Verblüffung, doch gelungen, sich gegen die hundertzweiunddreißig Mitbewerberinnen und Mitbewerber durchzusetzen. Vermutlich, schlussfolgerten sie, als der Mietvertrag nach einigen Wochen eintraf, lag es daran, dass die Angestellte der Immobiliengesellschaft, die ihnen die Wohnung zeigte, sofort von einem indischen Restaurant zu schwärmen begann, das weder Sita noch Rohan kannten, um gleich darauf anzufügen, in welch guter Erinnerung sie ihren etliche Jahre zurückliegenden Urlaub in Goa habe, wie sie dort mit Yoga begonnen habe und seither ohne nicht mehr leben könne. Rohan setzte sein maskenhaftes Lächeln auf, dasselbe, das er auch nervigen Verwandten gegenüber anwandte. Sita hingegen tat interessiert und gab eine ganze Reihe zustimmender Laute von sich. Offenbar spornte das die Frau an – eine agile Vierzigjährige, blond mit schulterlangem Haarschnitt, die in ihrem taubengrauen Deuxpièces irgendwie verkleidet aussah und in einem Sportdress, wie Sita fand, natürlicher gewirkt hätte –, mit ihren Erlebnisberichten fortzufahren. In der Folge ließ sie sich über eine ayurvedische Kur in Kerala aus, erzählte begeistert von der Bootsfahrt in den Backwaters, derweil sie den beiden das Apartment mit ausladenden Gesten präsentierte, als handle es sich nicht um eine Dreizimmerwohnung mit Loggia, sondern um den Palast eines französischen Königs. Als die Besichtigung beendet war und sich Sita und Rohan eines der aufliegenden Bewerbungsformulare geschnappt hatten, schüttelte die Frau ihnen so herzlich die Hand, als hätten sie eine Freundschaft fürs Leben geschlossen.

Was auch immer den Ausschlag gegeben hatte – sie waren überglücklich, die Wohnung zu bekommen. Endlich konnten sie der Enge der Mansarde mit den papierdünnen Wänden und dem Gemeinschaftsbad auf dem Gang entfliehen und sich auf eine wesentlich geräumigere Unterkunft freuen. Etwas, das ihrer Beziehung zugutekommen würde, wie Sita hoffte. Das Zusammenleben in der Enge hatte ihnen zugesetzt, auf diese plötzliche Nähe und die damit verbundene Aufhebung jeglicher Privatsphäre war keiner von ihnen vorbereitet gewesen.

Sita durchquert das Wohnzimmer, der Parkettboden flüstert leise unter ihren nackten Fußsohlen. Im Halbdunkel erkennt sie auf der Ablage die Weinflasche, die sie am Vorabend geöffnet hat, sie muss noch halbvoll sein. Sie klappt die Schranktüre über der Spüle auf, tastet nach einem passenden Glas und füllt es zur Hälfte. Ein Primitivo aus Apulien, von dem im Keller zwei Kisten stehen und auf den sie sich nach längerer Diskussion geeinigt haben.

Dass Rohan keine Ahnung von Wein hat, stellte Sita bereits beim ersten gemeinsamen Einkauf fest. Die Hände lässig in den Hosentaschen schlenderte er im Supermarkt den Regalen entlang, beugte sich hin und wieder vor, um ein Preisschild zu entziffern, und griff schließlich nach dem teuersten Tropfen, den er finden konnte: ein Barolo in einer wuchtigen Flasche mit pompös gestaltetem Etikett. Mit Kennermiene studierte er die Angaben auf der Rückseite, nickte schließlich befriedigt und legte seine Wahl in den Einkaufswagen. Verdattert verfolgte er, wie Sita die Flasche kopfschüttelnd zurück ins Regal stellte und dafür zu einem wesentlich billigeren Barbera d'Asti griff.

»Wir können es uns leisten«, meinte er mit einem scheinbar gelassenen Schulterzucken; sein Tonfall verriet allerdings, dass sie ihn gekränkt hatte.

Sita versuchte, die Lage mit einem Lächeln zu entspannen. »Es geht nicht um den Preis, Rohan.«

»Wenn wir jetzt Gäste hätten …«

»Wir haben aber keine.«

»Rein hypothetisch. Wenn wir Gäste *hätten*. Nennen wir sie Anusha und Navin.«

»Anusha und Navin? Okay«, machte Sita gedehnt.

»Was?«

»Inder?«

»Ja, natürlich.«

»Wieso keine Schweizer?«

»Bis jetzt habe ich hier fast nur Inder kennengelernt. Oder andere Expats.«

Sita setzte zu einer Entgegnung an, überlegte es sich aber anders. »Okay, in dem Fall Anusha und Navin.«

Rohan bedachte sie mit einem Blick, den sie nicht zu deuten vermochte. »Beide in unserem Alter, beide gut situiert. Er arbeitet im IT-Bereich, sie ist Ärztin, Pneumologin. Vier Jahre in der Schweiz.«

»Kinder?«

Konsterniert starrte Rohan sie an, eher er fortfuhr: »Nein, keine Kinder. Noch nicht.«

Sita grinste, was ihn erröten ließ, sie konnte es an seinen Ohren erkennen.

»Was würden die beiden denken?«

»Schön, haben uns unsere Freunde eingeladen. Das wird ein gemütlicher Abend.«

Rohans Oberkörper schnellte vor, seine Augen verzogen sich zu schmalen Schlitzen. »Eben nicht. Sie werden denken: Sita und Rohan stellen uns einen mittelprächtigen Wein hin. Dabei haben beide gute Jobs und verdienen ordentlich. Sind wir ihnen nur ...«, er drehte die Weinflasche im Einkaufswagen, bis er den Aufkleber mit dem Preis fand, »... knapp zwanzig Franken wert?«

Sita verzog den Mund. »Womöglich würden sie aber

auch denken: Dieser Barbera d'Asti mag nicht der teuerste sein. Aber sein Geschmack nach Wildkirsche, Brombeeren und reifen Pflaumen sowie die feine Vanillenote im Abgang passen hervorragend zu den kräftigen Aromen des Butter Chickens. Ergänzend, ohne zu konkurrieren. Wie raffiniert, wie elegant, da kennt sich jemand aus.«

»Sie werden glauben, dass sie nicht unsere besten Freunde sind, dass wir sie nicht schätzen. Dass wir sie mit Mittelmaß abspeisen.«

Sita rollte die Augen. »Der Barolo ist viel zu schwer und dominant für ein Curry, geschmacklich würde er alles überdecken. Sie würden uns für Dilettanten halten, für Blender, Emporkömmlinge ohne Stil und Ahnung.«

»Anusha und Navin wären tief beeindruckt, dass wir für sie keine Kosten gescheut haben.«

»Sie werden einen noch teureren Wein präsentieren müssen, wenn sie uns zu sich einladen. Der vielleicht noch weniger zum Essen passt.«

»Das ist so.« Rohan schlenkerte mit dem Kopf. »Wir wären ebenfalls beeindruckt.«

»Ich nicht. Nicht, wenn Wein und Essen schlecht harmonieren.«

Tief einatmend stützte sich Rohan auf dem orangefarbenen Griff des Einkaufswagens ab. »Schau, Sita, es geht um etwas anderes.«

»Ich mag keine Protzerei.«

»Ich nenne es Wertschätzung.«

»Es ist keine Wertschätzung, wenn man seinen Gästen ein Menü vorsetzt, das zwar aus teuren Zutaten besteht, in dem aber nichts zusammengeht.«

Rohans rechte Hand schoss hoch, als würde er nach einem vorbeifliegenden Argument schnappen. »Es ist eine Beleidigung für die Gäste, billigen Fusel aufzutischen, wenn man sich problemlos einen edlen Tropfen leisten könnte. Zu Hause wäre das etwas anderes …«

»In Delhi?«

»Ja, zu Hause.«

»Siehst du? Das ist der Unterschied«, sagte Sita, und Rohan ließ seine Hand sinken.

»Einer der Unterschiede«, korrigierte er. »Wir werden noch auf andere stoßen.«

»Daran zweifle ich nicht.«

»Ohne Kompromisse wird es nicht funktionieren.«

»Im Notfall servieren wir halt Bier. Das teuerste, das wir finden.«

Rohan grinste schief. »In Indien würde ohnehin kein Mensch Wein zu Butter Chicken trinken.«

»Oder wir ändern das Menü. Brasato mit Polenta, da passt der Barolo.«

»Das ist Rindfleisch?«

Sita stöhnte leise. »Isst du nicht.«

»Und Anusha ist vermutlich Veganerin, während Navin ein strenger Anhänger des Jainismus ist, der einen weiten Bogen um Wurzel- und Knollengemüse macht und außerdem an Zöliakie leidet.«

Sita schob den Einkaufswagen vom Weinregal weg Richtung Kasse. »Besser, wir warten noch etwas zu, ehe wir die beiden einladen. So richtig hab' ich die eh nie gemocht.«

»Sie ist eine affektierte Zicke, er ein Wichtigtuer. Hemden von Prada und drei Handys auf dem Tisch, ich mein' ja nur.«

»Unmöglich.«

4

Ein älteres Paar durchquert die Grünanlage, beide schick angezogen, als kämen sie von einer Theatervorführung oder vom Besuch eines teuren Restaurants. Die Frau geht voraus, der beige Sommermantel bläht sich im Wind, die hellen Locken tanzen auf ihren Schultern. Mit einer anmutigen Handbewegung streicht sie sich eine Strähne aus der Stirn, der warme Schein der Lampen lässt Schatten über ihr Gesicht gleiten. Der Mann hält Schritt, schräg hinter ihr, dichtes ergrautes Haar, Brille und Schal, sie sehen sich nicht an, reden nicht miteinander. Und trotzdem gehören sie zusammen, ihre Verbindung ist selbst aus der Distanz spürbar. Diese selbstverständliche Haltung, zu wissen, dass der andere ganz in der Nähe ist, nicht unvermittelt in der Dunkelheit verschwindet und einen allein lässt. Tiefstes Vertrauen, das strahlen die beiden aus, ein stilles Glück.

Der Anblick versetzt Sita einen Stich, heftiger Neid wallt auf. So wie dieses Paar werden Rohan und sie nie sein, eine solche Einheit nie erreichen. Sita ist sich sehr wohl bewusst, dass das auch ihre Schuld ist. Viel zu lange hat sie weggeschaut und Zeit vertrödelt. Wichtige Dinge nicht angesprochen. Auf etwas gehofft, von dem sie schon lange geahnt hat, dass es niemals eintreffen würde. Die Umstände sind ihr gelegen gekommen, das muss sie sich eingestehen, die Situation war bequem, weil auch Rohan nie Fragen gestellt hat. Beide haben sie sich mit der Situation arrangiert, jeder auf seine Art. So wie es von ihnen erwartet wurde.

»*Beti*, wir müssen reden.« Ihre Mutter klang unnachgiebig.

Energisch vorgeschobenes Kinn, taffer Blick. Vermutlich saß sie gerade in einem Wohnzimmer in Delhi und presste sich das Telefon ans Ohr, während sie sich gleichzeitig versicherte, dass die zweifelsohne zahlreich anwesende und mit gespitzten Ohren lauschende Verwandtschaft mitbekam, wie autoritär sie mit ihrer Tochter umsprang, dass sie sich von ihr nichts sagen ließ. Seit Jahren versuchte sie vergebens, den Clan davon zu überzeugen, dass Sita keineswegs die verzogene Göre aus der Schweiz war, für die viele Familienmitglieder sie hielten, seit sie als Heranwachsende während eines Besuchs eine geradezu skandalöse Eigenwilligkeit an den Tag gelegt und sich nicht nur den Anweisungen ihrer Mutter widersetzt hatte, sondern ihr auch noch frech gekommen war.

Man war entsetzt, schüttelte Köpfe und stieß halblaute »*Hai rabbas*« aus, fest davon überzeugt, dass es mit dem Mädchen ein übles Ende nehmen würde. Auf jeden Fall würde sie als alte Jungfer sterben, denn einen Ehemann würde Sita mit dieser Einstellung niemals finden, lautete das unverzüglich gefällte Urteil.

»Welcher Kerl will schon sein Leben mit einem derart störrischen Mädchen verbringen?«, rief Auntie Desna später in der Küche und rang die Hände.

»Vermutlich hat sie sogar eigene Ideen, wie eine Ehe zu führen ist!«, keifte Tante Prisha. »Probleme ansprechen und gemeinsam Lösungen finden. Habe ich letzthin im Fernsehen gesehen.«

»Eine amerikanische Sendung, bestimmt.« Desna erschauderte. »Europa ist zwar keinen Deut besser, dort diskutiert man neuerdings über solche Dinge. Über Beziehungen reden! Womöglich gar über Sex! Um Himmels Willen, stellt euch das vor!«

Die Frauen gackerten.

»Dabei haben wir noch gelernt: Man hört schweigend zu und tut dann, was man ohnehin vorhatte«, präzisierte Tante Prisha.

»Mit der nötigen Diskretion.«

»Ohne sie wären wir alle verloren!« Prisha stieß ein krächzendes Lachen aus, während Sitas Mutter inbrünstig darum betete, dass der laminierte Küchenboden aufbrach und sie samt ihrer Scham verschluckte.

Am Ende einigte man sich darauf, dass das luxuriöse Leben in der Schweiz die Ursache für Sitas eigensinniges Verhalten war. Das Aufwachsen in Saus und Braus sei schlecht für den Charakter, Meeras missratene Tochter sei der eindeutige Beweis.

Dass Sita in feudalen Verhältnissen aufgewachsen war – von dieser Annahme ließen sich die Frauen genauso wenig abbringen wie von der Meinung, in der Schweiz lebten grundsätzlich nur Millionäre, und die, die es nicht waren, befänden sich zweifelsohne auf dem

Weg dorthin. Was sich auch in den Forderungen an Meera zeigte. Bei jedem Besuch fielen die Geschenke üppiger aus. Sita sah ihrer Mutter jeweils zu, wenn sie die Koffer packte. Schokolade und Taschenmesser genügten längst nicht mehr, auch Kleider aus dem Designeroutlet waren mittlerweile nicht mehr gefragt. Uhren mussten her, teure Sonnenbrillen, elektrische Haushaltsgeräte, die in Delhi angeblich schwer zu beschaffen waren. Sita fragte sich, wie ihre Mutter diese finanzielle Herausforderung meisterte, aber irgendwie kriegte sie es jedes Mal hin, alle Wünsche zu erfüllen. Der Preis, zu dieser Familie zu gehören, war hoch, offensichtlich war sie aber willens, ihn zu bezahlen.

»Sita?« Wenn sie in Indien war, wirkte Meera selbstsicherer als in der Schweiz, dort hatte sie das Sagen, inszenierte sich als Matriarchin.

»Ich bin da, Ma.«

»Hör zu.« Ihre Mutter legte eine dramatische Pause ein.

Augenblicklich wurde Sita hellhörig, das bedeutete meist nichts Gutes. Doch für Mutmaßungen blieb keine Zeit, denn was Meera im Anschluss sagte, riss ihr den Boden unter den Füßen weg: »Wir haben jemanden gefunden.«

Sitas Mund wurde staubtrocken, sie wusste nur zu gut, was das bedeutete.

»Du musst herkommen, auf der Stelle«, forderte ihre Mutter in bestimmtem Ton.

»Aber ich …«

»Kein Aber. Wir waren beim Astrologen, die Horoskope passen perfekt zusammen. In deinem Alter, gutaussehend, ein großes Talent im IT-Bereich. Rohan heißt er.«

5

Rohan setzte sich auf eine Holzbank am Rand des Fußballfelds, abseits von den aufgeregt schnatternden Familienclans, die sich mit ihren Kühlboxen, den Picknickkörben und Campingstühlen im Schatten der Bäume breitgemacht hatten und viel Platz beanspruchten. Offenbar waren sie der Ansicht, dass selbst ein einstündiges Spiel, bei dem die Mannschaften zweier Grundschulen gegeneinander antraten, nicht ohne Verpflegung zu überstehen war. Entsprechend holten die Frauen nun den mitgeschleppten Proviant hervor und richteten auf den auf dem Rasen ausgebreiteten Decken opulente Büffets an, eine Unmenge an Speisen in Plastikbehältern oder aufgeschlagenen Alufolienverpackungen wurde präsentiert. Aus einer Thermosflasche schenkte eine der Mütter dampfenden Chai ein und reichte die Becher herum. Die Männer äugten derweil immer wieder auf den mit Eis gefüllten Eimer mit den Bierflaschen, während sie fachsimpelnd herumschlenderten, mit ihren Handys Probeaufnahmen machten und sich die besten Positionen am Spielfeldrand merkten, damit sie später ihre Sprösslinge beim Toreschießen aus dem perfekten Winkel ablichten konnten.

Rohan richtete seine Aufmerksamkeit auf das Team der *Maharishi Dayanand Public School*, derselben Schule, die auch er besucht hatte. Weiße Hemden und graue Anzugshosen, dazu grau-schwarz gestreifte Krawatten.

Mit leichtem Schaudern erinnerte sich Rohan an die Schuluniform. Doch für die Schülerschaft hier hatte das einfach dazugehört, ein koloniales Überbleibsel. Wenigstens musste man sich morgens nicht überlegen, was man anziehen wollte. Das Sporttenü war nicht ganz so steif: weiße Shorts und leuchtend gelbe Oberteile.

Mit Aufwärmübungen bereitete der Coach die Jungs auf das Spiel vor, sie hüpften von einem Bein auf das andere, rannten an Ort und Stelle, dehnten ihre Oberschenkel, indem sie ihre Knöchel umfassten und bis zu den Pobacken hochzogen. Aus der Ferne sah das äußerst professionell aus. Der Mann war sich seiner Verantwortung bewusst, davon ging Rohan aus, denn der Ehrgeiz indischer Eltern hörte nicht bei schulischen Leistungen auf. Sportliche Betätigungen wurden beinahe ebenso stark gewichtet, gerade von den Söhnen erwartete man Höchstleistungen und Bestnoten. Erreichten sie diese nicht, richtete sich der Zorn direkt und ungebremst auf den Verantwortlichen. Denn nur an ihm konnte es liegen, dass dem Sohn die erhofften Erfolge nicht beschieden waren. Auf gar keinen Fall lag die Ursache bei den oft übergewichtigen und trägen Jungs, die ihr brandneues Tablet kaum aus den Händen legten und nachmittagelang auf den heimischen Sofas herumfläzten, unablässig mit Snacks und Süßgetränken versorgt von ihren gluckenhaften Müttern.

Rohan war mit dieser Situation vertraut, auch wenn technische Gadgets in seiner Kindheit kaum existiert und – anders als heute – nicht zur Grundausstattung von Mittelschichtskinderzimmern gehört hatten. Doch der permanente kulinarische Nachschub war Tradition in dieser Kultur. Erst nach einem erbitterten Streit, nach welchem sie schluchzend und in ihren Grundfesten erschüttert in der Küche gesessen hatte, hatte seine Mutter akzeptiert, dass er selbst bestimmte, was er essen wollte und wie viel davon. Kein ungefragtes Nachschöpfen mehr, keine aufgedrängten Süßigkeiten, er hatte ihr klargemacht, dass er ab sofort nichts mehr zu sich nehmen würde, wenn er satt war. Dass er häufig auf die schweren, in gesottener Butter ausgebackenen Parathas verzichtete, durfte nicht jedes Mal eine Grundsatzdiskussion provozieren, es bedeutete auch nicht, dass er ihre Kochkünste nicht schätzte oder sie deswegen weniger liebte. Zähneknirschend hatte seine Mutter eingelenkt, dennoch sah er ihr an, wie sehr sie sich beherrschen musste, wie nah dran sie jedes Mal war, ihn zu einer weiteren Portion zu drängen, wenn er seine Gabel niederlegte und mit dem Stuhl ein kleines Stück vom Tisch wegrückte.

Fünfzehn war er damals gewesen und fest entschlossen, den Unsicherheiten und Verwirrungen, unter denen er seit geraumer Zeit litt und die er in erster Linie seiner Pubertät zuschrieb, mit Sport zu begegnen. Mit Fußball hatte er nie etwas anfangen können, auch für andere Mannschaftsspiele konnte er sich nur schwer erwärmen. Stattdessen überredete er seinen Vater, ihm eine

Mitgliedschaft in einem Fitnessstudio zu besorgen, und trainierte fortan fünf Mal die Woche, mit eiserner Disziplin, um alles – seiner Ansicht nach –Weichliche, Pummelige und vor allem Feminine an seinem Körper auszumerzen. Die rasch aufgebauten Muskeln ließen ihn wie erwünscht männlicher wirken, Mädchen und Jungs waren gleichermaßen beeindruckt. Rohan gefiel sich in dieser Rolle, sie verlieh ihm ein ganz neues Selbstbewusstsein. Am Ende blieb es allerdings genau das, eine Rolle. Eine zudem, die er nie ganz auszufüllen vermochte – was ihm erst nach einiger Zeit klar wurde. Solange sein definierter Körper alle Aufmerksamkeit auf sich zog und von ihm selbst ablenkte, fiel es ihm leicht, dieses Missverhältnis zu ignorieren. Zunehmend wurde sein Äußeres zu einem Schutzschild, an dem alle von Rohan so gefürchteten Zweifel abprallten, zu seinem Versteck, zu einem Kokon, in den er sich zurückzog, um sich geschützt und sicher zu fühlen. Verbissen hob er immer schwerere Gewichte, trotzdem gelang es ihm nie, die Unsicherheiten in seinem Innern ganz zu überwinden, die Verwirrungen blieben und trieben ihn um, raubten ihm den Schlaf. Erst recht, als er sich eingestehen musste, dass die Pubertät höchstwahrscheinlich nichts damit zu tun hatte und sich damit die für ihn beruhigendste Erklärung als nichtig herausstellte.

Ein schriller Ton riss ihn aus seinen Gedanken, soeben hatte der Schiedsrichter das Spiel angepfiffen. Mit betont konzentrierter Miene verfolgte Rohan den

Match, auf der Bank vorgebeugt, das Kinn auf den Fäusten abgestützt, damit Zain, der immer wieder zu ihm herüberschaute, sich seiner Unterstützung sichersein konnte. Wie befürchtet, langweilte die Torschießerei Rohan bereits nach wenigen Minuten. Weit faszinierender fand er das Verhalten der Buben, die auf dem Rasen hin- und herrannten und sich gegenseitig scharfe Anweisungen zuschrien, genauso, wie sie es im Fernsehen gesehen hatten. Daran würde sich wohl nie etwas ändern. Der Anblick katapultierte Rohan in seine eigene Schulzeit zurück, in der er zu solchen Spielen gezwungen werden musste. Da er über null Ballgefühl verfügte, wählte man ihn bei der Teambildung immer als Letzten. Zwei einsatzbereite Mannschaften, denen allein bei der Aussicht auf den Wettkampf das Adrenalin durch die Adern schoss und die mit allen Mitteln versuchten, sich vor der Wahl des einzigen noch herumstehenden Mitspielers zu drücken. Es gab für einen Jungen in diesem Alter wohl keine größere und vor allem sichtbarere Schmach. Darüber hinaus steckte man ihn in der Folge immer ins Tor, damit sich der Schaden, den er erfahrungsgemäß auf dem Feld anrichtete, in Grenzen hielt. Ausgerechnet ihn, der sich vor den mit Wucht auf ihn zuschießenden Bällen fürchtete! Rohan konnte sich nicht daran erinnern, in alle den Jahren auch nur ein einziges Tor verhindert zu haben.

Was ihm mit der Zeit gleichgültig war, er hatte Fußball schnell als eine jener Beschäftigungen abgeschrieben, ohne die er bestens auskam. Wesentlich mehr bekümmerte ihn das Verhalten seiner Freunde. Noch in den Lektionen vor den Turnstunden verstand er sich ausgezeichnet mit ihnen, er war ein beliebter Schüler. Man half sich gegenseitig beim Lösen der Matheaufgaben, den Englischübungen, diskutierte die neusten Filme und Musikalben in den Pausen, ging gemeinsam zum Eisverkäufer, um sich eine Kulfiwaffel zu teilen. Doch kaum rollte ein Ball in ihr Blickfeld, war es vorbei mit der Harmonie. Es kam Rohan vor, als würden in dem Moment schlagartig alle anderen Bereiche ihres Gehirns ausgeknipst, damit sich die Konzentration einzig auf diese mit Luft gefüllte Lederhülle richten konnte. Die sanftesten Jungs wurden mit einem Fingerschnippen zu brüllenden Primaten, die wie ferngesteuert der schwarzweißen Kugel nachhetzten, die sich gegenseitig brutal anrempelten, anschrien und beschimpften, als gälte es, ein Revier oder ein Rudel trächtiger Weibchen zu verteidigen. In solchen Situationen erkannte er seine besten Kumpels nicht mehr. Selbst später, wenn sie sich in die witzigen und cleveren Jungs zurückverwandelt hatten, die seine Freunde waren und die er mochte, verspürte er einen Rest Misstrauen. Denn er wusste, was sich hinter der Fassade verbarg, wozu sie fähig waren.

Obwohl Rohan mit ihrem Verhalten Mühe bekundete – weil er es nicht nachvollziehen konnte, weil er überzeugt davon war, dass ihm diese Eigenschaft komplett abging – ein Teil von ihm war erfüllt von Neid. Seine Mitschüler atemlos über den Rasen rennen und um den Ball kämpfen zu sehen, versetzte ihm jedes Mal einen Stich. Wie sie miteinander umgingen, sich ausgelassen und vor Freude schreiend um den Hals fielen, sich miteinander am Boden wälzten, der Respekt, den sie sich nach dem Spiel entgegenbrachten, diese Brüderschaften, die sich in Sekundenbruchteilen bildeten: All diese Gefühlsregungen blieben ihm versagt. Damit hatte sich Rohan abgefunden. Auch mit der Ahnung, dass die Geschehnisse auf dem Platz die anderen Jungs zusammenschweißten, die dort entstandenen Verbindungen im Alltag bestehen blieben und er davon ausgeschlossen war, dass ihm der Zugang zu dieser Welt verwehrt blieb und er Gefahr lief, zum Außenseiter zu werden. Noch war es nicht so weit, feinfühlig wie er war, hatte er jedoch die kaum wahrnehmbaren Risse, die im Gefüge zwischen ihm und seinen Schulkameraden immer häufiger auftauchten, längst bemerkt. Keiner trug Schuld daran, dieser Fakt ärgerte ihn zusätzlich, niemand, den er wenigstens in Gedanken hätte anklagen können. Nein, es war einfach so, und es gab nichts, was er daran hätte ändern können.

Am meisten missgönnte er ihnen jedoch diese Selbstverständlichkeit, mit der sie sich bewegten. Stolze junge Männer allesamt, aus einer Gesellschaftsschicht, die zwar wohlhabend, aber nicht unvorstellbar reich war. Keiner von ihnen schien sich jemals zu hinterfragen. Sie strotzten vor Vertrauen in sich selbst, in ihr Leben, in die Zukunft. Vorgebahnte Karrieren, die Eltern würden ihnen eine großartige Frau aussuchen, sie würden wundervolle Kinder haben und sicherlich vorbildliche Väter abgeben. Rohan fragte sich immer wieder, ob sie auch so zweifelten wie er, ob sie unsicher waren, wohin der Weg führte, ob es für sie auch Momente gab, in denen sie ihre ganze Existenz gefährdet sahen. Ob sie sich bewusst waren, dass Scheitern eine Möglichkeit war. Er konnte es sich nicht vorstellen.

Was ihn damals verblüfft und auch entsetzt hatte, hatte sich seither nicht verändert. Zain, der neunjährige Sohn seiner Schwester Madhu – sie hatte früh geheiratet und war kurz darauf schwanger geworden –, den er über alles liebte und oft an Spiele begleitete, seit er zum Team seiner Schule gehörte, gebärdete sich auf dem Feld wie ein Berserker. Grundsätzlich ein verträumter Junge, der manchmal auf der Straße lautstark sein aktuelles Lieblingslied sang und immer wieder die Hand seines Onkels ergriff, wenn sie zum Sportplatz spazierten. Doch kaum steckte er in seinem Trikot, wurde er ein anderer, ein Mensch, der Rohan fremd war. Plötzlich zeigte er eine dominante Seite von sich, die nicht selten in Gemeinheit umschlug, eine rücksichtlose Art, die für Rohan überhaupt nicht mit seinem Charakter vereinbar war. Für die Dauer des Spiels galten bestehende Freundschaften nichts mehr, das Einzige, was zählte, war das Team, der Sieg.

Und wenn sie danach nach Hause gingen und der Junge Rohans Hand in seine nahm, wenn er triumphierend und mit glänzenden Augen vom Spiel erzählte – sofern seine Mannschaft gewonnen hatte –, war er wieder der kleine fröhliche Junge, den Rohan über alles vergötterte. Und trotzdem – in ihm drin steckte dieser brutale Kämpfer, der zu allem fähig war. Etwas, das ihm später in seiner beruflichen Karriere zugutekommen würde. Noch zeigte er diese verstörende Seite glücklicherweise nur im Spiel. Es bestätigte Rohan allerdings, was er schon seit seiner Kindheit geahnt hatte: Dass unter der dünnen Membran der Zivilisiertheit wilde Bestien lauerten, die jederzeit hervorbrechen konnten. Ein Ball in Sichtweite genügte.

6

Sita nippt am Rotwein. Eine immer modernere Gesellschaft, ein aufstrebendes Land, das sich gerne als Global Player sähe, mit einer boomenden Industrie und gut ausgebildeten Arbeitskräften, die in aller Welt begehrt sind. Im scheinbaren Gegensatz dazu all die Schreine und Tempel, Tausende von Gottheiten, die man inbrünstig und teilweise mit geradezu kindlicher Hingabe verehrt, mit einer religiösen Obrigkeitsgläubigkeit, die Sita immer wieder verblüfft. Eine Bevölkerung, die zu zwei Dritteln in Armut lebt, dazu ein Kastensystem, das rigoros die Zugehörigkeit zu einer Klasse regelt, und längst veraltete Traditionen, an denen mit Vehemenz festgehalten wird.

Sita ist sich bewusst, dass dies keine wirklichen Widersprüche sind. Die unzähligen Facetten dieses Landes gehören untrennbar zusammen, gemeinsam ergeben sie das Gesamtbild einer Nation im Umbruch.

»Nicht das Land, an das ich mich erinnere«, hatte ihre Mutter am Telefon geseufzt, an jenem Tag, der Sitas Leben auf den Kopf stellte. Sie hatte sich in ein Zimmer zurückgezogen. Sita erkannte an ihrem Tonfall, dass nun keiner mehr zuhörte.

»Jeder hält sich ein Handy vors Gesicht und brüllt pausenlos hinein. Die Frauen tragen jetzt Blusen, Blusen aus hauchdünnem Stoff, sodass sich ihre Brustwarzen darunter abzeichnen! Wären wir seinerzeit so herumgelaufen, hätte man uns …« Meera stieß einen kapitulierenden Seufzer aus. »Gleichzeitig klebt die Gesichtshaut nach einer Fahrt mit der Rikscha, als wäre sie mit Maschinenöl beschmiert, so verschmutzt ist die Luft, und an manchen Morgen muss man kalt duschen, weil der Strom in der Nacht ausgefallen ist.«

»Letzteres war schon immer so. Dass sich Dinge in dreißig Jahren verändern, ist hingegen normal«, gab Sita zu bedenken.

»Aber doch nicht auf diese Weise!«, jammerte Meera. Sie ersehnte sich das Land zurück, das sie vor einer kleinen Ewigkeit verlassen hatte. Nur existierte dieses Land, wie Meera es gekannt und geliebt hatte, längst nicht mehr. Indien hatte sich in den letzten Jahrzehnten rasant weiterentwickelt. Jedes Mal, wenn Sitas Mutter dorthin reiste, musste sie feststellen, dass ihr die einstige Heimat ein Stück fremder geworden war, dass der Boden, wo sie ihre Wurzeln geglaubt hatte, Schicht für Schicht von modernen Strömungen weggeschwemmt wurde, bis am Ende vermutlich nichts mehr davon übrigbleiben würde, zu wenig auf jeden Fall, um ihr den Halt zu bieten, den sie zunehmend entmutigt suchte. Was sie nicht davon abhielt, das Land zu einem Paradies zu verklären, zu einem idyllischen Ort, an dem sie sich einst zu Hause gefühlt hatte. Und, aller widrigen Vorzeichen zum Trotz, fest entschlossen war, es wieder zu tun. Weil sie nichts anderes hatte.

»An jeder Ecke steht ein Starbucks«, klagte Meera in bitterem Ton. »Und wenn es kein Starbucks ist, ist es die Filiale einer Burgerkette. Die Leute werden fett hier, unglaublich fett.«

»Ma …«

Die Stimme ihrer Mutter brach. Jetzt schon. »*Beti*, ich weiß nicht, wie lange ich es hier noch aushalte.«

Sita presste die Lippen zusammen und ließ den Blick durch ihre Mansarde schweifen, ehe sie antwortete. »Dreißig Jahre lang hast du davon geredet, nach Indien zurückzukehren. Kaum bist du einen Monat dort, hast du schon die Nase voll?«

»Es ist nicht das Leben, das ich mir vorgestellt habe. Alles ist schmutzig, nichts funktioniert.«

»Du wolltest dir von deinen Ersparnissen ein Haus bauen lassen.«

»Die Architekten kosten ein Heidengeld und die Bauarbeiter sind unzuverlässig.«

»Du bist vor Ort. Ich bin überzeugt, du wirst sie zu Bestleistungen antreiben«, versuchte Sita ihre Mutter aufzuheitern.

»Mach du dich nur lustig. Ich bin allein hier …«

»Die gesamte Familie sitzt in Delhi, alle deine sechs Geschwister …«

»Ich bin eine Frau. Man nimmt mich nicht ernst.«

»Deine Brüder sollen dich unterstützen.«

»Die wollen nur mein Geld.«

»Auch das war schon immer so.«

Sitas Mutter verstummte. »Du kommst doch …?«, setzte sie schließlich an.

»Ich weiß es nicht, Ma. Du verlangst von mir, dass ich einen Mann heirate, den ich noch nie gesehen habe.«

»Ich verlange nichts von dir, Sita, davon redet kein Mensch. Ich möchte nur, dass du ihn kennenlernst.«

Sita stöhnte. »Ich weiß genau, was du vorhast, wie es sein wird, wenn ich erstmal dort bin.«

»Wie wird es denn sein?« Mit einem Mal klang Meera lauernd.

»Du hast die gesamte Familie im Rücken. Sie werden dich bedingungslos unterstützen, es wird für dich ein Leichtes sein, mich unter Druck zu setzen. Die wollen mich doch alle verheiratet sehen, schon seit Ewigkeiten, als kleine Hausfrau und Mutter möglichst vieler Kinder. Denn erst mit einem Ehemann wirst du zu einer richtigen Frau, zur vollendeten Frau. Nicht wahr?«

Vom anderen Ende der Verbindung schlug ihr eisige Stille entgegen.

»Und der eheliche Alltag wird mir die Flausen endgültig austreiben«, fuhr Sita fort. »Meine vorlaute Art, dass ich dauernd widerspreche, das alles wird verschwinden, sobald ich mich einem Mann unterordnen muss. Ich werde eine sanftmütige, liebevolle *Bibi* sein und die köstlichsten Biryanis kochen, die der Halbgott, der mein von dir ausgesuchter Gatte zweifelsohne sein wird, in seinem Leben gekostet hat.«

Meera ging nicht auf den Sermon ihrer Tochter ein,

wie so oft. »Er ist wirklich nett. Wir haben ihn uns angesehen.«

Wie einen Hund im Tierheim, dachte Sita, schluckte die Bemerkung aber hinunter. Hat er mit dem Schwanz gewedelt und freudig gejault, als er euch gesehen hat? Wider Willen muss sie grinsen.

»Ich weiß nicht«, sagt sie lakonisch.

Leises Schluchzen am anderen Ende der Leitung. Sita verdrehte die Augen. Wenn ihre Mutter sich ein Ziel gesetzt hatte, scheute sie vor nichts zurück. Tränen, Schuldgefühle, Erpressung, alles wurde eingesetzt, alles war legitim. Als Kind war Sita ihr schutzlos ausgeliefert gewesen, doch mit den Jahren hatte sie einen Panzer entwickelt, an dem die meisten emotionalen Druckversuche abprallten. Was ihr vor Publikum oft den Vorwurf einbrachte, herzlos und kalt zu sein, nicht zuletzt deswegen, weil ihre Mutter die Tochter keineswegs verteidigte, sondern die Anschuldigungen tränenüberströmt und mit Mitleid heischender Miene bekräftigte. Aber daran hatte Sita sich gewöhnt, das war Teil ihres ewigwährenden Kampfes.

Die Enge der Wohnung und die zwangsläufig daraus resultierende Nähe schweißte sie zusammen, Mutter und Tochter, eine symbiotische Verbindung. Als Sita noch klein war, unternahmen sie an Meeras freien Tagen Ausflüge, schauten sich Filme im Kino an, besuchten den Zoo. Später, sobald Sita in die Schule ging, wurden diese Aktivitäten seltener, beschränkten sich auf Meeras freie Wochenenden.

Schon früh, in Sitas Erinnerung lange bevor sie in den Kindergarten kam, brachte Meera ihrer Tochter das Lesen und Schreiben bei. Sie wollte nicht nur, dass Sita in dem fremden Land bestand, sie setzte alles daran, dass sie dereinst Klassenbeste würde. Meeras Ehrgeiz machte jede Freizeitbeschäftigung zur Lernmethode. Anhand von Treppenstufen lernte Sita das Zählen, bei Ballspielen gingen sie das Einmaleins durch, die Beschriftung von Milchpackungen diente dazu, die Landessprachen kennenzulernen, erste Englischkenntnisse vermittelte sie ihr mit übersetzten Songtexten. Spice Girls, Backstreet Boys, DJ Bobo, die Kelly Family, Sita hörte liebend gern Popmusik.

Und Meera erzählte ihr Geschichten. Nicht nur abends vor dem Zubettgehen, manchmal auch nachmittags, wenn sie in der Zimmerstunde zwischen zwei Schichten nach Hause kam, oft nach dem Sonntagsbrunch, wenn sich Sita auf dem Sofa an ihre Mutter schmiegte und um eine neue Story bettelte. Meera erfand sie mit Leichtigkeit, es handelte sich dabei meist um dramatische Fabeln, die inhaltlich in fantastische Welten abdrifteten, oder Märchen mit heroischen Mutterfiguren in den Hauptrollen, die ihre Töchter vor Bösewichten retteten. Nie langweilte sie Sita zweimal mit derselben Erzählung, sie wiederholte einzig diejenigen, die ihrer Tochter besonders gut gefallen hatten und um die sie immer wieder bat. Nur um sich dann zu beklagen, wenn Meera den Ablauf nicht haargenau gleich wie beim letzten Mal hinkriegte.

Aber da waren auch die anderen Tage, die einsamen, endlosen, langweiligen Tage, die Wochenenden, an denen die Mutter arbeiten musste, lange Schichten im Krankenhaus, und Sita auf sich allein gestellt war. Stundenlang las sie in den Büchern, die Meera ihr gekauft hatte, zeichnete und malte, drehte dazu das Radio laut auf und hörte sich die neusten Hits an. Schaltete unerlaubterweise den Fernseher ein und schaute Talksendungen, die sie langweilten. Tierdokumentationen fand sie besser, Musiksendungen, Reiseberichte. Am liebsten mochte sie Trickfilme.

Schnell lernte Sita, dass sie das Gerät einige Zeit, bevor ihre Mutter nach Hause kam, ausschalten musste. Anfänglich ließ das elektrische Knistern des alten Röhrenfernsehers Meera misstrauisch werden, der Griff an den noch warmen Apparat bestätigte jeweils ihren Verdacht.

Irgendwann entdeckte Sita, dass die Krankenhausangestellten ihre ausgelesenen Zeitschriften im Keller des Personalhauses deponierten, ganze Stapel lagen dort, manche gebündelt, andere lose aufeinandergestapelt. Manchmal, wenn sie keine Lust mehr auf Bücher hatte, fasste sie Mut, stieg die steile Treppe hinab, tastete nach dem altertümlichen Lichtschalter und ließ ihn nach oben schnappen, worauf eine einzelne Glühbirne aufleuchtete. Sie hing an einem schwarzen Kabel von der Decke und baumelte im Durchzug leicht hin und her, während ihr flackernder Schein gerade mal den vorderen Teil des Korridors erhellte. Am gegenüberliegenden Ende des Gangs befand sich ein längliches Fenster auf Kopfhöhe, durch das milchiges Tageslicht fiel.

Nachts musste der hintere Teil komplett im Dunkeln liegen. Mit pochendem Herzen schlich Sita den Holzverschlägen entlang, in denen Kartonkisten, rostige Fahrräder und Skiausrüstungen lagerten, es roch seltsam da unten, schimmelig und feucht nach Erde. Ihre Schritte wurden immer schneller, sie konnte nichts dagegen zu tun, am Ende rannte sie, wie wenn irgendetwas hinter ihr her wäre. Zeitgleich formte sich ein Schrei in ihrer Kehle, sie spürte, wie er von der Brust her gegen das Halszäpfchen drückte, sich mit aller Macht Bahn brechen wollte. Nur mit Mühe konnte sie ihn unterdrücken, hin und wieder entfuhr ihr ein Glucksen, das sie selbst zusammenzucken ließ. Es war jedes Mal dasselbe.

Weshalb die Zeitschriften zuhinterst gelagert wurden, wusste nur der Hausmeister. Was in den Verschlägen, hinter all dem Gerümpel, lauern mochte, wollte sie sich lieber nicht vorstellen. Blitzschnell schnappte sich Sita einen Armvoll Magazine, wirbelte herum und rannte durch den Gang auf das Licht zu, kippte im Vorbeihasten den Schalter, hetzte die Treppe hoch, zurück in die Wohnung. Sie keuchte, wenn sie die Tür hinter sich zuwarf und mit zittrigen Fingern den Schlüssel drehte, der Puls hämmerte in ihren Ohren. Gleichzeitig spürte sie diese unbändige Euphorie, die sie fast zum Platzen brachte, sie beinahe schrill aufjubeln ließ. Wenigstens etwas Aufregung an diesen ereignislosen, lähmend langen Tagen.

Die Nächte waren heikler, da begannen sich die Dinge zu verändern.

Auch ihre Mutter. Sobald sie die Uniform für die Spätschicht angezogen hatte, verschwand alle Unsicherheit, ihre zögerliche Haltung, die Sita so oft ungehalten werden ließ. Auf einmal wirkte sie zielstrebig und forsch, es war, als wäre der weiße, gestärkte Stoff die Stütze, die ihr sonst fehlte. Das lange Haar verknotete sie im Nacken, legte Lippenstift auf, zog die Augenlider mit schwarzem Kajal nach, roch nach Parfüm. Manchmal trug sie die kleinen Perlohrringe, die ihr Sitas Vater geschenkt hatte.

Sita musterte sie jeweils verstohlen und voller Bewunderung. In diesen Momenten schienen die Möglichkeiten eines anderen Lebens durch, Möglichkeiten, die Meera in einer anderen Situation vermutlich wahrgenommen hätte. Vielleicht wäre sie ausgegangen, hätte getanzt und sich mit einem Mann getroffen. Eine Fülle von Optionen – hätte sie nicht auf sich allein gestellt für ein Kind sorgen müssen. Sita fühlte sich schuldig, weil ihr bewusst war, wie sehr sie durch ihre Existenz ihre Mutter gebremst hatte. Dass es nicht zu Meera gepasst hätte, auszugehen und zu tanzen, beruhigte ihr schlechtes Gewissen ein wenig. Bei den Männergeschichten war sich Sita allerdings nicht so sicher. Sie ließ sich aber nichts anmerken, wenn Meera sie zum Abschied küsste, ihr einen schönen Abend wünschte und sie zum wiederholten Mal auf die Tasse mit der Honigmilch in der Mikrowelle aufmerksam machte.

»Ja, Ma, ich weiß.« Sita verdrehte die Augen, ohne von ihrem Buch aufzusehen.

»Aber vor dem Zähneputzen, okay?«

»Ja-haa!«

»Du vergisst auch nicht, sie zu putzen?«

»Ma!«

Meera lachte leise und strich ihrer Tochter über den Kopf. »Schlaf gut, *Beti.*«

Ihr Blick wanderte ein letztes Mal prüfend durchs Zimmer, bevor sie in den Flur hinaustrat. Gleich darauf klirrte der Schlüssel, die Tür fiel ins Schloss.

Und mit diesem leisen Klicken dehnte sich die Stille explosionsartig aus, als hätte sie die ganze Zeit nur auf dieses eine Geräusch gewartet. Eben waren Meeras Schritte noch auf dem Gehweg vor dem Personalhaus zu hören gewesen, nun verloren sie sich rasch in der Ferne.

Sita wickelte die Bettdecke fester um sich und lenkte sich ab. Las in einem Buch, blätterte die im Keller geholten Magazine durch, las von Prinzessinnen, die Affären hatten, Schauspielern, Sängern. Manchmal durfte sie auch aufbleiben und den Film, den sie sich gerade ansah, zu Ende schauen. In der Luft hing immer noch ein Hauch des Parfüms ihrer Mutter, ein warmer, kräftiger Duft, er verhinderte, dass sie sich verlassen fühlte. Eine Weile ließ sich die Stille so zurückdrängen oder zumindest ignorieren, doch sobald sie den Fernseher ausschaltete, das Buch zuklappte und das Licht löschte, brach sie endgültig aus ihrem Versteck, in dem sie geduldig gewartet hatte.

Befand sich Meera im Nebenzimmer, fühlte sich Sita in der Dunkelheit geborgen, dann war sie wie ein warmer Überwurf, in den sie sich hineinkuscheln konnte. War sie allerdings allein, barg die Finsternis Unheil. Mit einem Mal war die Nacht erfüllt von beängstigenden Lauten. Unter dem Bett atmete jemand schwer, aus dem Schrank drang ein verdächtiges Rascheln. Schatten wanderten über Wände und dehnten sich zu dürren Armen, die nach ihr griffen. Möbel mutierten zu monströsen Wesen, die sich schrittweise dem Bett näherten, kaum schloss Sita die Augen, und verwandelten sich blitzschnell in einen Stuhl, den Tisch, den Sitzsack zurück, sobald sie die Nachttischlampe anknipste. Manchmal ließ sie das Licht eingeschaltet, schlief unruhig und schreckte beim leisesten Geräusch auf. Entspannen konnte sie sich erst, wenn sie das Rasseln des Schlüsselbunds hörte und die Schritte ihrer Mutter, die, von ihrer Nachtschicht zurückgekehrt, sich behutsam durch die Wohnung bewegte, in der Küche Tee kochte und später im Badezimmer verschwand, ehe sie sich hinlegte. Dann versank Sita für ein paar Stunden in tiefen Schlaf und fühlte sich wie gerädert, wenn sie aufwachte.

7

Am Ende der Gangway schulterte Sita ihre Reisetasche und ließ sich vom Passagierstrom durch endlose Hallen mit orientalisch gemusterten Teppichen treiben. Nur die flüsternden Schritte der Ankömmlinge waren zu hören, das leise Rattern der Rollkoffer, die sie hinter sich herzogen. Die übliche Berieselungsmusik war ausgeschaltet, die Geschäfte im Flughafengebäude längst geschlossen, Restaurants und Imbissstände verwaist. Auf den Sitzbänken hatten sich Familien, die auf einen frühmorgendlichen Flug warteten, mit Jacken und Rucksäcken für eine unbequeme Nacht eingerichtet. Vor den Fensterfronten Flugzeuge im orangefarbenen Schein der Strahler, wie gestrandete Wale sahen sie aus, in der Ferne die leuchtenden Lichterketten der Landebahn.

Schlussendlich hatte sie sich doch überreden lassen. Als sich Sita in die Warteschlange vor dem Einwanderungsschalter des Indira Gandhi International Airports einreihte, hätte sie allerdings nicht mehr sagen können, welcher Punkt genau der Auslöser für ihr Nachgeben gewesen war. Ihre Mutter konnte sehr überzeugend sein. Womöglich hatte Sita an dem Tag schlicht die Energie gefehlt, sich ihr zu widersetzen. Vielleicht hatte sie auch vor lauter Überdruss klein beigegeben, zermürbt von ihrem komplizierten Privatleben, erschöpft von den andauernden Enttäuschungen. Hatte den bequemsten Weg gewählt, alle Verantwortung abgegeben, damit andere für sie entscheiden. Sie wusste es schlicht nicht mehr. Die plausibelste Erklärung war, dass sie nachgegeben hatte, weil sie am Ende – trotz aller Einwände und Ausflüchte – oft das tat, was ihre Mutter von ihr verlangte. Wofür sich Sita in ihrem tiefsten Innersten selbst verachtete.

Auf jeden Fall war sie nun in Delhi, um diesen Rohan kennenzulernen. Mehr nicht, das hatte sie gleich betont. So viel Gegenwehr hatte sie gerade noch aufgebracht.

Versonnen betrachtete Sita die riesigen Handskulpturen an der Wand über den Einreiseschaltern. Sie zeigten neun Haltungen des klassischen indischen Tanzes, Lotusblüten wuchsen aus den Handflächen. Der Hintergrund war dicht mit goldenen Scheiben tapeziert, deren gewölbte Form an Satellitenschüsseln erinnerten.

»*Gosh!*« Amüsiert schüttelte Sita den Kopf und trat aus der Reihe.

Erst jetzt war ihr aufgefallen, dass sie am falschen Ort anstand. Sie war keine Touristin, hier war sie Einheimische, zumindest offiziell, den indischen Pass hatte sie bei der Einbürgerung behalten. Selbst wenn zu Hause eindeutig die Schweiz war. Etwas, das sie dort immer wieder erklären musste. Dass sie sich als Schweizerin fühlte, auch wenn sie Inderin war, dass dies keine bewusste Wahl war, dass sie auch nicht innerlich zerrissen war. Weil sie ihr ganzes Leben in der Schweiz verbracht hatte und ihr ursprüngliches Heimatland nur von Urlauben mit ihrer Mutter kannte. Sie sehnte sich nicht danach, wollte auch nicht dort leben, Indien war einfach ein Teil ihrer Biografie, für den sie nichts konnte und der in ihrem Leben eine untergeordnete Rolle spielte.

Das hielt manche Leute nicht davon ab, sie mit »Namaste« zu begrüßen, die Hände vor der Brust zu falten und den Schädel nach indischer Art zu schlenkern. Etwas, das kein Europäer je korrekt hinkriegte, die steifen Bewegungen erinnerten Sita stets an diese Plüschhunde mit den wackelnden Köpfen, die auf der Heckablage von Autos platziert werden.

Und selbst wenn sie die indische Küche mochte, besuchte sie nicht ausschließlich indische Restaurants, streute nicht über jede Mahlzeit grüne Chillies oder gehackten Koriander, sah sich nicht stundenlang Bollywoodfilme an und konnte mit Yoga wenig anfangen. Antworten, die sie im Verlauf der Jahre verinnerlicht hatte, sie gab sie automatisch und ohne zu überlegen, pawlowsche Reaktionen auf die immergleichen Fragen.

Der indische Pass in ihrer Hand fühlte sich seltsam an, es war nur ein Dokument, ein schwarzer Kartonumschlag, der sich wegen der aufgerauten Oberfläche wie billiges Leder anfühlte, dennoch wurde sie dank ihm plötzlich Teil einer anderen Welt, bekam eine neue Zugehörigkeit, eine neue Identität. Ein verwirrendes und gleichzeitig aufregendes Gefühl, sie konnte spüren, wie sich tief in ihrem Innern etwas verschob, ganz leicht nur, ohne dass sie hätte benennen können, was genau es war.

Sita machte einen Schritt vorwärts. Kurz erfüllte sie Stolz, doch sie wusste nur zu gut, dass es am Ende immer auf dasselbe hinauslaufen würde. Niemals würde sie als richtige Inderin angesehen werden, weder vom Beamten, der ihren Pass kontrollierte, noch von ihren Verwandten. Nicht einmal die Leute auf der Straße nahmen es ihr ab. Wenn sie allein in Delhi unterwegs war, erkannten sie sofort, dass sie nicht von hier kam, die Angestellten in den Geschäften behandelten sie mit besonderem Respekt, die Marktschreier zerrten sie zu ihren Ständen und versuchten lautstark, ihr irgendwelchen Ramsch anzudrehen, bettelnde Kinder liefen ihr hinterher, schamlos zockten die Rikschafahrer sie ab. Erklärte sie, woher sie kam, erntete sie Blicke, die zwischen Mitleid und Verachtung pendelten, so empfand sie es zumindest. Erst wenn sie länger im Land blieb, nach ein, zwei Wochen, nahm sie eine Veränderung im Verhalten der Leute wahr. Sita hatte nie herausgefunden, ob es ihr Auftreten war oder ihr Erscheinungsbild. Auf jeden Fall stach sie plötzlich nicht mehr aus der Masse heraus, sondern ging darin auf, als hätte sie sich verwandelt, als wäre sie jemand anderer geworden. Mit einem Mal konnte sie unbehelligt über den Markt schlendern oder Sehenswürdigkeiten besichtigen, die Bettelkinder ignorierten sie. Zwar musterte sie hie und da noch ein Verkäufer abwägend, meist ließ man sie jedoch in Ruhe.

Umgekehrt erging es ihr genauso. Niemand sah sie in der Schweiz als echte Schweizerin an. Nicht nur der

Hautfarbe und ihres Aussehens wegen, auch ihr Verhalten verriet sie. Selbst wenn sie da aufgewachsen war und ihr ganzes Leben in der Schweiz verbracht hatte, gab es Nuancen, kleine Abweichungen in der Gestik, in der Sprache, die sie verrieten. Sie – und mit ihr zehntausende anderer Immigrantenkinder – war dazu verdammt, nirgendwo richtig dazuzugehören. In jedem Land fehlte ihr stets ein kleines Stück, nie war sie vollkommen, nie passte sie richtig dazu. Als Jugendliche hatte sie damit gehadert, im Verlauf der Jahre jedoch akzeptiert, dass nicht ganz zu sein ihr Schicksal war.

8

Das Dorf am Fuß der Berge zählte knapp dreitausend Einwohner, Meera war die Einzige, die aus Indien stammte. Das kümmerte sie wenig, sie rechnete damit, ein, zwei Jahre in der Schweiz zu bleiben, fünf höchstens, länger auf gar keinen Fall. Ein neues Land kennenlernen, Bekanntschaften schließen, gutes Geld verdienen, natürlich. Ihre Standardantworten für diejenigen, die danach fragten. Erkundigten sich die Leute nach dem Leben in Indien, lieferte sie ihnen eine idyllisch geschönte Version, gespickt mit kolonialistischen Klischees. Es bereitete ihr großes Vergnügen, den Einheimischen ein Bild zu malen, das mehr mit Kiplings Dschungelbuch zu tun hatte als mit der abgasverseuchten Realität Delhis. Gegendarstellungen brauchte sie nicht zu fürchten, Meera wusste, dass keiner aus dem Dorf jemals durch Indien gereist war. Und sie war gut darin, Geschichten zu erfinden, war es schon immer gewesen. Dass sie in erster Linie wegen der verheerenden Ereignisse in ihrem Privatleben in die Schweiz geflüchtet war, behielt Meera wohlweislich für sich.

An sonnigen Tagen fand sie den Ort am Fuß der Berge überwältigend schön. Eine weite Ebene, die aus dem Schlund des engen Tals herauswuchs, sanft ansteigende Hügel, Bauernhöfe, Kühe auf grasgrünen Weiden. Meera unternahm lange Spaziergänge; mit den Pflegefachfrauen, mit denen sie sich enger anfreundete, ging sie wandern. Im Herbst sammelten sie Eierschwämme, Steinpilze und Boviste, die wie verschlagene Golfbälle in den Wiesen leuchteten, sie pflückten Alpenrosen, zupften wilde Heidelbeeren von struppigen knöchelhohen Büschen, bis ihre Fingerspitzen dunkelviolett verfärbt waren. In diesen ersten Monaten war Meera glücklich, sie fühlte sich frei, selbst wenn sie ihre Heimat vermisste.

Hielt sie das Heimweh nicht mehr aus, schrieb sie lange Briefe auf hellblaues Luftpostpapier und schickte sie an Freundinnen, entfernte Bekannte, ehemalige Arbeitskolleginnen, um danach fiebrig auf eine Antwort zu warten. Jeden Morgen, wenn das Klacken der Briefkastenklappen erklang, lief sie erwartungsvoll zum Hauseingang und hoffte auf einen der knisternden Briefe mit dem blaurot gestreiften Rand, den mit Stempeln übersäten Marken. Doch die Antworten trafen oft erst Wochen später ein, wenn überhaupt. Wer nicht vor Ort war, ging vergessen, das merkte Meera schnell, man lebte in verschiedenen Welten und war in erster Linie mit sich selbst beschäftigt. Die meisten dieser Kontakte schliefen über kurz oder lang ein und verstärkten Meeras Gefühl, abgeschnitten zu sein. Manchmal rief sie ihre Schwester Ishani an, das einzige Familienmitglied, mit dem sie noch Kontakt pflegte. Die eigene Sprache zu sprechen, war wie in ein längst vergessenes Lieblingskleid zu schlüpfen, es passte immer noch wie angegossen und sie fühlte sich auf der Stelle nicht nur wieder wohl darin, sondern auch vollkommen.

Ein Stück hinter dem Bahnhof vereinten sich zwei ungestüm schäumende Flüsse. Je nach Ereignis wechselten sie die Farbe, wie Meera im Verlauf des ersten Jahres erstaunt feststellte. Der Yamuna, der breit und träge durch Delhi floss und der wichtigste Nebenfluss des Ganges war, mäanderte meist zwischen Schlammbraun und Schiefergrau. Wegen der Schneeschmelze war der hiesige Fluss im Frühjahr von einem eisigen Blaugrün, nach Gewittern erdig braun, abgerissene Äste tanzten dann in der Gischt. An trüben Wintertagen war das Wasser anthrazitfarben und im Sommer so glasklar, dass man die Bachforellen auf dem felsigen Grund erkennen konnte.

Doch wenn der Westwind aufkam, sich der Horizont verdüsterte und finstere Wolken sich über den Gipfeln türmten, Regen gegen die zerklüfteten Felswände peitschte und die Tannen im dichten Nebel versanken, kam es Meera vor, als rückten die Berge schrittweise näher, als würden sie jeden Fluchtweg blockieren. Mittlerweile wusste sie, dass das Wetter hier oft wechselte, der Umschwung erfolgte jäh und mit Wucht. Die Blitze, die durch die Dunkelheit zuckten, waren nah, beinahe fassbar, das nachfolgende Donnerrollen gewaltig und ohrenbetäubend laut, es klang jeweils, als würde der Himmel in Stücke gerissen. Als wäre man hier ein Stück näher bei Gott als anderswo. Die Welt jedoch, sie wurde sehr klein und eng.

Im Personalhaus war Meera bei Weitem nicht die

Einzige, die allein lebte. Kaum eine der Frauen wohnte mit ihrem Partner zusammen, die meisten waren Junggesellinnen, Familien gab es keine. Die Krankenhausangestellten kamen aus allen Landesteilen, einige aus den benachbarten Ländern, aus Spanien, Portugal, zwei sogar aus Polen, und arbeiteten in der Pflege, beim Putzdienst, in der Wäscherei.

Schon bald waren Meeras Nachtessen, bei denen sich manchmal über ein Dutzend Leute in der kleinen Wohnung um zwei zusammengerückte Tische drängten, legendär. Die Gäste brachten Stühle, Besteck und Gläser mit, während Meera den ganzen Tag in der Küche stand und kochte. Gerichte aus ihrer Heimat, die erwartungsvoll und manchmal skeptisch gekostet wurden. Man fürchtete die Schärfe, die Gewürze waren für den mitteleuropäischen Geschmack ungewohnt kräftig. Sie stockte ihre Vorräte jeweils in den Ferien in Indien auf, weil die Zutaten in der Schweiz kaum erhältlich waren, im Dorf sowieso nicht. Koriander und grüne Chillies zog sie selber in Töpfen, die sich auf den Fensterbänken aneinanderreihten.

Meera war als Köchin derart versiert, dass sie selbst die Zweiflerinnen überzeugen konnte. Für alle Fälle standen immer Raitas, kühlende Joghurtsoßen, und süßlich-saure Chutneys aus Früchten in kleinen Schüsseln auf dem Tisch.

Auf den Fotos, die Sita in einer Kartonschachtel gefunden hatte, alle noch in den bunt gestreiften Umschlägen des Fotogeschäftes, sah ihre Mutter ausgelassen aus, fröhlich, das Gesicht glänzend, die Augen leuchteten. Auf ein paar Aufnahmen hielt sie ein Weinglas in den Händen, einmal zog sie sogar an einer Zigarette.

Mit dem Erlernen der Sprache hatte Meera sich anfänglich schwergetan, dass sie sich allerdings nach ein paar Wochen mit den Einheimischen verständigen und im kleinen Dorfladen – auf Hochdeutsch, nicht in dieser für sie beinahe unverständlichen Mundartsprache – die gewünschten Lebensmittel ordern konnte, erfüllte sie mit Stolz, spornte sie an.

Verließ sie das Haus, trug sie stets einen ihrer Saris. Es war ihr egal, dass die Leute im Dorf sie anfänglich anstarrten, weil sie diese Art von Bekleidung noch nie gesehen hatten. Doch das Befremden wich bald der Neugier, Meera bekam immer häufiger Komplimente. Frauen wollten den seidigen Stoff berühren, interessierten sich für die scheinbar komplizierte Wickeltechnik, waren entzückt von der leuchtenden Kolorierung, obschon sie selbst gedeckte Farben bevorzugten und niemals in derart auffälliger Kleidung herumgelaufen wären.

9

Nachdem sie ihren Koffer am Gepäckband geholt hatte, passierte Sita den Zoll. Als sie zum ersten Mal den neu gestalteten Flughafen durchquert hatte – damals mit Zwischenstopp in Dubai –, war sie erstaunt gewesen, wie zeitlos modern er wirkte. Durch die riesigen Glasfronten fielen Lichtkaskaden, die Stahlkonstruktion sorgte für Eleganz und Leichtigkeit. Viele internationalen Kleider- und Uhrenmarken unterhielten hier Filialen, Logos weltbekannter Fast Food-Ketten leuchteten um die Wette. Nichts erinnerte mehr an den düsteren stickigen Bau von einst, wo Kabelstränge von niedrigen Decken gehangen und die Lüftung nur selten funktioniert hatte. Wären die Schriftzüge in Hindi auf den Anzeigentafeln nicht gewesen, Sita hätte nicht mit Bestimmtheit sagen können, wo sie sich befand. So proper und neutral wirkte der Ort auf sie, beliebig vielleicht sogar. Gleichzeitig schämte sie sich für diese Überlegungen. Natürlich hatte Delhi einen hypermodernen Flughafen, die Stadt war auf dem Weg, sich zu einer Metropole mit internationaler Strahlkraft zu entwickeln, in gewissen Bereichen war sie das bereits jetzt schon. Und dieses Bauwerk war die Visitenkarte für ein ganzes Land. Ein angehender *Global Player*, der mit aller Macht versuchte, sein Drittweltimage loszuwerden. Anzunehmen, dass alles marode und zurückgeblieben war, war westliche Arroganz, von der nicht einmal sie gefeit war, wie sich Sita zerknirscht eingestehen musste.

In dem Moment, als sich die Glastüren beim Ausgang auseinanderschoben, schlug ihr der kräftige Geruch Indiens entgegen. Daran würde sich nie etwas ändern, nicht in zehntausend Jahren. Eine Mischung aus würzigen Essensschwaden, Räucherstäbchen, süßlichem Parfüm und den Ausdünstungen verschwitzter Körper. Da war auch eine metallische Note auszumachen, die sie nicht zuordnen konnte. Vermutlich die Abgase.

Überwältigt wich Sita zurück und schloss die Augen. Wärme und Geborgenheit erfassten sie, als nähme sie jemand in den Arm. Ein paar Atemzüge lang fühlte es sich an, als wäre sie angekommen. Gleich darauf wallte in ihr jedoch heftiger Widerwille gegen diesen sich nie verändernden Geruch auf, der sie in diesem Land so selbstverständlich erwartete, so penetrant, dass er ihr beinahe überheblich vorkam. So erging es ihr jedes Mal. Ein Teil von ihr wollte unbedingt in diese Welt eintauchen, dazugehören, der andere befürchtete, vereinnahmt zu werden. Vom Land und vor allem von der Familie. Sie wollte um jeden Preis ihre Eigenständigkeit bewahren, für die sie so hart gekämpft hatte. Andererseits war sie erpicht darauf, Teil dieser Gesellschaft zu werden, sie zu verinnerlichen, sich in ihr heimisch zu fühlen. Insgeheim hoffte sie immer noch, hier das fehlende Stück zu finden, diesen einen Splitter, der sie endlich vervollständigen würde.

Die Luft war schwül und wattig, als hätte sie eine höhere Dichte als in der Schweiz. Sitas Gesicht klebte bereits nach wenigen Sekunden, der Stoff ihres leichten Sommerkleids fühlte sich pampig an. Grelles Neonlicht verlieh den Dingen messerscharfe Konturen, Taxis und Busse standen bereit. Obschon es weit nach Mitternacht war, wimmelte es überall von Menschen, die auf Angehörige warteten. Straßenverkäufer boten Betelnüsse und *Gol Gappas* an, frittierte Kugeln aus hauchdünnem Teig, die mit einer wässrigen, überraschend würzigen Flüssigkeit gefüllt waren.

»*Beti!*« Die laute Stimme ihrer Mutter ließ Sita zusammenfahren.

Sie drehte sich um und sah Meera an der Spitze einer Familiendelegation auf sich zu marschieren. Einer überschaubaren Delegation, wie Sita erleichtert feststellte. Trotzdem wurde ihr schwindlig, als die Mutter sie umarmte. Fordernd streckte sie ihr eine Wange hin, und Sita küsste sie gehorsam. Flüchtiger als beabsichtigt, ihre Lippen streiften die Haut bloß, und sie konnte sehen, wie sich Meeras Miene für den Bruchteil einer Sekunde verdüsterte. Im nächsten Moment strahlte sie bereits wieder. Sie hielt Sita mit ausgestreckten Oberarmen an den Schultern fest, betrachtete sie eingehend und kniff kritisch die Augen zusammen. »Was hast du mit deinen Haaren gemacht?«

»Ma …«

»Sie sind zu kurz. Lang steht dir viel besser. Eine Frau

sollte lange Haare tragen. Und dünn ist sie geworden, seht sie euch bloß an.« Sie drehte sich zur versammelten Verwandtschaft um und präsentierte ihre Tochter wie ein Ausstellungsobjekt. »Isst du auch richtig?«

»Ich möchte nicht über meine Frisur reden. Und schon gar nicht über meine Figur.«

Meera wischte den Vorwurf mit einer fahrigen Geste weg.

»Mein kleines Mädchen …«, sagte sie und schüttelte ungläubig den Kopf, »… wird endlich zur Braut.«

»Wir haben ein Treffen vereinbart«, korrigierte Sita umgehend und streckte den Zeigefinger hoch. »Ein einziges Treffen. Kaffee, plaudern, sonst nichts.«

»Rohan ist großartig, du wirst sehen.«

»Kaffee«, wiederholte Sita mit Nachdruck.

»Ich habe im *Imperial* angerufen. Dasjenige am Connaught Place, weißt du? Die haben nur noch ganz wenige freie Termine für Hochzeiten, wir müssten uns möglichst bald entscheiden. Im *Shangri-La* ist bereits alles …«

»Kaffee!« Schlagartig verspürte Sita die altbekannte Wut auflodern. Diese Wut, die sie stets versuchte, unter Kontrolle zu halten. Was ihr im Beisein ihrer Mutter manchmal schwer fiel. Oder sogar unmöglich war, wie gerade jetzt. Weil die tat, was sie immer tat: sich über Sitas Meinung hinwegsetzen. Auf eine sture und rücksichtslose Weise, die bei Sita zeitweise den Verdacht aufkommen ließ, Meera leide an leichtem Autismus. Ungeachtet von Sitas Einwänden, der unzähligen Anläufe, in denen sie versucht hatte, der Mutter beizubringen, dass sie eine erwachsene Frau war. Eine Frau mit eigenem Willen, die selbstständig Entscheidungen für ihr Leben fällte. Oder eher: sehr gern gefällt hätte. Denn Meera gab die Macht nur widerstrebend aus der Hand. Sie war überzeugt, exakt zu wissen, was gut war für ihre Tochter. Und was nicht. Sie bestimmte nach eigenem Gutdünken und ohne Rücksprache mit ihrer Tochter zu halten, und wenn sie von Sita in die Schranken gewiesen wurde, rechtfertigte sie sich stets in beleidigtem Ton, es »nur gut gemeint« zu haben.

Man musste die Eltern ehren, das war eines der obersten Gebote der indischen Kultur, wenn nicht gar das oberste.

Egal, was für einen Blödsinn sie gerade aushecken, dachte Sita bei sich und rief sich gleich wieder zur Räson.

Sie konnte nicht schon in den ersten fünf Minuten einen Streit vom Zaun brechen, selbst wenn sie das liebend gern getan hätte. Doch sie stand auf verlorenem Posten, ihre Mutter hatte einmal mehr die Oberhand gewonnen.

Denn mittlerweile waren sie beide von Verwandten umringt. Cousins und Cousinen, zwei Tanten, ein Onkel, sie alle begrüßten sie überschwänglich. Sita war sich nicht mehr bei allen Namen sicher und nutzte den Moment, wenn sie innig an eine Brust gedrückt wurde, um Unverständliches zu murmeln.

Selbstredend bemerkte es Sitas Mutter sofort. Ihr entging nichts, was ihre Tochter betraf. Und sie scheute sich nicht, jedes kleinste Anzeichen von Schwäche für ihre Zwecke zu nutzen.

»*Beti,* das ist Onkel Shahid«, rief sie mit lauter Stimme, damit sie alle gut hören konnten. »Sie erinnert sich vermutlich nicht mehr an ihn …«, adressierte sie sich an ihr Publikum.

»Ich erinnere mich sehr wohl«, entgegnete Sita. »Der Name ist mir bloß …«

»… so selten, wie sie ihre Verwandtschaft besucht. Man könnte fast meinen, es sei ihr unangenehm …«

»Ich habe einen Job in der Schweiz, bin in Ausbildung«, wehrte sich Sita lahm. »Ich kann nicht einfach …«

»Wenn man wirklich will, geht alles. Familie ist wichtig, verstehst du? Man muss zu seinen Wurzeln stehen.«

Sita hob zu einer Rechtfertigung an, verstummte aber, als sie das triumphierende Blitzen in Meeras Augen sah, weil ringsum beipflichtend genickt wurde.

Kaum angekommen, war sie bereits vor der halben Verwandtschaft in die Schranken gewiesen worden, eine dieser beiläufigen Machtdemonstrationen, die ihre Mutter so liebte. Eine Revanche sicher auch dafür, dass Meera in der Schweiz längst nicht mehr gegen sie ankam. Dort geboren und aufgewachsen, fügte sich Sita nahtlos in die Gesellschaft ein, während ihre Mutter oft verunsichert wirkte und Sita an eine Langzeittouristin erinnerte. Vage vertraut mit den Sitten, aber weit davon entfernt, sich heimisch zu fühlen. Die Tochter sprach die für Fremde kaum erlernbare Mundart, kannte sich mit offiziellen Stellen wie dem Steuer- oder Einwohneramt aus, verhandelte für sie mit Telekomanbietern und Handwerkern. Manchmal beklagte sich Meera, Sita würde sie wie ein unmündiges Kind vorführen, wenn sie beispielsweise einer Beamtin gegenüber herausstrich, dass sie allein zur Unterstützung der Mutter anwesend sei, da diese womöglich die Erläuterungen nicht richtig verstünde und hinterher alles durcheinanderbringen würde. Sich ausgeschlossen und gedemütigt fühlen, wenn sie über ihren Kopf hinweg halblaute Bemerkungen fallen ließ oder der Beamtin gar mit einem unauffälligen Augenrollen zu verstehen gab, wie enervierend die Situation für sie war.

All die Auseinandersetzungen, das unterschwellige Kräftemessen, die Sita in der Schweiz zumindest in der Öffentlichkeit meist für sich entschied – hier in Indien galten andere Spielregeln. Hier befand sie sich auf unsicherem Terrain. Ihre Mutter genoss den Rückhalt der Familie, trotz allem, was gewesen war. Geld, großzügige Geschenke und eine respektable Karriere hatten Erinnerungen verwischen und Vorwürfe verstummen lassen. Oberflächlich betrachtet, sah es aus, als wäre nie etwas geschehen.

Obwohl sie Sita nur bis zur Brust reichte, kam ihr Meera plötzlich größer vor, sie ging aufrecht und bestimmt auf den wartenden Wagen zu. Der Sari aus grüner Seide mit den goldenen Stickereien wallte um ihren etwas gedrungenen Körper, der dazugehörige Schal flatterte im Nachtwind. Eine Königin mit Gefolge. Hier bewegte sie sich mit einer geschmeidigen Selbstverständlichkeit, während sie in der Schweiz fehl am Platz wirkte, ein in eine feindliche Umgebung verpflanzter Fremdkörper.

10

Die Fahrt dauerte wegen des dichten Verkehrs weit über eine Stunde. Im grobkörnigen Schein der Straßenlampen waren die Risse im Asphalt deutlich zu erkennen, der schlechte Zustand der Fahrbahn. Der Wagen holperte an unebenen Stellen, fuhr knirschend über von Sand und Schutt bedeckte Abschnitte.

Entlang der Route reihten sich Palmen und von bunten Lichterketten erleuchtete Unterstände, rudimentäre Boxen, behelfsmäßig aus Wellblech oder Holzbrettern zusammengenagelt. Street Food wurde dort angeboten, auf länglichen Anhängern priesen Verkäufer Mangos und andere Früchte an, über Feuern grillte man Maiskolben. Plastiktische und Stühle direkt neben der Fahrbahn, lotterige Zelte dienten als Schlafplatz für Händler und Straßenarbeiter, manche übernachteten, zugedeckt von Zeitungen oder dünnen Decken, im Freien.

Sita staunte immer wieder aufs Neue, wie viele Menschen um diese Uhrzeit noch unterwegs waren. Kinder spielten auf dem steinigen Streifen neben der Straße, unbeeindruckt vom Verkehr, der neben ihnen vorbeirollte, flüchtige Schatten in der Dunkelheit. Zurückversetzt und von hohen Stahlzäunen gesichert, waren am Ende breiter Einfahrten Luxushotels zu erkennen, Buschwerk diente als Sichtschutz. Glitzernder Pomp, der von einer komplett anderen Welt zeugte als diejenige direkt im Straßengraben.

Kurz vor halb drei Uhr morgens erreichten sie ihr Ziel. Ein geräumiges Apartment in Uttam Nagar, einer mittelständischen Wohngegend im Osten der Stadt, wo Sita die ersten Tage verbringen würde. Meera hatte alles minutiös geplant.

Als Sita Onkel Shahids Wohnung betrat, wurde ihr schlagartig klar, dass es mit der dringend benötigten Nachtruhe so schnell nichts werden würde. Im Wohnzimmer drängten sich weitere Verwandte, die sie mit großem Hallo begrüßten und sich sofort um sie drängten. Kinder rannten kreischend und lachend herum, auf den Sofas saßen die Alten, kauten Betelnüsse und starrten mit stoischen Gesichtern ins Leere. Über allem hing der Dunst indischer Kochkunst, und nachdem Sita alle begrüßt und von Auntie Desna, Onkel Shahids Frau, herzlich gedrückt worden war, wurde sie mit Bestimmtheit in die Küche geführt, wo man ihr einen pinkfarbenen Fruchtsaft in die Hand drückte.

Mit offenem Mund ließ Sita ihren Blick durch den Raum wandern. Der Anblick war ihr von früheren Besuchen her vertraut, dennoch war sie jedes Mal überwältigt. Man empfing niemals Gäste, nicht einmal spätnachts, ohne »eine Kleinigkeit« anzubieten, wie Auntie Desna zu sagen pflegte. Stets mit einem dezenten Lächeln, da sie sich der Ironie sehr wohl bewusst war.

Der lange Tisch brach unter der Last der Schüsseln, Teller und Platten beinahe zusammen. Geschmorte Auberginen und Okraschoten in Joghurt, Samosas, Pakoras, in Kichererbsenmehl ausgebackene Zwiebeln, es gab ein senffarbenes Curry mit Hähnchen und ein wesentlich dunkleres mit Lamm oder Ziege, ein blutrotes mit roter Bete, eines mit Spinat und Paneer, Körbe voller Chapatis, Naans, Parathas und anderer Brotsorten, kleine Schalen mit verschiedenen Raitas und eine Vielzahl an Chutneys.

»Du musst etwas essen«, mahnte die Stimme ihrer Mutter sie, noch ehe Sita abwehrend die Hände heben konnte. »Das Essen im Flugzeug war sicher ein Graus.«

Sita wusste aus Erfahrung, wie zwecklos es war, sich zu widersetzen. Würde sie es tun, strömten innerhalb von wenigen Sekunden alle Frauen aus der Wohnung zusammen. Als verfügten sie über einen Radar, der ihnen meldete, dass sich jemand in kulinarischer Hinsicht zur Wehr setzte. Unter Androhung von Gewalt und Liebesentzug würden die Damen sie zwingen, sich einen Teller zu füllen, dabei jeden geschöpften Löffel mit Argusaugen überwachen und nötigenfalls eingreifen, falls sie den Eindruck hatten, Sita würde sich zu zögerlich bedienen. Oder sie würden die Aufgabe gleich selbst übernehmen und Sitas Teller so üppig beladen, dass sie gefühlte drei Tage nichts mehr zu essen brauchte. Sie wusste, dass alle anderen Anwesenden erst nach den Gästen das Büffet aufsuchen würden, deswegen beeilte sie sich.

Später saß Sita am runden Tisch, der von einer tiefhängenden Deckenlampe beleuchtet wurde, während der Rest des Wohnzimmers im Halbdunkel versank. Ringsum hatten ihre Verwandten Platz genommen, dicht aneinandergedrängt aß man gemeinsam. Jemand hatte ein paar Schüsseln und Platten sowie die Körbe mit den Broten aus der Küche hergebracht. Anekdoten wurden zum Besten gegeben, man scherzte, eine aufgekratzte Stimmung herrschte, trotz der späten Stunde. Die Kinder lagen schlummernd auf Sofas und Teppichen, ohne sich vom Gelächter stören zu lassen.

Sita suchte den Blick ihrer Mutter. Den einen Arm lässig auf der Lehne, saß sie leicht abgedreht auf dem Stuhl, sie schien von innen zu leuchten, wenn ihre Brüder sie neckten. In der Schweiz kam sie Sita an manchen Tagen wie erloschen vor, als wäre all ihre Kraft versickert. Das Gesicht fahl und eingefallen, ihr Körper zerbrechlich, jede Handbewegung, jeder Schritt eine Qual. Der Anblick erschreckte Sita jedes Mal zutiefst. Ein dunkler Schatten lag dann auf ihr, Trauer und Einsamkeit umhüllten sie, spürbar wie ein dicker Mantel. Manchmal legte Sita dann die Arme um ihre Mutter, drückte sie an sich und ließ sie wissen, dass sie da war. Es kam jedoch vor, dass sie sich so tief in sich zurückgezogen hatte, dass sie für ihre Tochter unerreichbar blieb, ihr Körper nur mehr eine leere Hülle. An anderen Tagen fand Sita die Situation unerträglich, sie machte sie ratlos, machte sie wütend auf sich, weil sie nicht in der Lage war, etwas dagegen zu unternehmen. Wütend aber auch auf ihre Mutter, weil die sich gehen ließ, aufgab, keinen Widerstand mehr leistete und willenlos in der Dunkelheit versank. Wie Wellen, hatte sie einmal gesagt, fühle sich dieser Zustand an. Riesige Wellen, die über ihr zusammenschlügen und sie in die Tiefe zögen.

Darüber, dass Meera sich dringend helfen lassen sollte, gerieten sich die beiden Frauen immer wieder in die Haare. Heftige, lautstarke Auseinandersetzungen, die meist in Tränen endeten. Trotzdem weigerte sich die Mutter strikt, sich in Behandlung zu begeben. Unter keinen Umständen wolle sie mit Wildfremden über ihre privaten Probleme reden, argumentierte sie, denn genau darum nenne man diese so. *Privat* eben und nicht *öffentlich*. Außerdem wisse man nicht, was diese Leute mit den gewonnenen Informationen machten, an wen sie diese weitergeben würden. Sie habe da schon einiges gehört und absolut keine Lust, am Ende gar in einer Fernsehshow zu landen. Absurde Begründungen, die Sita oft wider Willen auflachen ließen.

Umso schöner war es, sie an diesem Abend so gelöst zu sehen. Im Kreis der Familie blühte Meera auf, sie wirkte jünger, in manchen Momenten fast mädchenhaft. Hier spürte Sita wieder ihre ursprüngliche Kraft, die Meera, auf sich allein gestellt, in die Fremde hatte aufbrechen lassen, diese Energie, mit der sie ihre Tochter durchs Leben gelotst hatte und ihr dabei alles gegeben hatte, was sie benötigte.

Fragend erwiderte Meera Sitas Augenkontakt und lächelte ihr zu. Hob ihr Glas mit dem Fruchtsaft, und mit einem Mal spürte Sita diese unzerstörbare Verbindung zwischen ihnen, ein Zusammengehörigkeitsgefühl, das in den langen Jahren der Zweisamkeit gewachsen war. Ein Band, das jede Krise, jedes Unheil, jeden Schicksalsschlag überstanden hatte und es auch in Zukunft tun würde.

11

»Mit der Zeit lernt man sich besser kennen, man gewöhnt sich aneinander und irgendwann kann man ohne den anderen nicht mehr leben«, meinte Rohans Vater, nachdem er sich mit einer teuer aussehenden Flasche Whisky unter dem Arm, zwei Tumblern und einem Eiskübel zu seinem Sohn gesellt hatte. »Im Grunde genommen ist es verblüffend einfach.«

Umständlich setzte er sich, schenkte ein und stieß dann mit Rohan an. Der blickte nachdenklich vom Balkon der elterlichen Wohnung auf die Grünanlage hinter dem Haus. Rajouri Garden, eine Ansammlung moderner Wohngebäude im östlichen Teil der Stadt. Eine Gegend für wohlhabende Leute, gut gesichert und weit entfernt vom Elend der Armenviertel, von den Bettlern und Krüppeln im Zentrum. Von den Bäumen wehte der schwere Duft reifer Mangos herüber, Alexandersittiche stritten sich lautstark um die Früchte, während eine Schar Kinder versuchte, Papierdrachen steigen zu lassen. Was im windstillen Hof von Beginn weg zum Scheitern verurteilt war.

»Was bedrückt dich, *Beta?*«, fragte Rohans Vater und musterte seinen Sohn.

Rohan erwiderte nichts. Erst nach einer Weile wiederholte er den Satz, den sein Vater zuvor gesagt hatte: »Man gewöhnt sich aneinander.«

Dieser nickte. »Eine Frage der Zeit, du wirst sehen.«

»Beginnt man auch, sich zu lieben?«

Amüsiert verzog der Ältere den Mund und setzte das Glas an. Er trank zwei große Schlucke und wischte sich mit dem Handrücken über die Lippen. »Erst kommt die Hochzeit, dann die Liebe. Es funktioniert nicht, ohne dass beide Abstriche bei ihren Anforderungen machen, sich auf den anderen einlassen, beide müssen investieren. Nur so wird die Ehe ein Erfolg.«

»Klingt nach Geschäft.«

»Es geht nicht nur um dich, Rohan«, sagte sein Vater geduldig. »Mit einer Ehe werden zwei Familien miteinander verbunden. Es gibt da auch wirtschaftliche Aspekte. Das Brautpaar ist der Kitt, der das Ganze zusammenhält. Das ist seine Aufgabe.«

Eine Zeitlang schwiegen beide.

»Liebst du Ma?«, setzte Rohan erneut an.

»Ich könnte ohne sie nicht mehr leben.«

»Das ist nicht dasselbe.«

»Für mich schon.«

»Es ist nicht Liebe.«

»Es kommt dem Gefühl ziemlich nahe, würde ich sagen.« Rohans Vater betrachtete versonnen die rasch schmelzenden Eiswürfel in seinem Tumbler. »Aber wer weiß schon, was Liebe ist? Es gibt keine Zutatenliste wie bei einem *Rogan Josh*, wo man sich bloß exakt an das Rezept halten muss, um das gewünschte Resultat zu erreichen. Von dem dann jeder auf der Stelle sagen kann: »Das ist eindeutig ein *Rogan Josh*.« Liebe ist nicht so einfach zu bestimmen, Liebe ist immer anders. Für mich, für dich, für jeden. Es ist nie dasselbe.«

Rohan ließ nicht locker: »Und du gibst dich mit dieser Erklärung zufrieden?«

»Deine Mutter ist das Beste, was mir im Leben passiert ist.«

»Auch wenn eure Eltern entschieden haben, dass ihr zusammengehört.«

»Wir sind glücklich. Das siehst du doch auch.«

Rohan senkte den Kopf. Sein Vater hatte recht. So lange er zurückdenken konnte, hatte er seine Eltern als harmonisches Paar erlebt, sie gingen rücksichtsvoll und mit großer Hingabe miteinander um und machten den Eindruck, in ihrem Leben und mit dem, was sie erreicht hatten, zufrieden zu sein. Selbstverständlich hatten sie gestritten, es hatte Krisen gegeben, aber nie hatte er das Gefühl gehabt, sie würden der Umwelt etwas vorspiegeln, gegen außen die Fassade einer glücklichen Ehe aufrechterhalten, während hinter den Kulissen Konflikte schwelten. Nein, es gab nichts, was Rohan seinem Vater in der Hinsicht entgegenhalten konnte.

Er hob den Kopf und bemerkte, dass sein Vater ihn die ganze Zeit über fixiert haben musste. Da war etwas Weiches, Fürsorgliches in seinem Blick, das Rohan mitten ins Herz traf.

»*Beta*«, begann sein Vater. »Hör zu. In deinem Alter hatte ich auch diese romantischen Vorstellungen von Liebe. Von einem Mädchen, das ich auf dem Markt, im

Kino oder sonst irgendwo kennenlernen würde. Es war immer Liebe auf den ersten Blick, wir waren verrückt nacheinander und überzeugt davon, den Rest unseres Lebens zusammen zu verbringen.«

»Was wäre daran falsch?«

Rohans Vater lächelte. Sein Haar war schütter geworden, fiel Rohan auf, grau war es schon seit einigen Jahren, der Körper trotz der morgendlichen Stunde auf dem Hometrainer etwas aufgedunsen. Dennoch erkannte er immer noch den einst drahtigen Sportler in ihm, den erfolgreichen Geschäftsmann, der mit dem Export von Textilien genug verdient hatte, um der Familie einen gutbürgerlichen Lebensstil zu bieten und seinen beiden Kindern Rohan und Madhu das Studium an führenden Universitäten des Landes zu ermöglichen.

»Das ist Bollywood, Rohan, purer Kitsch. Diese ganz große Verliebtheit, die rosafarbene Brille, die Vorstellung, man werde für immer glücklich zusammenleben. Die Regisseure wollen uns glauben machen, dass es so ablaufen muss, dass dies der einzige Weg ist. Die Realität sieht anders aus, nur werden darüber weit weniger Filme gedreht. Auch über die Phase danach, wenn die Hormone sich allmählich beruhigen und man wieder klarsieht. Da setzen die arrangierten Hochzeiten an. Ohne den ganzen emotionalen Wirbel davor, sondern ganz sachlich. In dem Moment, wo man seine Partnerin erkennt, so, wie sie wirklich ist, ihre guten Seiten, aber auch alle Fehler und Schwächen. Erst da entscheidet sich, ob man füreinander gemacht ist, ob man tatsächlich zusammenpasst.«

Rohan stellte das Glas auf den runden Teakholztisch, der zwischen den beiden Balkonsesseln stand, sein Blick blieb an der Schale mit den scharf gewürzten Cashewnüssen hängen.

»Was?«, wollte sein Vater wissen.

»Was, wenn nicht?«, entgegnete Rohan. »Was, wenn man herausfindet, dass man nicht zusammenpasst?«

Sein Vater nickte, als hätte er mit dieser Antwort gerechnet. »Wir haben eure Horoskope bestimmen und abgleichen lassen. Laut den Sternen harmoniert ihr miteinander, Sita und du, besser könnte es kaum sein. Zudem haben wir alle, ihre Mutter und auch deine Mutter und ich, viel Lebenserfahrung. Wir haben eine Ahnung davon, welche Art von Menschen zusammenpassen.« Er strich mit der Hand übers Kinn und blickte zu den Kindern hinab, die immer noch vergebens versuchten, ihre Drachen fliegen zu lassen. »Wir haben es uns mit der Wahl nicht leichtgemacht, *Beta,* glaub mir.«

»Wir werden uns aneinander gewöhnen«, meinte Rohan lakonisch.

»Sei nicht so, Rohan.« Sein Vater lächelte. »Vielleicht wird sogar Liebe daraus, wer weiß?«

»Was, wenn Liebe einfach ein anderes Wort für Gewohnheit ist?«

Rohans Vater, der gerade sein Glas ansetzen wollte, hielt inne. »Wäre das so schlimm?«

12

»Was denkst du?«, raunte Sita und legte Rohan die Hand auf den Unterarm.

Erschrocken über sich selbst zuckte sie zurück, die Geste war viel zu vertraut, sie hatten sich eben erst kennengelernt. Und doch strahlte er etwas aus, das sie ungemein anzog. Es war, als würde er sie tatsächlich verstehen, etwas, das sie so noch nie bei einem Mann gespürt hatte. Sie waren sich auf Anhieb sympathisch gewesen und hatten sich blendend unterhalten. Rohan war gebildet, witzig, konnte zuhören. Die meisten Kerle, die Sita in ihrem bisherigen Leben kennengelernt hatte, besaßen höchstens eine dieser drei Eigenschaften. Beim Kaffee in einem der schicken Lokale am Rand des Qutb-Komplexes im Süden der Stadt, einem Gelände, auf dem die Ruinen der ersten Moschee Delhis standen, hatten sie spontan entschieden, den Nachmittag in den Abend zu verlängern und etwas Kleines essen zu gehen.

»Wir sollten uns möglichst gleichgültig verhalten«, beantwortete Sita ihre eigene Frage, während sie durch das schmiedeeiserne Tor traten, hinter dem ein mit Palmen gesäumter Pfad zum Eingang des *Dramz* führte, einem gehobenen Restaurant im Stadtteil Mehrauli.

»Gleichgültig? Was auch immer das heißt.« Rohan lachte leise, zog die Tür zum Restaurant auf und ließ Sita den Vortritt.

»Wenn wir zu gelöst oder gar harmonisch wirken, werden sie ernsthaft nervös. Lachen wir gemeinsam, sind sie alarmiert, berühren wir uns, buchen sie gleich die Hochzeitsplanerin.«

»Also sollten wir einfach hungrig gucken. Das wäre die plausibelste Erklärung, weshalb wir uns nach dem Kaffee nicht verabschiedet haben.«

»Hungrig reicht nicht. Gierig müssen wir aussehen, als wären wir kurz vor dem Zusammenbruch.« Sita senkte die Stimme. »Ich bin mir sicher, sie lassen uns überwachen.«

»Wie kommst du darauf?« Rohan warf ihr einen amüsierten Blick zu, während der lässig gekleidete Concierge am Empfang auf der Reservationsliste nach Rohans Namen suchte. »Hast du die Drohnen bemerkt? Die seltsam gekleideten Leute, die an Hausmauern lehnen und Zeitungen mit Gucklöchern vor ihr Gesicht halten?«

Sita gluckste.

»Das ist übrigens kein Kugelschreiber in seiner Brusttasche«, flüsterte Rohan ihr zu, derweil einer der diskret herbeigeeilten Kellner sie die Treppe hinauf zu ihrem Tisch auf der Dachterrasse geleitete. »Sondern eine Bodycam.«

»Ich bin nicht paranoid.«

»Ich schon. Erfahrungswerte.«

Sita grinste und wartete, bis Rohan den Stuhl für sie zurückgezogen hatte. Das machen sie nur ganz am

Anfang, dachte sie, während sie sich setzte und dabei ihren Begleiter verstohlen musterte. Er gab sich weltmännisch, als ihm der Kellner die Barkarte reichte, womöglich war er es sogar. Bis jetzt hatte er auf sie nicht den Eindruck gemacht, als müsste er ihr etwas beweisen oder etwas darstellen, das er gar nicht war. Dazu war er offensichtlich zu selbstsicher, ohne jedoch überheblich zu wirken. Ein weiterer Punkt, der ihn von etlichen ehemaligen Dates unterschied. Sie betrachtete seine langen Finger, die breiten Schultern, er war sportlich, achtete auf sich. Sie hatte noch nicht herausgefunden, ob er tatsächlich so locker war, wie er sich gab. Bislang hatte sie allerdings keine Anzeichen für eine tieferliegende Verkrampftheit entdeckt. Er wirkte authentisch in allem, was er tat und sagte, ihr gegenüber war er weder nervös noch gehemmt. Vielmehr schien ihn ihre Anwesenheit nicht im Geringsten zu irritieren, wie Sita leicht beleidigt feststellte, denn sie hätte ihn liebend gern ein wenig aus der Fassung gebracht. Ob aus Eitelkeit oder wahrem Interesse hätte sie zu diesem Zeitpunkt nicht zu sagen vermocht, aber es verunsicherte sie, dass er so wenig beeindruckt schien.

»Einen *Chilly Litschi* für die Dame«, bestellte Rohan beim Kellner. »Einen *Garden Frost Martini* für mich.«

Sita war gespannt, was er für sie bestellt hatte, ob er ihren Geschmack richtig einschätzte. Den Martini für ihn fand sie in Ordnung, auch wenn sie die Bezeichnung etwas überkandidelt fand. Ein Whisky hätte besser gepasst, fand sie. Indische Männer tranken immer Whisky. Oder war sie trotz aller feministisch-woken Schulung in der Schweiz immer noch von Stereotypen geprägt? Sie musste seltsam geguckt haben, denn Rohan lachte auf.

»Was?«, wollte er wissen.

»Wieso trinkst du keinen Whisky?«

»Weil ich ihn nicht mag.«

»Ach.«

»Nicht alle indischen Männer sind gleich.«

»So hab' ich das nicht gemeint …« Ertappt. Sita spürte, wie ihr das Blut in den Kopf schoss.

»Natürlich nicht.«

Sein sarkastischer Ton ließ sie hastig das Thema wechseln: »Was wir hier tun, ist seltsam, nicht?«

Rohan hatte die Ellbogen auf der Tischplatte abgestützt, seine rechte Hand umfasste die zur Faust geballte linke. »Völlig aus der Zeit gefallen.«

»Dabei gäbe es Tinder.«

»Fürs schnelle Glück.«

»Wenn du dich vor lauter Wischen überhaupt entscheiden kannst.«

»Wie bei Joghurts im Supermarkt. Riesensortiment, nur die Auswahl fällt schwer. Und wenn du endlich eine Sorte gekauft hast, lässt dich das Gefühl nicht los, dass du dich falsch entschieden hast, dass da garantiert noch was Besseres gestanden hätte.«

»Mein Leben in Kurzform.«

»Wem sagst du das?«

Sita lächelte. Auch wenn sie sich gut verstanden, kam ihr das Date unwirklich vor, als würden sie Theater spielen. Genau umrissene Rollen, die von ihren Eltern verteilt worden waren und denen sie versuchten, gerecht zu werden. Rohan kannte die Regeln so gut wie sie, das hatte sie sofort gemerkt.

»Also: Was tun wir hier?«

»Wir tun, was unsere Eltern von uns verlangen«, antwortete Rohan mit einer derart düsteren Ernsthaftigkeit, dass ihn Sita konsterniert anstarrte.

Eben war er noch der urbane Mann gewesen, mit modernen Ansichten und locker im Umgang, jetzt schien seine Stimme aus der Unterwelt zu kommen.

»So läuft das hier«, fügte Rohan mit einem Schulterzucken an und seine finstere Miene hellte sich etwas auf. »Anders als in Europa. Man gehorcht seinen Eltern, man respektiert sie. Da gibt es nichts zu diskutieren oder zu hinterfragen, wir tun, was von uns verlangt wird.«

»Selbst wenn wir andere Ansichten haben?«

»Wann ist man schon derselben Meinung wie seine Eltern?«

»Es scheint dir nichts auszumachen«, stellte Sita fest.

»Was?«

»Dass sie eine Frau für dich auswählen.«

»Wieso sollte es? Ich muss ohnehin heiraten, eine andere Option gibt es nicht. Fester Bestandteil einer jeden indischen Biografie.« Er seufzte leise. »Schau, am Ende ist es doch nahezu dasselbe, ob ich eine Frau auf irgendeiner App kennenlerne oder die Auswahl meinen Eltern überlasse. So oder so ist es ein Pokerspiel. Man weiß nie, was man kriegt. Und ehrlich gesagt: Besonders erfolgreich war ich auf eigene Faust bisher nicht.«

Wem sagst du das?, dachte Sita.

»Wie oft haben sie dich schon zu solchen Treffen geschickt?«, wollte sie wissen.

Rohan entfuhr ein Lachen, das nach einem heiseren Bellen klang. »Sechs, sieben Mal.«

»Offensichtlich hat es nicht gefunkt.«

»Offensichtlich nicht.« Er hob den Kopf, seine harsche Replik tat ihm leid, sie sah es seinem Blick an. »Ich will ja nicht einfach irgendeine. Eine gewisse Verbindung muss schon spürbar sein, ich muss wissen, dass wir auf derselben Wellenlänge sind. Auf gar keinen Fall möchte ich eines dieser piepsigen Mäuschen, die ihr ganzes Leben lang darauf getrimmt werden, einem Mann zu dienen. Deren einziger Lebenszweck es ist, Kinder zu gebären und Chapatis zu backen.«

»Was willst du dann?«

»Eine selbstständige Frau, die weiß, was sie will. Die eine eigene Meinung hat und nicht bloß abnickt, was ich sage. Die sich getraut, mir zu widersprechen, mit der ich diskutieren und streiten kann. Die keine Angst hat, Probleme anzusprechen, zu sagen, wenn für sie etwas nicht stimmt.«

»Das klingt geradezu feministisch.«

Rohan schnitt eine Grimasse. »Ich weiß, was Frauen hören wollen.«

»Funktioniert.«

»Ich meine, wir leben im einundzwanzigsten Jahrhundert und klammern uns an uralte Traditionen.«

»Und dennoch sind wir hier«, beharrte Sita.

»Weil wir beide haargenau wissen, was uns für ein Aufstand erwartet, wenn wir es nicht tun.«

»Und was machen wir mit der Situation?«

Rohan stöhnte. »Ich habe keine Ahnung. Heiraten, damit sie uns endlich in Ruhe lassen?«

»Deine romantische Einstellung gefällt mir.«

Rohan grinste, und Sita fiel erneut auf, was für ein attraktiver Mann er war. Dass sie sich in ihn verlieben würde, wagte sie allerdings zu bezweifeln. Trotz seines spitzbübischen Charmes, seiner Redegewandtheit und der augenfälligen Intelligenz hielt sie etwas zurück. Irgendwo ganz weit hinten in ihrem Kopf schrillte eine Alarmglocke. Sie wusste nur noch nicht, weshalb. Aber nach all den Bekanntschaften hatte sie ein Gespür dafür entwickelt, welche Art von Mann ein möglicher Kandidat für eine tiefergehende Beziehung war. Selbst wenn sie sich manchmal irrte. Sitas Magen zog sich zusammen.

Verdammt.

»Ist was?«, fragte Rohan besorgt.

»Alles gut.« Sita senkte den Blick und war froh, dass der Kellner in diesem Moment die Drinks brachte.

Rohan riss die Augen auf, als er sein Getränk sah, und kaum hatte sich die Bedienung entfernt, beugte er sich so tief über den Cocktail, dass seine Nase beinahe in die Flüssigkeit tauchte. Der *Garden Frost Martini* war von froschgrüner Farbe, ein Stück Grapefruitschale trieb darin, der Glasrand war in Zucker gedrückt worden, damit er wie vereist aussah.

»Könnte auch Zahnspülung sein«, bemerkte er.

»Hoffentlich schmeckt er nicht so.«

»Wenigstens kein Mundgeruch beim Küssen.« Schlagartig verstummte er, bedeckte die Augen mit einer Hand und schüttelte den Kopf. »Entschuldige. Ich wollte nicht …«

Amüsiert hob Sita das Glas. »Hättest du bloß Whisky bestellt. Da käme es nicht zu solchen Assoziationen.«

»Ich rede manchmal schneller, als ich denke.«

»Immerhin denkst du, das ist nicht selbstverständlich bei einem Mann.«

»Ich bin nicht wie die anderen.«

»Das stimmt.« Sita betrachtete ihn nachdenklich.

Er war jungenhaft, benahm sich zeitweise beinahe kindlich, dann wiederum machte er einen sehr erwachsenen und ernsten Eindruck. In einer Sekunde Mann, in der nächsten Schuljunge. Es war enorm schwierig für sie, ihn einzuschätzen. Außerdem schien er in sie hineinsehen zu können, das war ihr im Verlauf des Rendezvous' schon mehrmals aufgefallen. Jede ihrer Gefühlsregungen registrierte er, jede noch so kleine

Veränderung in ihrer Haltung. Das empfand Sita als unangenehm angesichts der Tatsache, dass sie sich erst so kurze Zeit kannten. Andererseits fand sie es auch aufregend, diese Fähigkeit hatte bislang noch kein anderer Mann gehabt.

Vielleicht ist das ein Vorteil, dachte sie bei sich. Nicht jeder muss in eine Schublade passen.

»Auf arrangierte Hochzeiten!« Rohan hob das Glas, und sie tat es ihm gleich. »Auf unsere Eltern.«

»Die uns das eingebrockt haben.«

»Ich hab' schon Schlimmeres durchgestanden.«

»Ich wollte dir auch gerade ein Kompliment machen.«

Sie lachten, unbeschwert und ehrlich, und kurz fühlte Sita eine intensive Verbundenheit mit diesem Mann, den sie erst seit vier Stunden kannte. Neugierig nippte sie an ihrem Drink. Süß schmeckte er, leicht salzig und gleichzeitig scharf, Rohan hatte eine gute Wahl getroffen.

Eine Zeit lang sagte keiner von ihnen etwas. Die anfängliche Spannung zwischen ihnen hatte sich verflüchtigt und eine Leere zurückgelassen, die nun immer mehr Raum einnahm. Die angeregte Unterhaltung hatte sie einander nahegebracht, gleichzeitig war die Situation anstrengend gewesen. Sita fühlte sich erschöpft und ausgelaugt. Durch das Schweigen entglitt er ihr, es ließ ihn wieder fremd werden. Denn das waren sie: Zwei Fremde, die unter massivem Zeitdruck abwägten, ob sie den Rest ihres Lebens gemeinsam verbringen wollten.

Sita und Rohan schlürften ihre Cocktails und schauten zu den beleuchteten Moscheeruinen hinüber. Unauffällig wandte sie den Kopf und beobachtete ihn. Noch nie hatte sie einen Mann in derart unverhohlener Absicht getroffen. Zwei Familien harrten gespannt auf das Resultat dieses ersten Treffens, willens, sofort ein zweites zu organisieren, wenn das Verdikt beider Beteiligten positiv ausfiel. So viel Entscheidungsfreiheit ließen sie knapp zu, während sie bereits ihre Agenden abglichen und diskret Hotels anriefen, die in der Lage waren, Feiern mit mehreren hundert Leuten auszurichten, Musiker anfragten, Gästelisten zusammenstellten. Ihrer Mutter war es ernst, das hatte Sita gleich bei der Ankunft realisiert. Die Hochzeit ihrer Tochter würde sie endgültig rehabilitieren, wieder ganz in den Schoss der Familie zurückbringen. Und Sita würde endlich richtig dazugehören, ein vollwertiges Mitglied dieser Sippe werden. Etwas, wonach sie sich seit jeher sehnte. Weil die Familie, die sie in ihrem bisherigen Leben gehabt hatte, allein aus ihrer Mutter bestand.

13

Lilafarbene Schatten senkten sich über die Stadt, der Horizont dunstig, überall sprangen Leuchtreklamen an. Leise hörte man das Rauschen der vorbeifahrenden Autos jenseits des Parks, der das Lokal umgab. Sita und Rohan hatten das kurze Stück vom Café bis hierher zu Fuß zurückgelegt, auf einer staubigen Straße, Kinder spielten unter den tiefhängenden Ästen der Bäume. Das Lokal war etwas zurückversetzt, den diskreten Eingang zum Areal hätte man leicht übersehen können, wäre nicht der glitzernde Schriftzug an der Mauer daneben gewesen. Eine Gegend, in der zerfallende Wohnhäuser neben mondänen Restaurants standen, schamloser Luxus Seite an Seite mit dem Elend, das war Indien.

Die Cocktails hatten die Stimmung am Tisch wieder gelöster werden lassen. Rohan kannte den Verlauf dieser Gespräche zur Genüge und wusste, wie anstrengend diese Treffen waren. Tatsächlich war dies das siebte Mal, dass er sich auf Wunsch seiner Eltern mit einer möglichen zukünftigen Ehefrau verabredete. Von den sechs Frauen davor war für ihn keinen einzige infrage gekommen. Zu unterwürfig, zu wenig selbstständig, zu künstlich, zu erpicht darauf, endlich einen Mann abzukriegen. Zwei fand er eindeutig unattraktiv, eine hatte unübersehbar diverse Partien ihres Gesichts und vermutlich ihre Brüste korrigieren – beziehungsweise vergrößern – lassen, eine andere hatte ihn dreist angelogen, als er sie nach ihren Erfahrungen mit anderen Männern gefragt hatte. Er spürte so etwas, dafür hatte er schon immer eine feine Antenne gehabt. Bei Sita war alles anders. Sie wirkte zwar leicht widerspenstig, trotzig vielleicht sogar, dafür gab sie sich, wie sie war, und teilte seine Haltung, das hatte er in den ersten Minuten festgestellt. Wie er war sie überhaupt nicht scharf auf eine Hochzeit. Ganz sicher war sie keine dieser Frauen, die nur ein einziges Ziel im Leben haben. Nämlich sich zu vermehren. Das machte sie locker im Umgang. Verblüfft und auch erfreut hatte er registriert, wie anregend das Gespräch mit ihr war. Sie war schlagfertig und witzig, was ihn sofort für sie eingenommen hatte, neugierig auch und gebildet. Auf Letzteres hatten seine Eltern natürlich schon im Vorfeld geachtet. Das war es allerdings nicht alleine, was sie für ihn so interessant machte. Es war die Dunkelheit, die von ihr ausging, die Schatten in ihrem Blick, diese düstere Seite, die in den kurzen Momenten sichtbar wurde, wenn Sita sich unbeobachtet fühlte, wenn sie glaubte, er sei anderweitig abgelenkt. Zu gern hätte er sie nach dem Grund gefragt, doch dazu war es noch zu früh, das war ihm klar. Vielleicht würde sie ihm ihr Geheimnis verraten, wenn sie sich besser kannten. Denn mittlerweile war er sich sicher, dass er sie wiedersehen wollte.

»Du siehst mich an wie ein Tiefseeforscher, der auf dem Meeresgrund eine neue Langustenart entdeckt hat.« Sita nippte am Weißwein, den sie nach den Cocktails geordert hatten, und lächelte. Doch ihr Blick blieb kühl.

»Was mich daran erinnert, dass wir endlich bestellen sollten«, witzelte Rohan und blätterte in der Karte, die aufgeschlagen vor ihm lag. »Hast du dich schon entschieden?«

»Ich nehme einmal halbgares Weichmiraus und als Vorspeise glitschigen Fisch.«

Langsam klappte Rohan die Karte zu, sein Gesichtsausdruck war ernst geworden. »Ich habe mir überlegt, ob wir zusammenpassen. Deswegen habe ich dich so intensiv angestarrt.«

»Und zu welchem Schluss bist du gekommen?« Sitas Stimme klang immer noch schnippisch, doch in ihrem Ton schwang eindeutig Neugier mit.

»Für mich passt vieles.«

»Ach, wie schön.«

»So viel wie noch bei keiner anderen.«

»Dann muss ich jetzt wohl vor Freude hohe Quietschlaute von mir geben.«

Rohan holte tief Atem. »Ich meine es ernst, Sita. Du weißt selbst, wie schwierig es ist, jemanden zu finden, mit dem oder der man auch nur halbwegs harmoniert.«

»Ich fand Pragmatismus schon immer unterbewertet.«

»Auch wenn wir erst einen halben Tag zusammen verbracht haben, glaube ich, dass da etwas ist, was uns verbindet«, fuhr Rohan unbeirrt fort. »Ich weiß nicht, wie es dir geht.«

Sita schob ihr Glas hin und her und beobachtete den herumschwappenden Wein. Erst nach einer Weile hob sie den Kopf. »Da ist etwas, eindeutig. Ich weiß nicht, ob wir für die ganz große Leidenschaft gemacht sind. Dazu sind wir womöglich beide zu berechnend, zu sehr Kopf und zu wenig Herz.«

Rohan nickte zustimmend. »Das Herz wird aufholen. Liebe braucht Zeit, sagt mein Vater.«

»Mag sein. Nur kennen wir uns noch überhaupt nicht. Wir haben gerade mal ein bisschen an der Oberfläche gekratzt. Mir gefällt, was unter dem Lack hervorkommt, aber ob das für ein ganzes Leben reicht, kann ich auf die Schnelle unmöglich beurteilen.«

Rohan schwieg und schaute auf das Menü, ohne die Beschreibungen wirklich zu lesen.

»Was kommt hervor?«, fragte er plötzlich. »Unter dem Lack?«

»Ein Mann, der weiß, was er tut und was er will. Der zuhören kann, sensibel ist, manchmal aber auch kindisch. Allerdings verbirgst du etwas vor mir. Und ich habe den Eindruck, du willst nicht darüber reden. Jetzt nicht, vielleicht sogar nie. Die Hochzeit willst du nicht nur wegen deinen Eltern. Es ist auch eine Flucht für dich. Wovor, weiß ich allerdings nicht.«

Mit offenem Mund starrte Rohan Sita an. Dass sie ihn durchschaut hatte, entsetzte ihn. Sie konnte ihn nach wenigen Stunden besser einschätzen als seine engsten Freunde nach einem ganzen Leben.

Das macht sie gefährlich, dachte Rohan. Gleichzeitig aber auch zu einer ebenbürtigen Partnerin. Eine Frau auf Augenhöhe. Vermutlich wäre es in seiner Situation klüger, sich eine Kandidatin auszusuchen, die ihm nicht gewachsen war. Eine dieser grauen kniefälligen Mäuschen, die ihrem Gatten stets zu Diensten waren, nichts einzuwenden wagten und niemals Fragen stellen würden. Andererseits – wenn er sich die Gespräche bei Tisch vorstellte, die Diskussionen vor dem Fernseher oder bezüglich Kindererziehung, dann graute ihm vor dem Gedanken, sich mit einer Frau herumschlagen zu müssen, die sich nicht traute zu widersprechen, die keine eigene Meinung hatte.

»Ich übrigens auch«, machte Sita leise.

Fragend hob Rohan eine Augenbraue. Er war sich sicher, dass sie ihm den Schock ansah, weshalb sie sich nun verpflichtet fühlte, auch etwas Heikles von sich preiszugeben. Um das Gleichgewicht zwischen ihnen im Lot zu halten.

»Ich habe auch Geheimnisse«, präzisierte sie.

»Ich weiß«, erwiderte er, und sie zuckte kaum merklich zusammen.

»Und ich will definitiv nicht darüber reden.«

»Hab ich mir gedacht.«

Rohan spürte, wie sehr diese wenigen Sätze sie einander nähergebracht hatten.

»Was nimmst du?« Geschäftig blätterte Sita in der Speisekarte. Ihre Stimme klang wieder wie zuvor, als hätte es dieses Intermezzo nie gegeben.

Rohan überflog die aufgelisteten Kreationen. Man bemühte sich im *Dramz* um eine internationale Ausrichtung und kombinierte gerne traditionelle Gerichte aus diversen Ländern. Was stets etwas gewagt klang, aber überraschend gut schmeckte. Pizza mit Chicken Tikka zum Beispiel oder Pasta mit Paneer Shahi. Rohan wählte als Hauptgang Jalapeño-Hühnchen in Joghurt mariniert, während sich Sita für indisch gewürztes Lamm mit Pestosoße entschied. Dazu bestellten sie gedämpften Basmatireis, Raita und zwei Naans mit Knoblauch.

Derweil Sita sich vom Kellner bei den Vorspeisen beraten ließ – er empfahl eine Suppe aus Waldpilzen mit Thymian, sie tendierte zu griechischem Salat –, beobachtete Rohan sie unauffällig. Er ahnte, dass es nicht einfach werden würde. Sita hatte einen starken Willen und eine dezidierte Meinung zu eigentlich jedem Thema, das in ihren Gesprächen aufgekommen war. Aber am Ende wollte er ja genau so eine Frau. Eine, die nicht kleinbeigab und ihm das Wasser reichen konnte. Und nicht nur die Pantoffeln und das Feierabendbier. Und womöglich hatte sein Vater recht. Liebe war vielleicht tatsächlich bloß Gewohnheit. Rohan auf jeden Fall war fest entschlossen, sich an Sita zu gewöhnen. Denn dank ihr würde alles andere in den Hintergrund rücken, dieses unheilvolle Drängen, das ihn in Abständen packte, würde endlich nachlassen, die quälenden Fragen verstummen, davon war er fest überzeugt. Er wollte sich nur noch auf sie konzentrieren, auf Sita. Ihre Zuneigung und ihre Zärtlichkeit würden ihn retten, die Ehe und die Kinder, die sie haben würden, wären sein Ticket zu einem ganz normalen Leben. Das Training im Fitnessclub hatte ihm gezeigt, dass man mit eisernem Willen und Disziplin alles erreichen konnte. Und genau so hatte er vor, seine Liebe zu Sita wachsen zu lassen: mit eisernem Willen und Disziplin.

14

Die Veränderung fand so schleichend statt, dass sie Sita lange nicht auffiel. Mittlerweile besuchte sie das Gymnasium, das sich zwei Zugstunden entfernt befand, weshalb sie ein Zimmer bei einer Schlummermutter gemietet hatte, einer verwitweten ehemaligen Lehrerin, und nur noch an den Wochenenden nach Hause kam. Oft deponierte sie bloß ihre Schmutzwäsche und die Schulbücher bei Meera und aß schnell etwas, weil sie anschließend zu einer Party eingeladen war, Joggen ging oder sich mit Freundinnen zu einem Ausflug verabredet hatte. An den Sonntagen schlief sie aus und stand oft erst gegen Mittag auf. Meera, die kürzlich zur Stationsleiterin befördert worden war, arbeitete an diesen Tagen häufig, sodass sie sich nur noch selten sahen. Kreuzten sich ihre Wege, waren es flüchtige Begegnungen, sie tauschten sich knapp aus, für längere Gespräche war meist keine Zeit.

Deswegen fiel Sita aus allen Wolken, als sie eines Samstags die beiden Umzugskartons im Schlafzimmer ihrer Mutter entdeckte. Erschrocken stürzte sie sich auf die Kisten, riss sie auf und starrte verwirrt auf die Saris, die sorgfältig gefaltet in der einen verstaut waren, in der anderen befanden sich Meeras Sandalen, die indischen Seidenschals und etliche Götterfiguren, die zuvor das Bücherregal, die Fenstersimse und sogar den Fernseher geschmückt hatten.

»Ich brauche die Sachen nicht mehr«, meinte Meera am Abend beim Essen mit einer wegwerfenden Handbewegung, ihre Miene verächtlich, beinahe angewidert. »Alles Ramsch.«

»Aber du hast die Saris liebend gern getragen.«

»Es gibt für alles eine Zeit.«

»Was machst du damit?«

»Auf den Dachboden. Was sonst? Das Zeug will kein Mensch. Du sowieso nicht.«

Automatisch schüttelte Sita den Kopf, den Vorwurf ignorierte sie. In letzter Zeit hatte Meera immer wieder in angriffigem Ton ihren Kleidungsstil kommentiert. Sie kleide sich wie eine Schweizerin, der Rock würde zu viel Bein enthüllen, die Bluse sei zu durchscheinend, die Schuhe zu hochhakig, ihre Haare zu kurz. Sie war der Meinung, Sita würde sich zu sehr anpassen, würde krampfhaft versuchen, ihre Herkunft zu kaschieren. Sitas zunehmend genervte Verteidigung, alle anderen würden genau dasselbe tragen, ließ Meera nie gelten, sie war nicht von der Meinung abzubringen, dass die Tochter sich für ihre Wurzeln schämte.

»Ich habe immer gedacht, du hängst daran. Ich fand es cool, dass du so herumläufst.«

»Cool.« Meera spuckte das Wort förmlich aus. »Die Leute starren mich an wie ein Wesen von einem anderen Stern.

»Das ist nicht wahr.«

»Zu Beginn war das vielleicht *cool*, wie du es nennst.

Es war ungewohnt und exotisch. In der Zwischenzeit denken sie, dass ich mich nicht anpassen will und mich krampfhaft an die Vergangenheit klammere. Meine Kleidung ist für sie eine Provokation, ein Zeichen dafür, dass ich mich hier nicht wohlfühle und nicht klarkomme in diesem Land.«

»Hat man dir das gesagt?«

»Das läuft subtil ab, in der Schweiz spricht man solche Dinge nicht direkt an. Aber hinter meinen Rücken reden sie, das weiß ich.«

Sita verdrehte die Augen. »Du siehst das zu eng.«

»Du merkst es gar nicht mehr«, meinte Meera. »Aber ich schon.«

»Ich …«, setzte Sita zu einer Verteidigung an, doch ihre Mutter fiel ihr ins Wort: »Sie mögen uns nicht wirklich.«

Verblüfft klappte Sitas Mund auf. »Wie kommst du darauf?«

»Sie sehen uns auf diese herablassende Art an. Insgeheim verachten sie uns.«

»Das klingt paranoid.«

»Du hast dich zu sehr angepasst.« Abwägend sah Meera ihre Tochter an und nickte dann mit Nachdruck. »Sie akzeptieren uns nur, wenn wir lustig sind, weißt du? Wenn wir ulkig mit dem Kopf wackeln und mit diesem schwerfälligen Akzent sprechen, wie die Affen Grimassen schneiden und in bunten Kleidern durch Filme tanzen. In Nebenrollen die stets bescheuerten

Witzfiguren geben. Oder wenn wir Currys kochen und in Restaurantküchen Pfannen schrubben. Sie an Yoga und Goa, an Mondscheinpartys und Selbstfindungstrips erinnern. Wenn wir uns um ihre Computertechnik kümmern und Firmenabrechnungen billiger erledigen als jeder andere. Aber sonst sind wir Störfaktoren. Gerade wenn wir Führungspositionen einnehmen, zu Vorgesetzten werden. In ihren Augen gehören wir nicht hierher. Wir sind Gäste in diesem Land, geduldet, aber nie wirklich willkommen.«

»Du übertreibst, Ma.«

»Tu ich das?« Herausfordernd schaute Meera ihre Tochter an, bis diese den Blick senkte.

»Ich habe dich immer für deinen Mut bewundert, deine Unbeirrbarkeit«, sagte Sita leise.

Verärgert verzog Meera die Lippen. »Es braucht keinen Mut, um einen Sari zu tragen. Es braucht hingegen Mut und vor allem viel Kraft, jeden Tag Ausländerin zu sein.«

»Ist es so schlimm?«, hakte Sita nach, verblüfft von der bitteren Aussage ihrer Mutter. Sie hatte den Eindruck gehabt, Meera sei gut integriert im Dorf. Auch wenn ihre Abendessen nicht mehr häufig stattfanden, da die meisten ihrer ehemaligen Arbeitskolleginnen längst weitergezogen waren, weil sie neue Stellen in anderen Krankenhäusern angenommen oder geheiratet hatten, so hatte sie doch neue Bekannte gefunden, mit denen sie regelmäßig verkehrte.

»Es gibt Leute, die reden immer noch mit mir, als würde ich kein Wort Deutsch verstehen. In dieser Idiotensprache, die nur aus Grundformen besteht. ›Sie müssen schreiben Adresse oben auf Formular.‹ ›Brauchen neue Spritzen, Sie bitte bestellen.‹ Das macht mit den Jahren so müde. Wütend auch. Selbst wenn du in korrektem Deutsch antwortest, bleiben sie dabei. Weil für sie dunkle Haut gleich geistig minder bemittelt bedeutet. So kommt es mir zumindest vor.«

»Kannst du das nicht einfach ignorieren?«

»Ich habe es versucht, glaub mir, ich habe mich blind und taub gestellt, doch in der Zwischenzeit fällt mir das schwer. Letzthin hat mir ein Verkäufer versucht, ein uraltes Videogerät für zweitausend Franken zu verkaufen. Hat wohl gedacht, der alten indischen Schachtel kann ich den Restposten andrehen, die hat sowieso keine Ahnung.« Sie hielt kurz inne, lächelte schief. »Was ich von technischen Geräten auch nicht habe, zugegeben, aber deswegen bin ich noch lange nicht blöd.«

Sie schnitt sich ein Stück vom Schweinssteak ab, steckte es sich in den Mund und kaute energisch.

Ratlos sah Sita ihrer Mutter dabei zu, wie sie mit der Gabel die leicht verkochten Broccoliröschen auf dem Teller herumschob. Sie hatte keine Ahnung, was sie erwidern sollte. Anders als ihre Mutter regte sie sich über gewisse Zwischenfälle nicht mehr auf, sondern sah schlicht darüber hinweg. Eine Taktik, die sie im Verlauf der Jahre verinnerlicht hatte, ihr Leben war damit wesentlich konfliktfreier geworden. Bequemer auch, wie sie sich hin und wieder eingestehen musste. Es war ihr bewusst, dass ihr Verhalten von manchen Leuten als feige angesehen worden wäre. Für ihre Herkunft schämte sie sich überhaupt nicht, wie Meera ihr immer wieder unterstellte, sie fand es nur einfacher, alle Anzeichen ihres Andersseins – soweit es ging – zu eliminieren. Sich anzupassen. Weil sie keine Lust hatte, sich dauernd zu erklären oder aufgrund ihres von der hiesigen Norm abweichenden Aussehens anders behandelt zu werden. Sita rechtfertigte sich jeweils vor sich selbst, dass es sich nicht lohnte, für Dinge zu kämpfen, die sie sowieso nicht ändern konnte. Dass diese Argumentation im besten Fall billig war, war ihr sehr wohl bewusst, weswegen sie sich nie zu lange damit aufhielt. Sie ließ sich nichts anmerken, wenn sie wieder einmal in einem Laden oder in einem Restaurant von der Bedienung ignoriert wurde, die Grenzbeamten am Flughafen mit verblüffender Regelmäßigkeit ausgerechnet sie aus der Passagierkolonne herauswinkten oder die Frauen misstrauisch über die Schulter schauten und ihre Handtaschen an sich drückten, wenn sie sich hinter ihnen am Bankomaten anstellte.

Von Kindheit an war sie gewohnt, dass ihre Erscheinung unvorhersehbare Reaktionen auslösen konnte. Als sie ein Mädchen gewesen war, hatten ihr völlig fremde Leute ungefragt in die Haare gegriffen, um seine Dichte zu spüren, andere diskutierten über ihren Kopf hinweg ihre weißen Zähne und die braune Haut, als wäre sie ein Kalb auf dem Viehmarkt, oder sie sprachen aufreizend langsam auf sie ein, als wäre sie geistig zurückgeblieben. Meist waren es allerdings bloß Kleinigkeiten, achtlose Bemerkungen, die kaum zum Vorwurf taugten, wenn sie nicht als empfindlich oder überkorrekt gelten wollte.

»Du brauchst nicht in die Ferien zu fahren, du bist ja schon braun«, sagten sie zum Beispiel und lachten. Oder: »Die Hitze macht dir sicher nichts aus, du bist dir die Temperaturen gewohnt.«

Nachdem sie sich als Jugendliche verärgert darüber ausgelassen hatte, hatte sie schnell gemerkt, dass nicht einmal Leute, die ihr nahestanden und sie seit Jahren kannten, nachvollziehen konnten, was sie meinte. Offenbar brauchte es eine andere Hautfarbe als Weiß, um diese feinsten Verletzungen wahrzunehmen, die subtile Veränderung im Tonfall, die kaum erkennbare Herablassung im Blick. Obschon sie sich abgehärtet glaubte, registrierte Sita jede einzelne Nuance, sie fühlten sich an wie winzige Nadelstiche. Bloß hatte sie es sich abgewöhnt, den damit verbundenen Schmerz zuzulassen. Ihre Mutter offenbar nicht.

Vielleicht deshalb, mutmaßte Sita, weil es ihr nicht möglich ist, sich nahtlos einzufügen.

Meera hatte den größeren Teil ihres bisherigen Lebens in einem anderen Land verbracht, in einer anderen Kultur, ein Rest Fremdheit würde immer bleiben. Und während sie ihre Mutter musterte, wurde Sita bewusst, wie sehr sie sich verändert hatte. Bislang war es ihr nie aufgefallen, weil sie bei diesen kurzen Treffen in der Wohnung meist zu sehr mit sich selbst beschäftigt gewesen war. In der Eile hatte sie es stets versäumt, ihre Mutter richtig anzusehen. Nun aber erkannte sie deutlich, wie viel Meera von ihrem früheren Elan verloren hatte, wie müde sie wirkte. Es kam ihr vor, als hätte ihre Mutter mit den Saris auch einen Teil ihrer Lebensfreude entsorgt, anders als früher wirkte sie jetzt grau und verhärmt, ihr Blick abgestumpft, wenn sie – wie in diesem Moment – ins Leere starrte. Sie schien sich kleinzumachen, wenn sie das Haus verließ, das hatte Sita letzthin registriert, ohne weiter darüber nachzudenken, ging ein wenig geduckt, als wollte sie um keinen Preis auffallen. Neuerdings kleidete sie sich in Beige- und Grautönen wie alle anderen Frauen in dieser Gegend, sprach leiser und kochte nur noch selten indisch. Wegen des penetranten Geruchs, der sich jeweils tagelang im ganzen Gebäude hielt, mutmaßte Sita.

In diesem Augenblick wurde ihr schlagartig klar, was hinter Meeras Vorwürfen steckte: Sie hatte längst eingesehen, dass sich ihre Tochter wesentlich besser in diesem Land zurechtfand als sie, dass sie sich hier zu Hause fühlte, weil sie mit Indien nur wenig verband. Dabei hatte Sita sich unmerklich Schritt für Schritt von ihr entfernt. Mit dem teilweisen Auszug aus der gemeinsamen Wohnung hatte sich die Situation weiter verschärft.

Von einem Tag auf den anderen war Meera wieder auf sich allein gestellt gewesen. Sie musste sich isoliert und zurückgelassen fühlen, verbittert womöglich sogar, nachdem Sita jahrelang der Mittelpunkt ihres Lebens gewesen war. Es war die Angst vor der Einsamkeit, die Angst, dass sie ihre Tochter endgültig an diese ihr immer noch fremde Welt verlieren könnte, die sie zu manch einer harschen Bemerkung verleitete.

15

Erst die Dämmerung erlöste die Stadt von der wütenden Hitze des Tages. Als Rohan am Connaught Place aus dem Taxi stieg, senkte sich das Zwielicht über den kreisrunden Platz und schob seine lilafarbenen Schatten unter die Markisen der Boutiquen und Coffeeshops, ließ sie aus den Eingängen der klimatisierten Bürogebäude kriechen, wo die Bettler ihre Nachtlager aufschlugen. Im Central Park wuchs die anbrechende Dunkelheit aus den Wurzeln der Niembäume, der Pappelfeigen, der Jambolanapflaumen, der Blauglockenbäume, der Tamarinde, fiel über Spazierwege und verdorrte Rasenflächen, während sie sich unaufhaltsam gegen Osten ausstreckten.

Benommen trat Rohan auf den Gehsteig, das kommerzielle Zentrum Neu-Delhis mit seinen Einkaufsmöglichkeiten, trendigen Lokalen und Geschäftshäusern raubte ihm jedes Mal den Atem. Auf den mehrspurigen Fahrbahnen stockte der Verkehr, die dröhnenden Motoren, das Hupen und Brüllen verursachten eine ohrenbetäubende Kakophonie, übertönt einzig von der lauten Bhangra-Musik aus den grün-gelben Autorikschas, die sich, jede kleinste Lücke zwischen den anderen Fahrzeugen nutzend, durch den Verkehr schlängelten.

Derweil strahlte der Asphalt die gespeicherte Wärme eines lähmend heißen Nachmittags ab, der Wind wehte glühende Wellen über die Gehsteige und trieb die stickigen Abgase an den prunkvollen georgianischen Gebäuden vorbei in die Nebengassen und Seitensträßchen, wo sie sich mit den fettigen Dämpfen der Straßenstände und billigen Restaurants vereinigten.

Rohan schlenderte den Schaufenstern eines Uhrenladens entlang und ließ seinen Blick über die Auslagen schweifen, ohne sie wirklich anzusehen. Das karierte Kurzarmhemd klebte am Rücken, sein Herz pochte nervös.

Die Verabschiedung von Sita am Abend zuvor war verlegen und steif ausgefallen, flüchtige Berührungen und Küsschen auf die Wangen. Die Befangenheit würde sich legen, der Umgang immer vertrauter und der Sex die letzten Barrieren niederreißen, hatten Rohans Freunde, die bereits verheiratet worden waren, versichert. Und sonst gab es in ihren gutsituierten Kreisen genügend *Ausweichmöglichkeiten*, wie sie es, anzüglich grinsend, nannten.

Ein Schwarm Glanzkrähen flog aus dem Arjunabaum direkt vor ihm auf und schreckte Rohan aus seinen Gedanken. In der Ferne ragten die Türme des Laxmi Narayan Tempels hoch, die Fassade aus rotem Sandstein und weißem Marmor verschwamm in der von Abgasen getrübten Luft beinahe zur Unkenntlichkeit.

Rohan hatte sich von einem Taxi zum Connaught Place chauffieren lassen. Delhis frühabendlicher Stoßverkehr war eine Zumutung, die er sich ersparen wollte, weshalb er den Wagen zu Hause hatte stehen lassen.

Außerdem verspürte er Lust auf einen Drink. Während die Sonne wie ein flammender Feuerball dem Horizont entgegensank, schritt Rohan zielstrebig die Straße entlang. Die *Station Bar* lag am Middle Circle, einer der beiden Ringstraßen, die um den Platz führten, knappe fünf Minuten vom Central Park entfernt.

Eine beinahe sakrale Stille empfing ihn, noch waren erst wenige Tische besetzt. Später am Abend würde es hier brechend voll werden, die Cocktails waren weitherum bekannt. Nach der drückenden Hitze im Freien fröstelte Rohan nun leicht, die Innenräume waren heruntergekühlt, die Klimaanlage blies ihm eine eisige Brise entgegen. Er mochte diesen Ort, der etwas Verbotenes ausstrahlte, hier trafen sich Liebende heimlich, stellte er sich vor, oder es wurden unsaubere Geschäfte abgewickelt. Stilvoll und düster das Interieur, es war den mondänen Lokalen der Zwanzigerjahre nachempfunden. Riesige, von Leuchtröhren umrandete Wandspiegel, dunkles Fischgrätparkett, das sich mit schwarzglänzenden Bodenfliesen abwechselte, Holztische und passende Stühle, runde Deckenlampen, die für gedämpftes Licht sorgten. An den Wänden im hinteren Teil hingen eiserne Rondelle mit Ventilrändern, vermutlich Deckel von alten Lokomotivheizkesseln. Irgendwoher musste der Name des Lokals ja stammen, in unmittelbarer Nähe gab es jedenfalls keinen Bahnhof.

Rohan wählte eines der braunen Ledersofas gegenüber der Theke und bestellte einen *Blue Train,* der laut Karte aus Gin, Tamarindensaft und Blue Curaçao bestand.

Die Bedienung, eine zierliche junge Frau, ihrem Akzent nach aus Jaipur stammend, brachte den Drink und stellte ihn mit einem Lächeln vor ihn hin.

»Einmal *Blue Train*«, sagte sie, entfernte sich, blieb aber nach ein paar Schritten stehen und drehte sich zu ihm um. »Sonst noch etwas, Sir?«

Rohan schüttelt den Kopf.

»Chips?«

»Okay.«

Sie nickte erfreut, als hätte er ihr ein Kompliment gemacht, lief zum Tresen und kam gleich darauf mit einer gut gefüllten Schale zurück.

Einen Moment lang betrachtete Rohan das im Halbdunkel grünlich schimmernde Blau des Drinks, ehe er davon kostete. Süß und gleichzeitig säuerlich. Eine Orangenscheibe am Glasrand sorgte für farblichen Kontrast.

Nicht übel, dachte Rohan und lehnte sich im Polster zurück. Aus dem Augenwinkel beobachtete er, wie der ausnehmend gut aussehende Barmann mit den scharf geschnittenen Gesichtszügen und pechschwarzen Haaren gerade einen Schüttelbecher durch die Luft wirbeln ließ. Die Kellnerin verfolgte sichtlich beeindruckt jede seiner Bewegungen, er grinste und zwinkerte über ihren Kopf hinweg Rohan zu, so unerwartet, dass dieser ertappt zusammenfuhr, während der Kerl den Inhalt des Shakers mit federleichten Bewegungen in Cocktailgläser füllte.

Rohan sank tiefer ins Lederpolster, nahm einen Schluck von seinem Drink und fixierte das Glas. Er würde sich an Sita gewöhnen und sie sich an ihn. Noch war er sich nicht sicher, ob die geografische Distanz zur Familie dabei ein Vorteil oder eher ein Hindernis darstellte, tendierte aber zum ersteren. Sie würden sich ein Leben in der Schweiz aufbauen, das war der Plan, weil Sita, die dort geboren und aufgewachsen war, sich weigerte, nach Delhi zu ziehen. Rohan kam das gelegen, er hatte die Nase voll von dieser Stadt, von ihrem Lärm und der Hektik, von der Hitze und dem Schmutz, von den Krüppeln und Bettlern auf der Straße, von der Korruption, vom affektierten Getue der Parvenüs. Vom Gefühl, an der Stelle zu treten. Er hatte sein ganzes Leben hier verbracht, jetzt war er zweiunddreißig. Zeit für einen Neuanfang.

Der Gedanke an die Zukunft stimmte ihn zuversichtlich. Er schnappte sich den Orangenschnitz vom Glasrand, nagte das Fruchtfleisch ab und legte die Schale auf eine Papierserviette.

Ja, sie würden sich aneinander gewöhnen, sich arrangieren. Er wollte einfach nur die für ihn vorgesehene Rolle ausfüllen, ein guter Ehemann sein, irgendwann ein guter Vater, ein guter Sohn, der den Erwartungen seiner Familie entsprach. Keine Probleme machen, sich nicht querstellen, für einen reibungslosen Verlauf sorgen. Er war geübt darin, es würde zweifelsohne klappen.

»Mit der nötigen Disziplin«, flüsterte er und starrte in das undurchdringliche Blau seines Drinks.

16

Rohans Hände zitterten, als er die Kreditkarte in das dafür vorgesehene Brieftaschenfach zurückschob. Zuverlässig weckte der Alkohol dieses Drängen, das in einem verborgenen Winkel tief in ihm drin schlummerte. Manchmal war es nur ein leichtes Zerren, eine vage Lust; wenn er die Verlockung jedoch eine Zeitlang unterdrückt und ihr nicht nachgegeben hatte, brach sie mit einer Wucht hervor, gegen die Rohan machtlos war. Momentan war es bloß ein leises Brodeln, das ihn mit Unruhe erfüllte, doch aus Erfahrung wusste er, wie blitzartig sich das ändern konnte.

Mit einem Zug leerte Rohan seinen dritten *Blue Train*, platzierte das Cocktailglas auf dem feucht gewordenen Papieruntersetzer und sah sich um. Mittlerweile war die *Station Bar* bevölkert. Gruppenweise besetzte die Kundschaft Tische, die Musik war lauter aufgedreht, man lachte und rief sich Scherzworte zu. Die älteren Gäste kamen – den blauen Businesshemden und dezenten Deuxpièces nach zu schließen – direkt aus den Büros, die jüngeren Männer trugen T-Shirts und zerrissene Jeans, ihre Begleiterinnen nabelfreie Tops, aufwändige Frisuren und zu viel Make-up. Die Gerüche der verschiedenen Speisen verschmolzen miteinander, eine Mischung aus mexikanischen Tacos, indischen Tandoori-Häppchen und Chicken Wings, die Menükarte war international und auf die hippe Klientel ausgerichtet.

Rohan steckte die Geldbörse ein, erhob sich und verabschiedete sich bei der Bedienung mit einem knappen Nicken. Das erneute Zwinkern des Barmanns irritierte ihn, rasch senkte er den Kopf und strebte dem Ausgang zu. Seine abendlichen Ausflüge zerrten an seinen Nerven, obschon er übervorsichtig war, blieben sie riskant und gefährlich. Das alles brachte ihn nicht dazu, darauf zu verzichten. Der Drang, der ihn in die Dunkelheit trieb, war stärker.

Halb hatte er die Tür ins Freie bereits aufgestoßen, als er hinter sich eine vertraute Stimme hörte. »Rohan!«

Ertappt zuckte er zusammen, drehte sich um und schaffte es gerade noch, ein Lächeln aufzusetzen.

»Amar, du hier?«, brachte er hervor, als er seinen besten Freund in einer der mit Lederpolstern ausstaffierten Nischen in der Nähe des Ausgangs entdeckte, und bemühte sich, ihn seinen Unmut nicht spüren zu lassen.

Im selben Augenblick fiel ihm auf, dass Amar keineswegs allein war, sondern mit ihrer gemeinsamen Clique zusammensaß.

Verdammt!, fluchte Rohan innerlich und ging widerwillig auf die Runde zu.

Noch hatten ihn nicht alle bemerkt, sie plauderten angeregt miteinander. Sobald sie Rohan erblickten, verstummten sie konsterniert, für einen kurzen Moment herrschte peinliche Stille. In der nächsten Sekunde sprangen sie wie auf Kommando auf, die Frauen stießen schrille Begrüßungslaute aus, die Männer lachten dröhnend, er umarmte einen nach dem andern, klopfte den Kumpels auf den Rücken und drückte den Damen Küsse auf die Wangen, während er sich fieberhaft eine Ausrede überlegte, die glaubwürdig erklären würde, weshalb er hier war und erst noch ganz allein.

»Und?«, fragte Amar und dehnte dabei den Vokal genüsslich in die Länge, der anzügliche Unterton war unüberhörbar.

Blut schoss Rohan ins Gesicht, er grinste verlegen, während seine Freunde johlten.

Mira, Amars Frau, ließ ihre Zunge aufreizend langsam über die Lippen wandern, was für allgemeines Gelächter sorgte. »Bereit für die Hochzeitsnacht?«

»Rohan«, stöhnte Amisha, eine weitere Freundin. »*Oh my God*, mach's mir, Rohan! Härter, bitte härter!«

»Ihr seid so kindisch!« Rohan verdrehte die Augen.

»Setz dich zu uns«, forderte Amar ihn auf und klopfte mit der Handfläche auf den leeren Stuhl neben sich.

»Ein andermal, ich muss weiter«, erklärte Rohan, doch seine Freunde widersprachen lautstark.

Mira, die immer noch stand, packte Rohans Arm und zog ihn näher heran. Bestimmt legte sie ihre Hände auf seine Schultern und drückte ihn auf einen freien Stuhl. Rohan lachte schicksalsergeben und orderte eine weitere Runde für alle.

»Jetzt aber mal ehrlich: Wie war das Date?«, erkundigte sich Amar halblaut, nachdem die Getränke serviert worden waren und sich alle beruhigt hatten.

Rohan warf einen Blick in die Runde. Die andern lästerten gerade über den amerikanischen Sänger Nick Jonas, der mit der zehn Jahre älteren indischen Schauspielerin Priyanka Chopra verheiratet war, besonders die Frauen ereiferten sich über den Altersunterschied zwischen den beiden. Drei Paare, seine besten Freunde.

»Rohan«, insistierte Amar.

Rohan wandte sich wieder seinem Freund zu, sie kannten sich eine Ewigkeit, waren bereits gemeinsam zur Schule gegangen. »Es war okay«, erwiderte er.

Amar lachte auf. »›Es war okay‹? Ist das alles?«

Rohan zuckt mit den Schultern. »Es war nicht so, als hätte die Erde gebebt.«

»Hat sie bei uns übrigens auch nicht«, warf Mira ein, die neben Amar saß. »Nicht einmal in der Hochzeitsnacht. Später dann schon, nachdem er sich mit der Region etwas bekannt gemacht hatte.«

Mit einem anzüglichen Grinsen deutete sie auf ihren Schoß und drückte den Oberschenkel ihres Ehemannes. Der etwas gar selbstgefällig grinste, wie Rohan fand.

»Ich weiß gar nicht, wieso die Leute Sex so viel Bedeutung beimessen«, fuhr sie fort.

»Sie messen auch Hochzeiten zu viel Bedeutung bei«, argumentierte Rohan und klang dabei grimmiger, als er beabsichtigt hatte.

»Wir respektieren die Tradition«, widersprach Mira. »Sieh uns an, drei Paare, mit dir und Sita werden es vier sein. Alle im besten Alter, alle verheiratet.«

»Ich bin noch nicht …«

»Eine Frage von Tagen.«

»Aber …«, setzte Rohan an, doch Mira brachte ihn mit einem Heben ihres Zeigefingers zum Verstummen.

»Nichts aber. Ich weiß, wie du denkst. Muss das sein? Würde ich nicht auf eigene Faust eine passendere Braut finden? Könnten wir nicht endlich etwas moderner denken?«

Rohan machte eine resignierte Geste.

»Ich sag dir was: All die Leute da draußen, die glauben, sie wüssten es besser und sich selbst ihre Partner suchen, sieh sie dir an. Sie benutzen diese ganzen Apps wie *Tinder*, treffen sich zu *Speed Datings*, gehen an Partys, für die sie längst zu alt sind, oder hoffen, dass sie jemanden im Gym, beim Yoga, im Büro kennenlernen. Da draußen herrscht Krieg, alle sind auf der Suche, keiner will zu kurz kommen. Die riesige Auswahl erschwert allerdings eine Entscheidung, sie lässt dich denken, hinter der nächsten Straßenecke warte womöglich noch etwas Besseres auf dich. Dabei werden diese Leute immer hoffnungsloser und frustrierter. Und glaub mir, Rohan, es gibt kaum etwas, das weniger anziehend ist als Verzweiflung.«

»Was willst du mir damit sagen?«

Mira nahm einen Schluck von ihrem Cosmopolitan. »Dass wir privilegiert sind. Egal, wie du zu arrangierten Ehen stehst. Aber deine Eltern haben einen Riesenaufwand betrieben und ein Vermögen ausgegeben, um dich mit Sita zusammenzubringen. Damit haben sie dir die zermürbende Suche nach einer passenden Frau erspart. Zeig wenigstens ein bisschen Dankbarkeit.«

»Ich bin dankbar«, verteidigte sich Rohan. »Vor allem dankbar dafür, dass danach die ewige Fragerei endlich aufhört und der Erwartungsdruck verschwindet.«

»Der ist nie weg«, mischte sich Amar ein. »Ab dem Tag nach der Hochzeit hoffen sie auf Kinder. Dutzendweise Kinder.«

»Du solltest deine Eltern respektieren.« Mira sah ihren Mann tadelnd an.

»Das tue ich auch. Aber diese Fixierung auf die Ehe, als wäre sie das wichtigste Ziel im Leben, grenzt an Manie. Das ist doch nicht normal.«

Der strafende Blick seiner Frau ließ ihn verstummen.

»Für die Generationen vor uns war es tatsächlich das Wichtigste im Leben«, nahm Mira den Faden wieder auf. »Eine Ehe sicherte das Wohlergehen beider Partner, sie waren das Bindeglied zwischen zwei Familien, was wirtschaftlich und gesellschaftlich gesehen nicht zu unterschätzen ist. Sieh dir unsere Eltern an: Sie sind glücklich, haben sich arrangiert. Womöglich mit viel Toleranz und Kompromissbereitschaft, aber es funktioniert. Und so, wie es aussieht, gilt für uns dasselbe. Wir sind glücklich mit unseren Partnern, die aus denselben Kreisen kommen, aus derselben Kultur, die ähnliche Ausbildungen haben, unsere Vorstellungen vom Leben teilen, denen Familie über alles geht. Das mag nicht besonders modern klingen, aber es zeichnet uns aus, gehört zur Tradition.«

»Amen«, machte Amar, doch niemand lachte.

Nachdem Rohan das Lokal verlassen hatte, bog er rechts in die Radial Road ein. Unauffällig sah er sich immer wieder um, doch keines der Gesichter in der Menge kam ihm bekannt vor. Eine unangenehme Überraschung pro Abend reichte.

Nach zwei weiteren Drinks in der *Station Bar* hatte er genug gehabt und wollte aufbrechen, seine innere Unruhe war minütlich größer geworden. Doch seine Freunde hatten ihn nicht gehen lassen wollen, sie flehten und bettelten, am Ende drohten sie, ihm die Freundschaft zu kündigen. Erst als er anführte, seine Mutter fühlte sich nicht besonders gut und er müsse nach ihr schauen, ließen sie ihn ziehen. Familie ging über alles.

Die Straße, die rings um den Central Park führte, war die am wenigsten befahrene, hier dünnten auch die Fußgänger aus, nach Einbruch der Dunkelheit mied man die Parkanlage.

Rohan überquerte die Fahrbahn und dachte an das Gespräch mit Mira zurück. Eine Belehrung vielmehr, eine Rechtfertigung vermutlich auch, dass sie sich als moderne Frau einer uralten Tradition unterwarf. Zwar konnte er das nachvollziehen, er hatte dasselbe gemacht, wenn auch aus komplett anderen Gründen. Wirklich zu verstehen, vermochte er Mira allerdings nicht. Wie konnte man sich eine lebensbestimmende Entscheidung von seinen Eltern und irgendwelchen Astrologen abnehmen lassen?

Beim Gedanken daran schüttelte Rohan den Kopf. Er selbst war froh, dass er sich nicht auf eigene Faust eine Ehefrau hatte suchen müssen, da hatte Mira schon recht. Im tiefsten Inneren hatte er stets gehofft, sie würden niemanden finden, der zu ihm passte, dass seine Sternenkonstellation unvorteilhaft wäre, er nicht interessant genug. Eine Hoffnung, die sich nicht erfüllt hatte. Kurz dachte er an Sita und verdrängte das aufkommende schlechte Gewissen. Er war tatsächlich froh, dass der Druck der Familie bald nachlassen würde. Die erwartungsvollen Gesichter der Verwandtschaft bei den regelmäßigen Besuchen, das bedauernde Schnalzen, wenn seine Mutter ihnen mitteilte, dass immer noch weit und breit keine Braut in Sicht sei, die kritischen Blicke, die ihn streiften, als wären sie auf der Suche nach irgendeinem Defekt. Es war kaum auszuhalten gewesen, die ganze Sippe schien nur auf dieses eine Ereignis zu warten. Und Amar lag natürlich richtig mit seiner Einschätzung, dass nach der Hochzeit alle darauf aus waren, dass seine Frau möglichst bald schwanger würde. Doch diesen Erwartungsdruck würde er mit Sita teilen, zu zweit würde er leichter zu ertragen sein, hoffte Rohan.

Im Park war es still, die hell erleuchteten Lokale und Geschäfte des Connaught Place sorgten für genügend

Licht, damit Rohan sah, wo er hintrat und nicht über eine Wurzel stolperte. Je weiter er jedoch voranschritt, desto dunkler wurde es. Um diese Zeit war hier kaum noch jemand zu sehen, die Geräusche des unablässig strömenden Verkehrs ein entferntes Rauschen. Rohan wusste aber, dass er nicht allein war. Aus den Büschen war hie und da ein Rascheln zu hören, vorsichtige Schritte auf trockenem Gras, irgendwo leuchtete kurz ein Handydisplay auf. Während er sich dem niedrigen Betongebäude näherte, in dem sich die öffentlichen Toiletten befanden, erkannte er immer häufiger schemenhafte Umrisse in der Dunkelheit. Sie lehnten an Baumstämmen, warteten vor den Büschen, nur die wenigsten standen im grellen Neonlicht des WC-Häuschens. Glühende Zigarettenspitzen verrieten ihre Anwesenheit. Rohans Körper spannte sich an, der Puls pochte dumpf in seinen Ohren, die Wahrnehmung messerscharf. Der Gestank der Latrine stach ihm in die Nase, vermischt mit den schweißigen Ausdünstungen der herumlungernden Männer, er machte Rauch aus und den scharfen Moschusgeruch ungewaschener Schamgegenden. Rohan spürte, wie das Blut in seinen Unterleib schoss, schon dieser Duft allein erregte ihn. Einen Moment lang blieb er neben einem Tamarindenbaum stehen, im Halbdunklen verschmolzen mit dem Stamm, und sondierte die Lage. Zu sehen waren fünf oder sechs Männer, die sich scheinbar gelangweilt die Füße vor dem Klo vertraten oder auf eine leere Kabine warteten. Doch Rohan wusste, dass sich ringsum Dutzende weiterer Typen aufhielten. Sie kamen alle hierher, die Geschäftsmänner vom Connaught Place, die Studenten, die Obdachlosen und Strichjungen, die sich ein paar Rupien verdienen wollten, selten Touristen.

Er trat einen Schritt vor, sein Gesicht noch im Schatten der Äste. Niemand da, den er kannte, stellte er beruhigt fest. Keiner sprach ein Wort, dennoch vibrierte die Atmosphäre vor Spannung. Rohan verließ den Schutz des Baumes und schlenderte scheinbar gelassen auf das Toilettenhäuschen zu, während ihm das Herz bis zum Hals schlug. Im selben Moment raschelten Blätter, jemand näherte sich mit schnellen Schritten von der Seite. Das Geräusch ließ Rohan zusammenfahren, er wandte den Kopf leicht nach links, vorsichtig und bereits mit einer Ausrede auf den Lippen, falls es ein Bekannter wäre. Als sich sein Blick mit demjenigen des Barmanns der *Station Bar* kreuzte, fühlte es sich an, als träfe ihn ein glühender Pfeil in die Eingeweide. Sogleich blickte der Kerl wieder zu Boden, Rohan glaubte, ein leichtes Lächeln zu erkennen, er ging voraus und betrat das WC nur Sekunden, bevor ihm der Barmann folgte.

17

Meera steuerte so zielstrebig auf die Shoppingmall zu, als kämen sie zu spät zu einer Verabredung. Atemringend bemühte sich Sita, Schritt zu halten. Einmal mehr legte ihre Mutter diese Selbstsicherheit an den Tag, über die sie nur in Indien verfügte. Bei Einkaufstouren in der Schweiz erschien sie Sita stets zögerlich. Immer wieder blieb sie stehen, um sich zu orientieren, unschlüssig, wohin sie wollte. Musterte skeptisch Schaufenster oder spähte durch Ladeneingänge auf die Auslagen, nur um allzu oft das Gesicht zu verziehen und rasch weiterzugehen. Hier schien sie ganz genau zu wissen, was sie wollte.

Es war kurz vor Mittag und bereits drückend heiß, die Luft klebrig vor Feuchtigkeit und Abgasen, hinter ihnen dröhnte der Verkehr. Wie durch Zauberhand fiel all das von Sita ab, als sie durch das pompöse Portal der Mall eilten. Es kam ihr vor, als beträten sie eine andere Welt.

Ein weites und dank zahlreichen Oberlichtfenstern sonnendurchflutetes Atrium empfing sie in diesem ersten von mehreren zusammenhängenden Gebäuden. Auf drei Etagen präsentierten sich die Läden, ein geschäftiges Summen erfüllte die Luft. Es war empfindlich kühl, sodass Sita, noch erhitzt von draußen, eine Gänsehaut bekam. Ein künstlicher, etwas penetranter Parfümduft hüllte sie ein, die Geräusche waren gedämpft, Fahrstuhlmusik drang aus unsichtbaren Lautsprechern.

Wie in allen asiatischen Ländern waren auch in Indien Shoppingmalls äußerst beliebt. So beliebt, dass Familien mit Kind und Kegel ganze Sonntage darin verbrachten und sich die Zeit mit Einkaufen, Essen und Kinobesuchen vertrieben. Allein in Delhi gab es rund hundert solcher Einkaufszentren, das *The Chanakya*, einen kurzen Spaziergang vom Nehru Park entfernt, war eines der luxuriösesten, wenn nicht sogar das luxuriöseste. Kubische Gebäude mit Fassaden aus hellem Marmor und meterhohen Fensterfronten, der dazugehörige Kinokomplex erinnerte aus der Ferne an ein Fußballstadion. Marmor auch im Inneren, Boden, Wände, alles warm beleuchtet, ein verwinkeltes gigantisches Bauwerk mit mehreren lichtdurchfluteten Innenhöfen, exklusiven Boutiquen, extravaganten Bars und exquisiten Restaurants.

Wie schon am Flughafen kam es Sita vor, als würde man sich darum bemühen, das Einheimische, Lokale zu unterdrücken, alles auszuradieren, was auch nur entfernt an Indien erinnerte. Jedes Detail war akribisch genau durchdacht und abgezirkelt, Formen, Farben, die gesamte Architektur. Nichts wirkte spontan, nichts fiel aus dem Rahmen.

Wären nicht die paar Frauen gewesen, die in farbenprächtigen Saris durch die Mall schlenderten, die Männer mit ihren ewig gleichen Karohemden oder den schlecht sitzenden Anzügen, hätte das Shoppingcenter ebenso gut in Dubai oder Singapur stehen können.

Vielleicht ist das sogar Absicht, überlegte Sita, während sie ihrer Mutter durch eine Einkaufspassage folgte, die zwei Gebäude miteinander verband. Zu zeigen, dass man auf internationalen Level angekommen war, dass man mithalten konnte und exakt dasselbe bot wie andere Metropolen. Ohne Abstriche. Sich nach mehr indischen Einflüssen zu sehnen, kam vermutlich nur romantisch veranlagten Touristen in den Sinn kam. Die Einheimischen hingegen waren stolz auf diese Errungenschaften, die eindrücklich demonstrierten, dass sie sich auf dem Weg zur Weltspitze befanden.

»Was trödelst du so?«, rief Meera über die Schulter hinweg, als Sita vor einem aufwändig dekorierten Schaufenster stehen blieb. Man hatte einen Herbstwald mit echten Birkenstämmen aufgebaut, gelbe Blätter bedeckten den Boden, es gab ausgestopfte Eichhörnchen und Dachse, weiter hinten ein Reh mit Kitz. Zwei Füchse sahen Sita aus ihren spiegelnden Knopfaugen erwartungsvoll an. Die Handtaschen, die an den Ästen hingen oder auf dem Boden halb im trockenen Laub versanken, waren unerschwinglich teuer, wie Sita feststellte, als ihr Blick die diskret angebrachten Preisschilder streifte. In Rupien sahen die Summen geradezu astronomisch aus.

»Ich komm' ja!« Seit ihre Mutter sie nach dem Frühstück diskret zu sich gewunken hatte, fühlte sie sich beschwingt.

»Das will ich hoffen«, grummelte Meera, doch Sita

wusste, dass ihr mürrischer Tonfall nur gespielt war. Dazu kannte sie sie viel zu gut.

Die Ankündigung der Hochzeit hatte die gesamte Verwandtschaft in Aufregung versetzt, Onkel Shahids Apartment war zu einer Kommandozentrale umfunktioniert, von wo aus die Vorbereitungen für Zeremonie und Fest koordiniert wurden.

»Ein Irrenhaus!«, hatte Meera ihr ins Ohr gezischt. »Lass uns verschwinden.«

»Nichts lieber als das«, hatte Sita erleichtert geantwortet und gleichzeitig geahnt, dass ihre Mutter strengste Anweisungen gegeben haben musste, was noch alles zu tun war. Andernfalls hätte sie die Zügel kaum aus der Hand gegeben. Von Beginn weg hatte sie die Organisation der Festlichkeiten überwacht und dafür gesorgt, dass alles ihren Ansprüchen entsprechend ausgeführt wurde.

Erfreut ergriff Meera Sitas Hand und zog sie zur Wohnungstür. Behände schlüpften sie hinaus, kichernd wie zwei Mädchen nach einem gelungenen Streich, und eilten durch das offene Treppenhaus nach unten, wo das Taxi bereits wartete. Niemand schien ihr Verschwinden bemerkt zu haben.

Es hatte gewittert in der Nacht, die Löcher im Asphalt waren mit schlickigem Wasser gefüllt, es roch nach Fäulnis und Verwesung. Dafür war die Sicht ungewohnt klar, der Regen hatte den Staub aus der Atmosphäre gewaschen. In der Ferne konnte Sita das Red

Fort ausmachen, der Sandstein des India Gates, nach dem Vorbild des Pariser Arc de Triomphe entworfen, war durchnässt und dunkel und verlieh dem Kriegsdenkmal etwas Beklemmendes.

»Worauf hast du Lust?«, wollte Sitas Mutter wissen, während sie auf das *MKT* zusteuerte, ein weitläufiges Lokal, wo auf luxuriös gestalteten Kochinseln Speisen aus allen Erdteilen direkt vor den Gästen zubereitet wurden. »Es gibt hier wunderbare Thalis.«

Sita zuckte mit den Schultern, während sie versuchte, sich einen Überblick zu verschaffen. Dunkler Parkettboden, exotische Topfpflanzen und edelste Materialien dominierten das Interieur. Die Anordnung der einzelnen Bereiche erinnerte Sita an die gehobenen Restaurantbereiche in Flughäfen, nur dass hier keine Ansagen aus Lautsprechern schepperten, sondern eine noble Stille herrschte. Leise Musik war zu hören, ein Bossa Nova, der zum Hintergrundrauschen verkam. Selbst der Kellner, der sie schließlich an die Sushibar führte, dämpfte seine Stimme.

»Dort drüben gäbe es südindische Küche«, versuchte ihre Mutter Sita umzustimmen und deutete auf einen mit Palmen dekorierten Bereich ganz in der Nähe. Doch ihre Stimme klang halbherzig, lasch die Handbewegung. Sie konnte nicht kampflos klein beigeben, das lag in ihrer Natur, Sita wusste das. Gleichzeitig wollte sie auf gar keinen Fall einen Konflikt provozieren.

Bestimmt schüttelte Sita den Kopf. Sie war dankbar

für die kulinarische Abwechslung, nachdem sie in den Tagen zuvor geradezu gemästet worden war. Zusammen mit der Mutter hatte sie einer Reihe weiterer Familienmitglieder in der Stadt und der näheren Umgebung ihre Aufwartung gemacht, Stippvisiten bei Verwandten, an die sie sich kaum erinnert hatte. In erster Linie dienten die Besuche dazu, die Hochzeitsneuigkeit zu verbreiten und Einladungen auszusprechen. Außerdem wusste Sita, dass ihre Mutter gern mit ihr angab. Erfolgreich abgeschlossenes Medizinstudium, angehende Ärztin, Onkologin, das machte Eindruck. Und so sehr sich Sita auch darüber ärgerte, wie ein Zirkuspferd vorgeführt zu werden – tief drin rührte es sie, dass ihre Mutter so stolz auf sie war.

Bei jedem Halt hatten sie üppige Mahlzeiten erwartet, kein noch so plausibles Argument, nicht hungrig zu sein und allenfalls nur einen kleinen Happen essen zu wollen, ließ man gelten und drängte ihnen am Ende auch noch Übriggebliebenes auf, für den Fall, dass sich auf der Weiterreise der Appetit erneut melden sollte.

Deshalb freute sich Sita auf den leichten Lunch. Am Morgen hatte sie verärgert festgestellt, dass ihre Hose über dem Bauch spannte.

Wie erwartet, schürzte ihre Mutter die Lippen, als der Kellner ihr die aufgeklappte Karte reichte, und studierte mit kritischer Miene das Sushi-Angebot, um sich schließlich für ein gebratenes Nudelgericht zu entscheiden.

Seufzend lehnte sie sich vor, nachdem die Bedienung die Bestellung aufgenommen hatte, und streckte die Hände auf der Tischplatte aus. Nach kurzem Zögern ergriff Sita sie.

»Wir haben nicht viel Zeit miteinander verbracht, seit du hier bist«, stellte die Mutter fest. »Allein, meine ich.«

»Keine Sekunde«, bestätigte Sita.

Selbst bei den Verwandtschaftsbesuchen war immer mindestens einer der Brüder mit dabei gewesen, was den Vorteil hatte, dass sie zu den Adressen innerhalb der Stadt gefahren worden waren. Meist mit Mofas, auf denen sie sich an den Vordermann klammerten, die Augen gegen den Straßenstaub und die Abgaswolken zusammengekniffen, ein Stoßgebet wegen des chaotischen Verkehrs auf den Lippen. Für die längeren Strecken hatten sie zu Sitas Erleichterung den Zug genommen.

»Ich weiß nicht, was ich sagen soll ...«, setzte ihre Mutter an, mit einem Mal verunsichert.

»Wieso nicht? Jetzt bekommst du, was du immer gewollt hast.«

Der gallige Tonfall ließ die Mutter die Stirn runzeln, als sie weitersprach, war ihrer Stimme jedoch nichts anzumerken. »Rohan ist wirklich ein netter Junge.«

»Ja, ist er.«

»Ich hoffe, ihr werdet glücklich.«

Spöttisch stieß Sita die Luft aus. »Der Astrologe hat das doch für eine Riesensumme berechnet. Demnach muss alles im grünen Bereich sein, sonst wäre es gar nie zu einem Date gekommen.«

»Die Horoskope sind wichtig, *Beti.*«

»Gibt es eigentlich eine Geld-zurück-Garantie? Falls es nicht klappt.«

Sitas Mutter sah ihre Tochter strafend an. »Mach dich nur lustig. Das ist nun mal unsere Tradition, das gehört sich so.«

»Gilt offensichtlich nicht für alle«, erwiderte Sita scharf, doch zu ihrer Überraschung hielt die Mutter ihrem Blick stand.

»Manchmal muss man kämpfen für das, woran man glaubt. Für das, was man in dem Augenblick für richtig hält«, sagte sie bestimmt. »Sich mit aller Kraft gegen Widerstände durchsetzen.«

»Willst du damit sagen, dass ich nicht kämpfe?«

»Hast du dich etwa gewehrt, als ich dir die Hochzeit mit Rohan vorgeschlagen habe? Hast du auch nur eine Sekunde lang Gegenwehr geleistet?«

Sekundenlang starrte Sita ihre Mutter an. Der Punkt ging eindeutig an die Ältere, das war beiden Frauen bewusst. Kleinlaut senkte Sita den Kopf und schob die Essstäbchen vor sich über die gefaltete Stoffserviette. Mit einem Mal kämpfte sie gegen die Tränen an. Sie war nahe dran, sich Meera anzuvertrauen, ihr von Jérôme zu erzählen, von ihrer heimlichen Affäre und den gravierenden Ereignissen danach. Die Beziehung hatte Sita so leer und hoffnungslos zurückgelassen, dass sie teilweise aus purer Gleichgültigkeit heraus zugesagt hatte, als Meera aus Indien anrief und von Sitas zukünftigem Ehemann schwärmte.

Als sie aufschaute und bemerkte, wie kritisch Meera sie beäugte, kam sie schnell wieder von ihrem Vorhaben ab. Trotzdem kam es Sita vor, als würde das Unaussprechliche zwischen ihnen Form annehmen, von der Tischplatte aufsteigen wie eine dunkle Wolke, spürbar für beide.

»Die Statistiken besagen, dass arrangierte Ehen länger halten und glücklicher sind als autonom geschlossene«, bemerkte ihre Mutter nach einer Weile.

»Was, wenn es trotzdem schiefgeht?«

»Dafür gibt es keine Garantie. In keiner Ehe. Egal, unter welchen Umständen sie geschlossen wurde.«

»Also ist es doch möglich, dass der Astrologe falsch liegt.«

»Er berechnet die Ausgangslage, ob eure Horoskope harmonieren. Was ihr damit macht, liegt bei euch.«

»Keine Garantie auf Glück.«

»Das hat er nie versprochen.«

Umständlich navigierte Sita die Stäbchen an ihren ursprünglichen Platz zurück.

»Bist *du* glücklich?«, fragte sie.

Meera wiegte den Kopf. »Glück wird überschätzt, nicht?«

»Findest du?«, stieß Sita hervor, verblüfft und gleichzeitig entsetzt von der Antwort ihrer Mutter.

»Schau, ich habe ein paar einschneidende Entscheidungen in meinem Leben gefällt, keine davon bereue ich. Aber hätte ich damals schon die Konsequenzen gekannt, wäre ich womöglich zu anderen Schlüssen gekommen. Grundsätzlich bin ich zufrieden mit meiner Wahl, Glück ist etwas anderes.«

»Das ist normal. Wir würden wohl in vielen Fällen anders entscheiden, wüssten wir, was uns erwartet.«

»Nur tun wir das nicht. Wir wissen nichts.«

Stumm lehnten sich beide Frauen zurück. Sita wurde einmal mehr bewusst, dass Meera das einzige Mitglied dieser riesigen Familie war, das sie wirklich kannte. Sie hatte ihr Leben geprägt, wie sonst niemand, war ihr Mutter und Vater gewesen, Identifikationsfigur auch, als sie als Teenager orientierungslos zwischen allen Möglichkeiten getaumelt war und nicht gewusst hatte, wo sie dazugehörte, wer sie war. Alles, was sie über die indische Kultur erfahren hatte, kam von Meera. Durch sie hatte sie einen Zugang gefunden zu einem Land, in dem sie nie gelebt hatte. Ein Land, das ihr stets zu fremd war, um sich damit tief verbunden zu fühlen, gleichzeitig jedoch zu vertraut, um den Bezug auszublenden.

»Weißt du eigentlich, dass es eine Zeit gegeben hat, in der du die Welt für mich warst?«

Ruckartig sah Sitas Mutter auf und starrte ihre Tochter an, als hätte sie eben etwas Ungeheuerliches gesagt, Tränen schossen ihr in die Augen.

»Ich wünschte, ich hätte dir mehr bieten können«, flüsterte sie.

»Ich hatte alles, was ich brauchte«, erwiderte Sita und ergänzte in Gedanken: Manchmal sogar mehr als das. Mehr Liebe, mehr Aufmerksamkeit, manchmal so viel, dass ich das Gefühl hatte zu ersticken.

»Dein Vater hat gefehlt«, sprach Meera weiter. »Jemand … eine Alternative zu mir. Da waren immer nur du und ich, das war zeitweise sehr eng. Zu eng, vielleicht.«

»Auch für dich?«

»Auch für mich. In meinem Leben hat es jahrelang nur zwei Dinge gegeben: dich und die Arbeit.«

Kaum langjährige Freundinnen, keine Männergeschichten, ergänzte Sita. Nicht, dass ihr das nicht aufgefallen wäre. Sie hatte gelernt, die unausgesprochenen Dinge zu ergänzen. Dinge, die ihre Mutter ausließ, weil es ihr peinlich war, darüber zu reden. Oder mit Kalkül ausließ, damit der darin verborgene Vorwurf sich erst mit der Zeit entfaltete und so länger nachhallte. Tricks und Kniffe, die sie anwandte, wenn sie etwas erreichen oder Sita in die Schranken weisen wollte. Sita kannte diese Taktiken mittlerweile alle, wie auch den Umgang mit ihnen.

»Manchmal habe ich mich einsam gefühlt«, fuhr Meera fort. »Vielleicht auch wegen dir.«

Sita erkannte die Schuldzuweisung sehr wohl, ließ sich aber nichts anmerken. »Erging mir genau gleich.

Einsam, weil ich anders war als alle anderen. Mit dunkler Haut und einer alleinerziehenden indischen Mutter.«

Meera erstarrte. »Schämst du dich etwa für mich?«

»Nein, sicher nicht. Aber zu der Zeit wollte ich gleich sein wie alle anderen. Nicht aus der Reihe tanzen, ja nicht auffallen. Ich wollte eine intakte Familie, ein Einfamilienhaus, Ferien in Spanien. Das, was ich hatte, war nichts, was man sich als Kind wünscht, nicht, wenn man eine Wahl hätte.«

Sita glaubte, einen Anflug von Anerkennung in Meeras Blick zu entdecken. Augenhöhe, sie hatte von der Besten gelernt.

Der Kellner brachte den japanischen Grüntee, den Sita für beide bestellt hatte. Flache schwarze Gusseisenkännchen, dazu zwei tönerne, dunkelblau lackierte Becher. Sitas Mutter schenkte sich sofort ein, schnupperte an dem dampfenden Getränk, setzte zu einem Kommentar an, ließ es zu Sitas Erleichterung aber bleiben.

»Es gibt etwas, das ich dir nie erzählt habe«, sagte sie stattdessen. Ihre Stimme hatte plötzlich einen ernsthaften Beiklang, die Angriffslust war weg.

»Und ausgerechnet jetzt, da ich heirate, ist der passende Zeitpunkt?«

»Für solche Sachen gibt es kein perfektes Timing.« Meera langte mit beiden Händen nach dem Teebecher und führte ihn an die Lippen, blies hinein und schlürfte von der Flüssigkeit.

»Als würde man Aquariumwasser trinken«, bemerkte sie jetzt doch, und Sita grinste.

Ihre Miene erstarrte jedoch bei Meeras nächstem Satz: »Es gab nicht nur dich.«

18

Sie hatten sich im Kasturba Gandhi Hospital kennengelernt, in Kalan Mehal, gleich gegenüber dem Netaji Subhash Park. Nicht unbedingt die beste Adresse der Stadt, die Bezahlung war mittelmäßig, die Arbeitszeiten vage geregelt. Meera arbeitete trotzdem gerne dort. Der permanente Personalmangel forderte Ärztinnen und Ärzte wie Pflegepersonal; Doppelschichten, gestrichene Freitage und Ferien waren keine Seltenheit. Andererseits bekam sie auf diese Weise einen Einblick in die verschiedenen Bereiche des Krankenhausbetriebs, der sich auf Frauen und Kinder konzentrierte. Als erfahrene Pflegefachfrau wurde sie dort eingesetzt, wo man sie brauchte, oft verschob man sie während einer Schicht mehrmals von einer Station zur anderen. Manchmal so oft, dass sich am Ende keiner ihrer Vorgesetzten mehr genau erinnerte, wie viele Stunden Meera schon im Dienst war, der Alltag war geprägt von Hektik und Chaos. Nie wusste sie im Voraus, wo sie arbeiten und wann sie nach Hause kommen würde. Das machte ihr wenig aus, ihr Privatleben beschränkte sich auf den Kontakt zur Familie und zu einigen wenigen Freundinnen, Männer interessierten sie in dieser Phase ihres Lebens wenig. Ihre Brüder frotzelten, dass sie als alte Jungfer sterben würde, sie war bereits Mitte dreißig und ein Ehemann nicht in Sicht. Vermittlungsversuche hatten die Eltern längst aufgegeben, Meera hatte sich stets störrisch verhalten und mögliche Kandidaten mit demonstrativem Desinteresse oder mittels bissiger Kommentare in die Flucht geschlagen. Dafür, meinte ihr Vater, würde wenigstens eines der Kinder im Alter für ihn und seine Frau sorgen, diejenigen mit Familie hätten für Besuche ja jetzt schon kaum mehr Zeit. So habe alles sein Gutes.

Meera ignorierte die Bemerkungen, sie ging in ihrer Arbeit auf, kümmerte sich mit Hingabe um die Patientinnen und freute sich, als sie nach einigen Jahren befördert wurde und die Leitung der Geburtenstation übernehmen durfte.

Es war an der Gedenkfeier zum vierzigsten Todestag Mahatma Gandhis, welche im Innenhof des Krankenhauses ausgerichtet wurde, als Meera Jaspal Kapoor zum ersten Mal sah. Er kam aus Punjab, das erkannte sie an seinem Aussehen, an seinem Namen, sie waren in Delhi angesehen, die Leute aus dem Bundestaat ganz im Norden, der an Kaschmir grenzte. Ein eindrücklicher, großgewachsener Mann in ihrem Alter mit breiter Brust und tiefer Stimme.

Sita hatte die wenigen Fotos, die ihre Mutter von ihm besaß, immer wieder studiert, manchmal stundenlang, hatte versucht, sich vorzustellen, was für ein Mensch ihr Vater gewesen war, wie er geklungen und gerochen hatte. Hatte in seinem Gesicht, in seinem Blick nach Spuren von sich selbst gesucht, nach Ähnlichkeiten, nach irgendeiner Art von Verbindung.

Er war Hausmeister in der Masjid Neem Wali Moschee ganz in der Nähe des Krankenhauses und stammte aus Qadian, wo viele der Muslime lebten, die 1947 nach dem Abzug der Briten und der blutigen Teilung des Staates in ein hauptsächlich hinduistisches Indien und ein muslimisches Pakistan nicht aus der Region westwärts geflohen waren. Weshalb er an der Feier anwesend war, wusste Sitas Mutter nicht mehr genau.

Es könne sein, hatte sie einmal gemutmaßt, dass er mit dem Hausmeister befreundet gewesen war, ganz sicher war sie sich allerdings nicht. Ohnehin verschwamm ihre Erinnerung von diesem Zeitpunkt an, ob mit Absicht oder aus tatsächlicher Vergesslichkeit, konnte Sita nie mit Bestimmtheit sagen. Als Kind hatte Sita immer wieder hören wollen, unter welchen Umständen sich ihre Eltern kennengelernt hatten. Ihr war jedoch schnell aufgefallen, dass ihre Mutter nie zweimal die gleiche Geschichte erzählte, stets gab es Abweichungen, Ungenauigkeiten, und wenn sie sich beklagte, beharrte die Mutter darauf, dass die aktuelle Version die einzig wahre sei.

Sie waren ins Gespräch gekommen, als Meera einer kleinen Delegation auswärtiger Krankenhausangestellter die Geburtenstation zeigte, auf die man sehr stolz war. Wieso sich der Hausmeister einer Moschee dafür interessierte, hatte ihr erst nicht eingeleuchtet. Später hatte er ihr gebeichtet, dass er nur ihretwegen mitgegangen war. Seine Bemühungen zahlten sich aus.

Wieder auf dem Fest plauderten sie länger miteinander, es war der 30. Januar im Jahr 1988, sie verstanden sich sogar ausnehmend gut. Zweimal eilte Meera in die Krankenhausküche, um ihm ein *Nimbu Pani* mit Salz zuzubereiten, weil er die gezuckerte Variante der Zitronenlimonade nicht mochte. Und als sich das Fest seinem Ende zuneigte, verabredeten sie sich fürs folgende Wochenende, gesetzt den Fall, dass Meera nicht arbeiten musste.

Sie erzählte Sita auch, dass sie auf der Stelle gewusst hatte, dass Jaspal Kapoor der Mann ihres Lebens war, die offensichtlichen Hindernisse seien ihr damals nichtig vorgekommen, sie habe kaum einen Gedanken daran verschwendet.

Sie trafen sich vor der Freitagsmoschee, der Jama Masjid, einer der größten Moscheen der islamischen Welt, gebaut im siebzehnten Jahrhundert aus rotem Sandstein und weißem Marmor. Meera entdeckte Jaspal in der Sekunde, in der sie aus dem Bus stieg. Verwirrt stellte sie fest, wie schnell ihr Herz klopfte. Er trug eine tannengrüne Kurta mit goldenen Stickereien, die traditionelle Kleidung der Punjabi, ein Oberteil, das bis zu den Knien reichte, darunter weiße Hosen aus leichtem Stoff, der Bart war gepflegt und glänzte ölig im Sonnenlicht. Sie war beeindruckt, hingerissen vielmehr, er war eine stattliche Erscheinung. Obschon ihre Knie zitterten, als sie auf ihn zuging, ermahnte sie sich, sich nichts anmerken zu lassen. Das war Neuland für sie, mit Männern hatte sie bislang kaum Erfahrung.

Zur Begrüßung berührte er sie sanft an der Schulter, was sie zusammenzucken ließ. Ratlos blieben sie voreinander stehen und tauschten stockend Belanglosigkeiten aus, daran erinnerte sich Sitas Mutter genau. Plötzlich nahm er sie bei der Hand, so unerwartet und selbstverständlich, dass in ihr jeder Widerstand schmolz. Er führte sie über den weiten Platz vor der Moschee und spazierte mit ihr durch die engen, stetig ansteigenden Wege von Old Delhi zum Red Fort hoch, einer massiven Mogulfestung aus ebenfalls rotem Sandstein, die das Zentrum des Stadtteils bildete. Meera hatte sich in *Purani Dilli,* wie die Einheimischen das Quartier nannten, immer wohlgefühlt, allein schon, weil das Wort *Dill* darin vorkam, was *Herz* bedeutete. Marode zweistöckige Gebäude, Stromkabel und Telefondrähte hingen lose über den Gassen, halbnackte Kinder spielten im Straßenstaub. Trotz des sichtbaren Zerfalls herrschte reges Treiben, überall gab es üppig geschmückte Stände, wo man allerlei Krimskrams erstehen konnte, Straßenhändler kämpften sich mit ihren bunt bemalten Anhängern durch die Menge und priesen lautstark ihre Waren an. Die Luft war erfüllt von verschiedenartigsten Gerüchen, würzig diejenigen aus den Garküchen, den winzigen Läden, wo Gol Gappas, Samosas und Pakoras verkauft wurden, beißend und faulig die aus den Hinterhöfen, wo sich der Müll türmte und streunende

Hunde nach Essbarem wühlten. Über allem lag ein weiches Licht, reflektiert von den rostroten Lehmwänden der Hütten, die so nah aneinandergebaut waren, dass die Sonnenstrahlen nur selten die Gehwege erreichten.

Sie machten einen Zwischenhalt bei einem grasgrün bemalten Handwagen, wo mit einer altertümlich anmutenden und handbetriebenen Presse Zuckerrohrstängel ausgequetscht wurden. Aus fleckigen Gläsern tranken sie den süßen, nahrhaften Saft, später holten sie sich bei bei *Paranthe Wali Gali* in Öl ausgebackene Fladenbrote. Meera entschied sich für eine Füllung mit Okraschoten und Tomaten, Jaspal wählte eines mit *Paneer*, dem indischen Frischkäse. Nachdem sie sich kurz beratschlagt hatten, trugen sie ihren Imbiss wieder den Hügel hoch und setzten sich im gepflegten Park hinter dem Red Fort ins Gras.

Meera spürte eine Verbindung zu Jaspal, wie sie es noch nie erlebt hatte. Ihr Sichtfeld wurde plötzlich weiter und klarer, als hätte sie die Welt bis anhin nur durch einen Guckkasten mit beschlagener Scheibe gesehen. Die Farben der Stadt, dieser ohnehin bunten, leuchtenden, flirrenden Metropole, erschienen ihr plötzlich kräftiger, als ob jemand den Straßenstaub von den Hauswänden mit den alten, von Hand aufgemalten Filmplakaten gefegt hätte, wärmer und strahlend hell das Licht. Da wusste Meera, dass dies mehr war als eine flüchtige Romanze. So spät in ihrem Leben doch noch einen Mann – und dann erst noch einen derart eindrücklichen – gefunden zu haben, machte sie glücklich, verunsicherte sie aber auch.

Und genau in diesem Moment, verriet sie Jahre später, habe sie zum ersten Mal über die Konsequenzen nachgedacht. Auf eine Wahrsagerin habe sie getrost verzichten können, meinte sie lakonisch. Sie hätte auch so gewusst, dass es Ärger geben würde, großen Ärger, wenn sie einen Moslem nach Hause brächte. Umgekehrt konnte sie sich unschwer ausmalen, wie wenig erfreut Jaspals Familie sein würde, wenn er ihr eine Hindufrau vorstellte. Die Gräben waren immer noch tief, die Narben, die die brutale Vertreibung der Muslime im Norden hinterlassen hatte, nie richtig verheilt.

Was danach und vor allem am Abend geschah, blieb unklar. Meeras Bericht driftete an dieser Stelle immer ins Ungefähre ab, wogegen sie sich alles Vorangegangene ziemlich genau ins Gedächtnis rufen konnte. Einmal glaubte sie, sie seien im Kino gewesen, um sich einen Bollywoodfilm anzusehen, ein andermal behauptete sie, sie hätten sich an der Bushaltestelle verabschiedet. Aber genau diese Unschärfe verriet Sita, dass etwas Bedeutsames geschehen sein musste, etwas, worüber ihre Mutter nicht reden wollte. Womöglich hatte Jaspal sie nach Hause begleitet, in die Mansarde, die ihr vom Krankenhaus zur Verfügung gestellt worden war. Vielleicht hatten sie sich auch ein Zimmer an der Garstin Baston Road genommen, dem verruchten Viertel mit seinem Straßenstrich und den Stundenhotels hinter der *New*

Delhi Railway Station. Sita war bewusst, dass sie es nie herausfinden würde. Ihre Mutter besaß den Schlüssel zur Vergangenheit und sie allein bestimmte, was von dort in die Gegenwart gelangte. Dass sie ihrer Tochter eine tugendhafte Version ihrer selbst präsentierte, die stets weise handelte, gut durchdachte Entscheidungen traf und kaum Fehler beging, lag auf der Hand. Auch das war ihre Mutter: die perfekte Version ihrer selbst. Für Sita erfand sie sich neu, war für sie die Frau, die sie gerne gewesen wäre. Mit dem einzigen Makel, dass sie immer wieder vergaß, was sie beim letzten Mal erzählt hatte. Bruchstellen, durch die Sita einen Blick auf die mögliche Wahrheit erhaschte. Den Rest, die ganzen Lücken in den Erzählungen ihrer Mutter, musste sie selbst füllen.

Auch über den weiteren Verlauf der Beziehung gab die Mutter nach diesem Prinzip Auskunft. Nicht immer war sie in Laune dazu, und je älter sie wurde, desto ausgeprägter wurden ihre Stimmungsschwankungen. Manchmal wurde sie wütend und fuhr Sita an, sich um ihren eigenen Kram zu kümmern und aufzuhören, in ihrem Leben herumzustochern. Sita hatte gelernt, den richtigen Moment abzuwarten, um nachzufragen. Mit der Zeit konnte sie jede noch so winzige Veränderung im Verhalten der Mutter deuten, nahm jede Schwingung wahr, die von ihr ausging, und wenn ihr die Ausgangslage günstig erschien, hakte sie nach.

War sie in Stimmung, erzählte Meera gern und ausschweifend, es schien sie nicht zu kümmern, wenn Sita sich zum wiederholten Mal nach einem bestimmten Ereignis erkundigte. Vielleicht erinnerte sie sich nicht oder es war ihr schlicht egal. Insgeheim vermutete Sita, dass es die Nähe zwischen ihnen war, die sie zum Reden brachte, die ungeteilte Aufmerksamkeit, die ihre Tochter ihr in diesen Momenten schenkte.

Geduldig tauchte Meera dann in die Vergangenheit ab und trug dieselben Geschichten immer wieder vor, bunt ausgeschmückt und je nach Tagesform mehr oder weniger dramatisch inszeniert. Derweil Sita versuchte, aus dem, was ihr bereits bekannt war und den neu aufblitzenden Details in den sich ständig ändernden Schilderungen ein Gesamtbild zusammenzusetzen. Was ihr nie ganz gelang. Am Ende blieben stets weiße Flecken übrig, sie hatte gelernt, sich damit abzufinden.

Meera und Jaspal hatten sich nach diesem ersten gemeinsam verbrachten Tag immer häufiger gesehen, manchmal nahezu täglich, Moschee und Krankenhaus lagen praktischerweise nah beieinander. Das schlussfolgerte Sita aus den Berichten ihrer Mutter. Manchmal, wenn sie sich als anständige Frau mit moralischen Grundsätzen präsentieren wollte, erzählte sie, dass sie Jaspal nicht mehr habe sehen wollen, weil seine Absichten eindeutig schmutziger Natur gewesen seien, oder sie behauptete, er sei ihr hartnäckig nachgestiegen, obschon sie sich nicht für ihn interessiert hätte. Bei anderer Gelegenheit klang es allerdings, als hätten sie sich

Hals über Kopf ineinander verliebt, eine regelrechte *Amour fou*, angesichts der Tatsache, dass eine gemeinsame Zukunft nur schwer denkbar war.

Als eine Bekannte ihrer Eltern sie zufällig mit ihrem Geliebten beim Spaziergang in einem Park erwischte, sah sich Meera gezwungen, die Liaison zu beichten. Wie erwartet, brach ein Sturm der Entrüstung über sie herein, die ganze Familie war entsetzt, man forderte sie auf, die Beziehung auf der Stelle zu beenden. Was allerdings bloß Meeras Widerstand weckte, ihre Dickköpfigkeit war schon damals berüchtigt. Ihre Eltern besuchten sie mehrmals in dem winzigen Personalzimmer und redeten ihr ins Gewissen, beschworen sie, sich einen Hindu zu suchen, sie würden ihr dabei mit allen Mitteln helfen. Sie schrien sie an, weinten, drohten, doch Meera wollte nichts hören. Im Gegenteil, sie reagierte mit jedem Besuch trotziger. Am Ende, als innerhalb des Bekanntenkreises längst das vermutlich von Meeras Mutter gestreute Gerücht kursierte, ihre Tochter sei gegen ihren Willen entführt worden und werde von Jaspal mit dem Tod bedroht, öffnete sie nicht einmal mehr die Tür, wenn die Eltern im Flur standen und wütend gegen die dünnen Spanplatten polterten.

»Zu Hause brauchst du dich nicht mehr blicken lassen!«, brüllte der Vater eines Tages die verschlossene Tür an, worauf Meera von innen zurückschrie: »Hatte ich auch nicht vor!«

Das Aufschluchzen der Mutter, die zornig davonstapfenden Schritte des Vaters, das war das Letzte, was sie für sehr lange Zeit von ihnen hören sollte.

Wut auf die Familie, auf die verstaubten Sitten und die Engstirnigkeit der indischen Gesellschaft: Sita bekam diverse Gründe präsentiert, weshalb Meera und Jaspal kurze Zeit später einen diskreten Tempel in einem Außenquartier Delhis aufsuchten, wo man sich auf die Schließung interreligiöser Ehen spezialisiert hatte, und sich nach einer sehr knappen Zeremonie gegenseitig Blumenketten aus orangegelben Tagetesblüten um den Hals legten, was gleichzusetzen war mit der westlichen Tradition der ausgetauschten Eheringe. Damit waren sie nun ein verheiratetes Paar, wenn auch nur vor den Göttern, denen besagter Tempel geweiht war, nicht aber offiziell, nicht vor dem Gesetz.

»Damals, als wir zu diesem Tempel gingen …«, setzte Sitas Mutter an und knetete eine Ecke der Serviette, die vor ihr lag, ihre Stimme klang rau und tiefer als sonst.

»Weil ihr gegen eure Eltern und die gesellschaftlichen Normen rebellieren wolltet.«

Irritiert hielt Meera inne und sah Sita mit einem seltsamen Gesichtsausdruck an, es dauerte einen Augenblick, bis sie den Faden wiederfand. »Äh … natürlich. Aber das war nicht der wahre Grund.«

»Aber Ma, du hast immer gesagt …«

»Ich weiß, was ich gesagt habe«, unterbrach Meera ihre Tochter unwirsch.

Manchmal, ergänzte Sita in Gedanken.

»Weshalb wir dorthin gingen, hatte noch einen anderen Grund.«

»Ihr wolltet eurer Liebe …«

»Unterbrich mich nicht dauernd, Sita!« Mit einem Ruck riss Meera die Serviette hoch, sodass die darauf platzierten Essstäbchen durch die Luft wirbelten, und schüttelte sie energisch.

Als wollte sie einem Kleintier das Genick brechen, fuhr es Sita durch den Kopf.

»Wir kannten uns zu dem Zeitpunkt schon ein paar Monate«, erzählte Meera, nachdem sie den gestärkten Stoff auf ihren Knien mit mechanischen Handbewegungen flachgestrichen und tief Luft geholt hatte. Der Ärger schwang immer noch deutlich in ihrer Stimme mit.

»Sieben Monate und drei Wochen, um genau zu sein. Wir waren uns nahe gekommen in dieser Zeit und hatten uns oft gesehen, sehr oft.« Sie machte eine bedeutsame Pause. Es war an Sita, sie richtig zu deuten. Als ihr klar wurde, was ihre Mutter damit sagen wollte, weiteten sich ihre Augen.

»Ihr musstet heiraten«, platzte sie heraus.

»Es war nur eine Zeremonie«, wiegelte Meera ab.

»Bis jetzt hast du immer gesagt, es sei eine Hochzeit gewesen. Eine kleine, private Feier.«

»Es war einfacher, es so zu nennen.« Meera starrte auf ihren Teebecher und bewegte den Kopf wie in Zeitlupe hin und her, als fiele es ihr schwer, das Geschehen in Worte zu fassen. »Jaspal fuhr gleich am nächsten Tag nach Hause, nach Qadian, um endlich mit seinen Eltern zu reden, ihnen von mir zu erzählen und dem … Zwei Tage später rief er mich an. Mit kraftloser Stimme, er flüsterte die ganze Zeit, als tätige er den Anruf heimlich, aus einem Versteck heraus womöglich oder einer Telefonkabine. Sie hätten Wind von unserer Beziehung bekommen, sagte er und teilte mir im selben Atemzug mit, dass er mich nicht mehr sehen könne. Es sei alles vorbereitet gewesen. Kaum war er angekommen, schnappten ihn seine Brüder und schleppten ihn in den Tempel, wo die Braut bereits auf ihn wartete. Keine Chance zur Flucht. Er wehrte sich, doch sie hielten ihn mit eisernen Griffen fest und schleiften ihn gewaltsam hinter sich her. Ein Priester habe die Trauung vollzogen, das sei eine Sache von Minuten gewesen. An das nachfolgende Fest könne er sich nur noch verschwommen erinnern, vermutlich hätten sie ihm ein Beruhigungsmittel gegeben.«

Sita starrte ihre Mutter an und fragte sich, wie sie diesen Teil ihrer Geschichte so lange für sich hatte behalten können. »Du musst am Boden zerstört gewesen sein.«

»Mehr als das, ich lag tagelang im Bett und hatte das Gefühl, ich würde nie mehr aufstehen können, mein Herz war in Stücke gerissen. Ich wollte nicht mehr leben. Nicht aus Liebeskummer allein, ich hatte ein noch viel ernsthafteres Problem …«

»Das Kind.«

»Ich hätte es niemals allein aufziehen können, nicht mit dem Job. Mit einem unehelichen Kind, und dann erst noch eins von einem Moslem, wäre ich sozial geächtet geworden, zurück zur Familie kam nicht infrage, ich war komplett aufgeschmissen.«

»Was hast du gemacht? Adoption?«

Meera langte nach den beiden Essstäbchen, die immer noch unordentlich auf dem Tisch lagen, und schloss die Faust um sie, bis ihre Knöchel hell hervortraten. »Eine unserer Patientinnen hatte mir von einer Frau erzählt, einige Monate zuvor war das, daran erinnerte ich mich.«

»Was für eine Frau?« Sita wurde schwindlig.

»Ich rief die Patientin an, fragte nach der Adresse, bat sie, niemandem davon zu erzählen. Diese Frau wohnte in Kusumpur Pahari …«

»Im Slum?«

»Sie war sehr freundlich, eine ältere Dame, hager, mit beinahe weißem Haar, lebte in einer heruntergekommenen Wellblechhütte, mehr ein Unterstand. Sie gab mir diesen Trank … Ich weiß nicht, was es war, er war sehr bitter und dickflüssig, schmeckte eklig. Sie sagte, ich solle bei ihr bleiben, bis es vorbei sei, zeigte mir eine Pritsche, wo ich mich hinlegen sollte, und hielt meine Hand, als die Krämpfe einsetzten, wischte mir den Schweiß vom Gesicht, war einfach da. Die Schmerzen waren höllisch, so etwas hatte ich noch nie erlebt. Es fühlte sich an, als würde das Innere meines Körpers verätzt, als liefe glühende Lava durch mich hindurch. Dann begann ich zu bluten …« Meera machte eine Pause, als der Kellner auftauchte und das bestellte Essen brachte.

»Ma!«, stieß Sita entsetzt hervor, mit zitternder Hand schob sie die Platte mit den California Rolls von sich, ihr war der Appetit vergangen.

»Ich verlor viel Blut«, fuhr ihre Mutter fort, nachdem sich die Bedienung entfernt hatte. »Sehr viel. Aber ich war kräftig, glücklicherweise, und gesund, ich habe überlebt. Nicht so wie andere. Aber das habe ich erst im Nachhinein erfahren.«

Erst, als Tropfen auf die Tischplatte vor ihr fielen, realisierte Sita, dass sie weinte. Eine nachtschwarze Trauer übermannte sie, sie konnte nichts dagegen tun. Einen kurzen Moment lang war sie nah daran, ihrer Mutter von Jerôme zu erzählen, von ihrer Affäre und den schrecklichen Dingen, die sie wegen ihm durchgemacht hatte, am Ende ließ sie es allerdings bleiben. Es hätte nach dem kläglichen Versuch ausgesehen, die Geschichte ihrer Mutter zu übertrumpfen, und womöglich hätte Meera danach nicht mehr weitererzählt. Diesen kostbaren Moment wollte Sita nicht ruinieren.

Meera war sofort aufgesprungen, als sie gesehen hatte, dass ihre Tochter weinte, und drückte Sitas Kopf an ihre Brust, hielt sie fest und streichelte ihre Schultern, bis sie sich wieder gefasst hatte. Schniefend puhlte sie ein Papiertaschentuch aus ihrer Handtasche, tupfte ihre Augenränder ab und schnäuzte sich. Atmete tief ein.

Ihre Mutter hatte sich wieder gesetzt, sie musterte Sita aufmerksam und wirkte dabei leicht verärgert.

»Ich habe nicht erwartet, dass dich das derart mitnimmt«, sagte sie. »Sonst hätte ich es dir nicht erzählt.«

»Das ist furchtbar, Ma!«

»Das ist über dreißig Jahre her, kein Grund, ein Theater zu veranstalten«, meinte Meera mit säuerlicher Miene.

»Du hast das nie angesprochen.«

»Der passende Zeitpunkt. Aber das hatten wir ja schon.«

»Das muss schrecklich gewesen sein für dich. So ganz allein.«

Meera verzog abwägend die Mundwinkel. »Das war mir, ehrlich gesagt, sogar recht. Es war die einzig sinnvolle Lösung.«

»Du hättest sterben können.«

»Ich bin zäh.« Sie inspizierte ihre gebratenen Nudeln, griff zu den Stäbchen und schob sich eine Portion davon in den Mund.

Als wäre nichts gewesen, dachte Sita konsterniert. Vor Entsetzen konnte sie immer noch immer keinen klaren Gedanken fassen.

Als hätte Meera nicht gerade etwas Ungeheuerliches erzählt. Ein Geheimnis, das sie mehr als ein halbes Leben mit sich herumgetragen hatte.

»Die Frau meinte …« Sitas Mutter kaute noch, als sie bereits weitersprach, umständlich schluckte sie den Bissen hinunter. »Sie meinte, ich könne keine Kinder mehr bekommen. Das war mir herzlich egal.«

»Und das sagst du einfach so?« Sita spürte eine jähe Wut aufwallen, die Gleichgültigkeit ihrer Mutter machte sie rasend. »So zwischen zwei Happen Nudeln?«

Meera zuckte mit den Schultern. »Wie gesagt: Es gibt keinen perfekten Moment für so etwas.«

»Es scheint dir wenig auszumachen.«

Meera wirkte aufrichtig verwundert. »*Beti,* diese Geschichte begleitet mich schon seit einer Ewigkeit. Und es hat ja auch nicht gestimmt, was die Frau gesagt hat. Sonst wärst du nicht da.«

»Mir war doch, da fehle noch etwas«, machte Sita sarkastisch.

»Der Rest ist schnell erzählt.«

»Danke.«

»So meine ich es nicht, das weißt du ganz genau.« Meera legte sie Stäbchen quer über die Nudelschüssel. »Ich lebte mein Leben weiter wie zuvor. Jaspal rief mich hin und wieder an, erkundigte sich nach mir, beteuerte, wie leid es ihm tue.«

»So ein Feigling!«, stieß Sita hervor, die Enttäuschung kam mit Verzögerung, sie fühlte sich an wie eiskalte Melasse, die zähflüssig in ihr Herz tropfte.

Zu ihrer Verblüffung schüttelte Meera den Kopf. »Du verstehst das nicht. Familie hat hier enorm viel Gewicht, man tut, was verlangt wird, ohne lange zu fragen, man sträubt sich nicht gegen solche Entscheidungen. Ehre spielt eine ebenso wichtige Rolle, Loyalität und Respekt gegenüber den Eltern. Du hast keine Ahnung, wie groß der Druck sein kann, den sie auf dich ausüben. Du bist anders aufgewachsen, hast in der Schweiz anderen Einflüssen …«

»Dennoch hast du dich all dem widersetzt«, sagte Sita.

»Ich bin aber auch unvorstellbar dickköpfig.« Ihre Mutter lachte.

»Nicht so unvorstellbar für mich.«

»Ich weiß, *Beti.*«

Sita registrierte den sanften Klang in Meeras Stimme, den beinahe reuevollen Unterton. Näher würde sie einem Zugeständnis niemals kommen, das wusste sie, ihre Mutter hatte sich noch nie bei ihr entschuldigt, nie einen Fehler zugegeben. Das war Teil des Konzepts, vor ihrer Tochter die Frau zu sein, die sie sein wollte. Aus ihrer Sicht machte sie nichts falsch, einen Irrtum oder Fehltritt einzugestehen kam für sie einem Gesichtsverlust gleich, die normalerweise darauffolgende Entschuldigung einem Kniefall. Ohne die Verwandtschaft in der Nähe, die das Bild vermutlich genüsslich korrigiert hätte, mit wenig schmeichelhaften Anekdoten aufgewartet und sich an all ihre Verfehlungen erinnert hätte, musste sich Sita schon früh auf ihr eigenes Urteil verlassen. Als kleines Kind hatte sie noch alles geglaubt, was ihr Meera auftischte, doch irgendwann war sie misstrauisch geworden und wies ihre Mutter auf offensichtliche

Unstimmigkeiten hin, erfolglos natürlich. Ab einem gewissen Alter jedoch war sie in der Lage gewesen, die Lügen eindeutig zu erkennen und einzuordnen, welche Erinnerungen vermutlich der Wahrheit entsprachen und welche Episoden schlicht erfunden waren. Lernen, damit umzugehen, musste sie allerdings allein, denn auf dieser kleinen indischen Insel, die sie in der Schweiz bewohnten, gab es nur sie zwei.

Nicht, dass Sita tatsächlich eine Entschuldigung gebraucht hätte, aber gewisse Dinge war sie schon lange leid. Mit den Lügen und den Beschönigungen hatte sie sich arrangiert, sie gehörten zu ihrer Mutter und auf eine seltsame Weise fand Sita diesen Charakterzug mittlerweile sogar charmant. Nicht zuletzt deshalb, weil sich Meera mit fortschreitendem Alter immer weniger Mühe gab, ihre Flunkereien zu kaschieren und neuerdings sogar damit kokettierte.

Ich weiß es, du weißt es, lass uns das alles nicht so ernst nehmen, schien ihr verschmitztes Lächeln zu signalisieren, wenn sie wieder etwas komplett Absurdes von sich gegeben hatte, das unmöglich der Wahrheit entsprechen konnte. In diesen Momenten hätte Sita für kein Geld auf der Welt eine andere Mutter haben wollen.

19

Die Kehrseite waren diese Ausfälle, die so schwer zu ertragen waren. Wutausbrüche, so unerwartet wie heftig, scheinbar aus dem Nichts kommend. Eine Kleinigkeit reichte aus, ein falsches Wort oder leise Kritik, um Meeras Jähzorn zu entfachen. Während sie sich als Kind jeweils schuldig gefühlt hatte, war Sita mittlerweile bewusst, dass diese gewaltigen Eruptionen nichts mit ihr zu tun hatten und noch weniger mit dem, was sie davor gesagt hatte. Ihre Bemerkungen waren bloß der Auslöser für diese Wut, die viel tiefer lag, die im Innern ihrer Mutter brodelte wie Magma in einem Vulkan. Sita hatte gelernt, die Vorzeichen zu deuten, Meeras Gemütsverfassung zu lesen. Wenn sie in dieser düsteren Stimmung war, die irgendwo zwischen Depression und äußerster Gereiztheit mäanderte, ahnte Sita, dass ein Ausbruch kurz bevorstand und ihr nicht viel Zeit blieb, um auf Distanz zu gehen. In seltenen Fällen schaffte sie es rechtzeitig, die Mutter abzulenken, auf andere Gedanken zu bringen, meist war es jedoch zu spät. Wenn sie bereits in diesen giftigen Strudel geraten war, der sie unweigerlich in die Tiefe zog, konnte nichts den Lauf der Dinge aufhalten.

Trotzdem fuhr Sita jedes Mal zusammen, wenn die ersten Tassen durch die Luft flogen und klirrend an der Wand zerschellten, manchmal mit einer solchen Wucht, dass sie es mit der Angst zu tun bekam. Mit Pfannen hämmerte Meera auf Herdplatten ein, hackte mit solcher Wucht Zwiebeln, dass die Stücke in der ganzen Küche herumflogen, traktierte mit dem heißen Bügeleisen die Tapete, bis sie mit dunklen Brandspuren übersät war. Der aufgestaute Zorn brach mit aller Kraft aus ihr heraus, sie brüllte ihre Tochter an, die Stimme schrill, sich überschlagend, in einer wirren, schwer verständlichen Mischung aus Hindi, Deutsch und Englisch. In diesen Augenblicken, die in Sitas Wahrnehmung Stunden dauerten, selbst wenn es in Realität meist bloß wenige Minuten waren, kam ihr ihre Mutter wie von Sinnen vor, als stünde sie außerhalb ihres Körpers, als wäre sie nicht sich selbst. Niemals erhob Meera jedoch die Hand gegen Sita, nicht einmal, wenn sie komplett ausrastete und sich ihre Aggressionen gegen sie selber richteten, wenn sie sich die Pfeffermühle gegen den Kopf schlug, mit dem Messer in den Unterarm schnitt. Selbst das Geschirr schwirrte stets eine Handbreit neben Sita vorbei, nie fühlte sie sich ernsthaft gefährdet. Trotzdem erfüllte sie diese Raserei mit Panik und Hilflosigkeit, sie fürchtete, die Mutter könnte sich irgendwann ernsthaft verletzen oder ihre Wut unvermittelt doch gegen die Tochter richten.

Wenn sich ihr Zorn und die Frustration entladen hatten und Meera zusammengesunken auf dem Boden saß oder sich kauernd gegen den Kochherd lehnte, erschöpft und verschwitzt, die Stirn an die Backofentür gepresst, eilte Sita zu ihr, obschon es ihr zuwider und sie noch zu erschüttert war, um Mitleid oder Anteilnahme zu empfinden. Sie legte die Arme um die Mutter und drückte sie an sich. Meera weinte danach immer, manchmal leise, unterbrochen nur von schweren Schluchzern, wenn sie nach Luft schnappte, oft aber laut, ein beinahe animalisches Heulen, mit dem ihr ganzes Elend aus ihr herausbrach, das Leben in der Fremde, die Einsamkeit, die für immer verlorene Liebe, der Bruch mit der Familie, die allmählich gewachsene und angsteinflößende Erkenntnis, dass sie sich für den Rest ihres Daseins nirgendwo mehr richtig zu Hause fühlen würde.

Am nächsten Morgen, meist sogar schon am selben Abend, nur wenige Stunden nach diesen Anfällen, verhielt sich Sitas Mutter, als sei nichts gewesen. Mit keinem Wort erwähnte sie den Vorfall, es war, als hätte er überhaupt nicht stattgefunden. Nie erklärte sie sich, und wollte ihre Tochter darüber reden, wich sie aus, wechselte abrupt das Thema, was Sita jeweils zur Weißglut trieb. Entschuldigungen gab es keine, sie bat nicht um Verständnis, die Einsicht, sich endlich helfen zu lassen, fehlte komplett, jeder dahingehende Versuch wurde umgehend und dezidiert abgeschmettert. Das Einzige, was Sita übrigblieb, war zu verzeihen, still für sich und immer wieder aufs Neue, zu versuchen, den Vorfall zu verdrängen, und zu hoffen, dass möglichst viel Zeit verstrich, bis es erneut dazu kam.

20

»Eines Tages kamen zwei Typen vorbei«, fuhr Meera fort, während sie sich eine Portion Nudeln in den Mund schob. »Schweizer Ärzte waren das, noch ganz jung. Der eine ziemlich fesch. Man sagt doch fesch, nicht?«

Überrascht riss Sita die Augen auf. »Du willst mir aber jetzt nicht ernsthaft eröffnen ...?«

Ihre Mutter lachte auf, sie klang mädchenhaft und leicht beschämt. »Wo denkst du hin? So eine war ich nicht. Nein, die beiden Männer sahen sich das Krankenhaus an, ich führte den Rundgang, wir kamen ins Plaudern. Wie das halt so ist. Ich erzählte ihnen von den Arbeitsbedingungen, erwähnte meinen Lohn, damit sie einen Eindruck bekamen, was es heißt, in Indien im Pflegebereich zu arbeiteten. Sie tauschten einen Blick, traten etwas zurück und berieten sich halblaut in ihrer eigenartig kratzenden Sprache. Schließlich fragte mich der eine, der Fesche eben – Markus, hieß der, wenn ich mich nicht irre –, ob ich mir vorstellen könnte, in der Schweiz zu arbeiten. Ein, zwei Jahre, es wäre eine gute Erfahrung, ich würde definitiv mehr verdienen, und sie würden ohnehin händeringend nach Personal suchen. Sie würden mir den Flug bezahlen, ich müsste aber eine Sprachschule besuchen, um Deutsch zu lernen, die Wohnung im *Schwesternhaus*, wie das damals genannt wurde, würde vom Krankenhaus gestellt.«

»Das konnten die beiden einfach so an Ort und Stelle entscheiden?«

Meera zuckte mit den Schultern. »Es war die Möglichkeit für mich, nach der ich mich insgeheim die ganze Zeit gesehnt hatte. Raus aus Delhi, raus aus Indien, weg von allem und allen. Ich griff zu, ohne lange nachzufragen.«

»Kann ich verstehen«, murmelte Sita und studierte die immer noch unangetasteten Rolls.

Der Teil der Geschichte war ihr bekannt, diesen Lebensabschnitt handelte ihre Mutter stets schnell und emotionslos ab, in ihren Erzählungen hatte es hier auch nie drastische Abweichungen gegeben. Es war die Enthüllung, dass Meera abgetrieben hatte, die Sita zutiefst erschütterte. In dem Moment, als sie geahnt hatte, wohin Meera mit ihrem Bericht steuerte, hatte es ihr den Atem verschlagen, alles um sie herum hatte sich zu drehen begonnen. Beinahe wäre ihr eine Bemerkung herausgerutscht, doch dann hatte sie es als klüger erachtet, Meera nicht zu unterbrechen und einfach zuzuhören.

Jetzt berichtete ihre Mutter in einem derart atemlosen Tempo, was in den Monaten danach geschehen war, als ginge es darum, dieses Ereignis so schnell wie möglich wieder in die Vergangenheit zu verbannen. Und auch wenn sie nichts dergleichen erwähnt hatte, wusste Sita, dass Meera nie wieder darüber sprechen würde.

Markus und Beat, wie die beiden jungen Ärzte hießen, holten Meera am frühen Morgen am Flughafen ab. Die Begrüßung fiel steif aus, alle drei wirkten verlegen. Weshalb, verstand Meera nicht, es gab keinen Grund. Die beiden Männer geleiteten sie ins nahegelegene Parkhaus und verfrachteten sie dort in ein Auto. In der kurzen Zeit, die ihr zwischen der Vereinbarung und dem Abflug geblieben war, hatte Meera sich in erster Linie über die Schweiz als Land informiert, hatte eine Jacke, gefütterte Stiefel und dickere Unterwäsche gekauft. Obschon sie tiefe Wintertemperaturen in Delhi gewohnt war, hatte sie im rasch gekauften Reiseführer gelesen, dass es an ihrem Zielort wesentlich kühler werden konnte. Den Abschnitt über das politische System hatte sie nur überflogen, wesentlich interessanter fand sie die Kapitel über die lokale Küche, die volkstümlichen Bräuche und die Bevölkerung, die als etwas kauzig beschrieben wurde, eigensinnig und zeitweise engstirnig, was der Verfasser des Buches den Bergen zuschrieb, die überall aufragten und kaum Weitsicht zuließen. Worauf sie sich in der Eile komplett vorzubereiten vergessen hatte und was ihr erst jetzt, da sich die Autofahrt hinzog, bewusst wurde: Sie hatte nicht die geringste Ahnung, wo die beiden Ärzte sie hinbrachten.

Ein Dorf am Fuß der Berge, hatte Markus erwähnt, den Namen des Ortes hatte Meera gleich wieder vergessen.

»Viel Schnee«, hatte er gesagt, daran erinnerte sie sich, knapp dreitausend Einwohner.

Aus dem Radio klang halblaut Musik, ihre beiden Begleiter saßen schweigend nebeneinander, nachdem sie sich zu Beginn der Fahrt bemüht hatten, ein Gespräch in Gang zu bringen, das aber schnell versickert war, nicht zuletzt wegen Meeras einsilbigen Antworten. Es schien, als läge ein feiner grauer Schleier auf ihrer Haut, das erbarmungslose Morgenlicht enthüllte jede kleinste Falte in den müden Männergesichtern. Sie wirkten älter als in Delhi, fand Meera, wo sie etwas Jungenhaftes ausgestrahlt hatten. Hier wirkten sie seriös, pflichtbewusst. Sie ließ die Stirn gegen die kühle Fensterscheibe sinken, gab sich den sanften, gleichmäßigen Vibrationen hin.

Eine Zeit lang hatten sich draußen weite Felder erstreckt, wuchtige Bauernhäuser und Pferde in Koppeln waren zu sehen gewesen. Doch nun, nach knapp einer Stunde Fahrt, tauchten in der Ferne immer häufiger Dörfer auf, meist bloß an den Kirchtürmen auszumachen, die wie Mahnfinger in die Höhe ragten. Fabriken und Einkaufszentren säumten nun ganze Streckenabschnitte, und die grünen Autobahnschilder nahmen markant zu. Überall war der Name der Hauptstadt zu lesen, oft versehen mit Zusätzen: *Bern-Neufeld* oder *Bern-Wankdorf*. Markus, der am Steuer saß, setzte den Blinker, ehe sie die Ausläufer der Stadt erreichten und bog links ab.

Zehn Minuten später durchquerten sie eine weite Ebene, rechts zog sich ein breiter Hügelzug. Beat begann, von einem winzigen Flughafen in der Nähe zu erzählen, doch Meera hörte kaum hin, ihre gesamte Aufmerksamkeit richtete sich auf die atemberaubend schöne Bergkette, die sich unerwartet vor ihnen aus dem Morgendunst erhob. Majestätisch, massiv, die Sonne ließ den Schnee auf den Gipfeln hell leuchten, vermutlich würden sie, aus der Nähe betrachtet, glitzern wie von Diamantenstaub bedeckt. Meera hatte das schon in etlichen Filmen im Kino gesehen, sie fühlte sich an Kaschmir erinnert.

»Die Jungfraukette«, sagte Markus und verstummte gleich wieder.

»Und das da vorn ist der Niesen«, ergänzte Beat und deutete auf den pyramidenartigen Koloss direkt vor ihnen. »Und dort drüben ...«, er wies auf eine Reihe schroffer, zerklüfteter Berge, »... ist die Stockhornkette. Da gibt's eine Seilbahn, mit der man rauffahren kann.«

Meera nickte, weil sie nicht wusste, was sie hätte sagen sollen. Eigentlich verspürte sie überhaupt keine Lust auf ein Gespräch, vielmehr wollte sie die Aussicht still auf sich wirken lassen. Allmählich erwachte in ihr die Erkenntnis, dass dies für die nächste Zeit ihr Zuhause sein würde. Den Gedanken fand sie aufregend, er erfüllte sie mit Vorfreude und Elan. Nochmal von vorn anfangen, dachte sie, ein ganz neues Leben. Noch war sie dazu nicht zu alt, mit sechsunddreißig war beinahe alles möglich. Sie wollte Jaspal vergessen, weder ihm noch den Eltern hatte sie von ihrer Abreise und dem neuen Job erzählt. Wozu auch? Er hatte eine andere, sie wollten nichts mehr mit ihr zu tun haben. Sie war zu nichts verpflichtet, ungebunden und frei.

21

»Du hast was?« Sechstausend Kilometer entfernt knallte klirrend eine Kaffeetasse auf den Unterteller.

»Ich habe zugestimmt, Rohan zu heiraten«, erklärte Sita erneut und stellte dabei fest, wie seltsam und fremd die Worte in ihren Ohren klangen. Als hätte sie einen Satz auswendig gelernt, der nicht das Geringste mit ihr zu tun hatte.

»In dem Fall sollte ich dir wohl gratulieren.« Der sarkastische Ton, den Sitas beste Freundin Andrea am anderen Ende der Leitung anschlug, war unüberhörbar. Sie hatten sich an der Uni kennengelernt und sich auf Anhieb bestens verstanden, trotz ihrer unterschiedlichen Charaktere.

Ein paar Atemzüge lang herrschte angespannte Stille, dann brach es aus Andrea heraus: »Aber wieso, Sita? Um Himmels Willen, sag mir, wieso. Ich krieg das einfach nicht in meinen Kopf. So was macht mich schlicht fassungslos. Du bist doch eine moderne Frau mit westlichen Ansichten, du bist in der Schweiz geboren, siehst gut aus und kannst jeden Mann haben, den du willst.«

»Nicht ganz«, warf Sita ein, Andrea war jedoch zu sehr in Fahrt, um darauf einzugehen.

»Echt jetzt, Sita. Was soll das?«

»Es ist die richtige Entscheidung«, verteidigte sich Sita lahm.

»Liebst du ihn?«

»Das kommt mit der Zeit, sagen sie. Automatisch.«

Anstelle einer Antwort drang nur ein schrilles Wiehern aus der Ohrmuschel.

»Ich mag ihn wirklich. Er sieht gut aus, ist gebildet, witzig …«

»Mag ja alles sein. Aber deswegen heiratet man doch nicht gleich. Man könnte doch erst mal ein paar Tage zusammenleben und gucken, ob das klappt. Danach ist immer noch Zeit, sich ein Hochzeitskleid auszusuchen.«

»Das funktioniert hier nicht so«, sagte Sita.

»Wenn das deine Strategie ist, um über Jerôme hinwegzukommen, würde ich vorschlagen, wir gehen aus, sobald du zurück bist, und geben uns die Kante, bis wir unter dem Tisch liegen. Und wenn das nichts hilft, spendiere ich dir höchstpersönlich einen Escort. Ist zwar nicht billig, aber allemal preiswerter als ein tagelanges Fest mit Hunderten von Gästen. Außerdem musst du am nächsten Morgen nicht die kleine Hausfrau geben.«

»›Kleine Hausfrau‹!«, stieß Sita verärgert aus. »Wegen Rohan verwandle ich mich doch nicht plötzlich in ein unterwürfiges Mäuschen!«

»Liebes, das sagen sie alle. Aber kaum steckt der Ring am Finger, werfen sie all ihre feministisch-emanzipatorischen Grundsätze über Bord. Dann gibt es nur noch Rohan hier und Rohan dort, Rohan möchte dies, ich muss erst Rohan fragen, lass mich das mit Rohan besprechen.«

Wider Willen musste Sita lachen. »Andy, du übertreibst!«

»Nein, glaub mir, das tue ich nicht. Und irgendwann wird aus dem *er und ich* zwangsläufig ein *Wir*, da kleben plötzlich zwei Leben wie festgepappt aneinander. Vergiss Individualität. Alles, was du bist, löst sich auf, und du wirst Teil einer einzigen Persönlichkeit. Sitaundrohan. Rohanundsita. Dann ist es endgültig gelaufen. Wir ernähren uns flexigan, wir lieben Bergtouren, wir mögen Coldplay, wir sind nicht so die Strandferienleute. Ihr tragt identische *Mammut*-Windjacken und irgendwann redest du über nichts anderes mehr als Dinkelpasta, Babyfon und den preisgünstigsten Weichspüler.«

»Du hast die Sauerteigmutter vergessen!«

Sie lachten, und für einen kurzen Augenblick fühlte sich Sita leicht und unbeschwert. Sich mit Andrea auszusprechen, tat ihr gut. Jemand, der unbestechlich und objektiv war und – anders als ihre gesamte Familie – sich nicht im deliriösen Hochzeitstaumel befand. Dass ihre Freundin auf die Entscheidung bissig reagieren würde, damit hatte sie gerechnet. Aber immerhin verflogen für ein paar Minuten die düsteren Gedanken, die sie seit Rohans Antrag quälten.

»Kommst du zur Hochzeit?«

Andrea verstummte. »Es ist dir echt ernst«, stellte sie nach einer Weile fest.

»Ja.«

»Ich kann es mir nicht leisten.«

»Wir laden dich ein.«

»Nein, nicht finanziell. Aber ich kann so kurzfristig nicht weg hier, es ist zu viel zu tun.«

Sita gab einen bedauernden Laut von sich. »Ich hätte dich gern dabeigehabt.«

»Glaub mir, am Ende bist du froh, war ich nicht dort. Ich könnte meinen Mund nicht halten.«

»Stimmt«, machte Sita und lachte. »Daran hab' ich überhaupt nicht gedacht.«

»Ich schalte mich per Zoom dazu. Ihr habt sicher eine Leinwand.«

»Gute Idee. Wenn es unerträglich wird, können wir die Verbindung immer noch kappen.«

»Hast du gut geschlafen?« Meera setzte sich auf die Kante von Sitas Bett und strich ihrer Tochter ein paar wirre Strähnen aus dem Gesicht.

Sie war bereits angezogen, ihr Haar noch feucht, es duftete nach Apfelshampoo. So war kaum zu erkennen, dass sie es schwarz färbte. Nur im Sonnenlicht, wenn ihre Frisur diesen rötlichen Schimmer bekam, wurde es offensichtlich. Früher war es Sitas Aufgabe gewesen, die ergrauten Haare mit einer Pinzette auszureißen. Dazu hatte sich ihre Mutter auf den Boden vor dem Sofa gesetzt, während Sita sich hinter ihr platziert und nach den unerwünschten Exemplaren Ausschau gehalten hatte. Mit der Zeit war Meera allerdings immer mehr ergraut, bis sich jeweils ganze Haarbüschel auf dem Handtuch sammelten, das sich Sita über die Knie gelegt hatte. Als die kahlen Stellen auf ihrem Schädel nicht mehr zu übersehen waren, entschloss sich Meera schweren Herzens, zu Haarfarbe zu greifen.

»Mhm.« Sita räkelte sich und gähnte.

»Ich bin froh, bist du hergekommen«, sagte Meera, griff nach Sitas Hand und drückte sie an ihre Brust.

Schweigend sahen sie sich an.

»Weißt du eigentlich, wie sehr ich dich liebe?«

Verblüfft zog Sita die Augenbrauen hoch. Oft hörte sie das von ihrer Mutter nicht mehr, vermutlich weil sie es früher damit übertrieben hatte. In Sitas Erinnerung hatte Meera sie als Kind andauernd wissen lassen, wie viel sie ihr bedeutete, dass sie ohne sie nicht mehr leben könnte. Stets mit viel Pathos und blumigen Ausdrücken garniert, wie es die indische Art nun mal war, nie hatte Sita jedoch den Eindruck gehabt, es sei aufgesetzt oder eine Floskel, wie sie es aus amerikanischen Filmen kannte, wo man sich bei jedem nichtigen Telefonanruf gegenseitig versicherte, wie sehr man sich liebte. Meera hatte jedes einzelne Mal gemeint, was sie sagte, und wenn Sita zurückblickte, war ihre Kindheit von einer immensen, allumfassenden Liebe geprägt, von Zuneigung und Zärtlichkeit, von endlosen Umarmungen und so vielen Küssen, dass es ihr manchmal zu viel geworden war.

Sie war sich nicht sicher, wann Meera damit aufgehört hatte. Höchstwahrscheinlich am Anfang von Sitas

Pubertät. Als sich ihr Verhältnis markant verschlechterte und Sita die permanente Nähe unangenehm wurde. Als sie zu realisieren begann, wie einengend ihre Beziehung war. Dass Meera sie komplett in Beschlag nahm. In diesen Jahren waren sie immer wieder aneinandergeraten, beinahe täglich kam es zu heftigen Auseinandersetzungen und lautstarken Streitereien. Für Sita fühlte es sich an, als müsste sie um jeden Millimeter kämpfen, den sie sich von Meera wegbewegte.

»Wie kann man bloß so undankbar sein?«, schrie Meera sie an. »Für dich habe ich alles aufgegeben und ein Leben in einem fremden Land in Kauf genommen!«

»Darum habe ich nie gebeten!«, brüllte Sita zurück. »Das war allein deine Entscheidung!«

Beide spielten virtuos auf der Klaviatur der Schuldgefühle, schenkten sich nichts.

Öfters verglich Sita ihre Mutter mit einer Krake, die sich mit aller Macht an ihr Opfer klammerte, bis es jämmerlich erstickte.

In jüngerer Zeit hatte sich die Situation zwischen ihnen wesentlich entspannt. Dennoch hegte Sita bisweilen den Verdacht, Meera nehme es ihr übel, dass sie erwachsen und selbstständig geworden war, ein eigenes Leben führte und nicht das kleine Mädchen geblieben war, das seine Mutter gebraucht und über alles geliebt hatte.

Durch das schräg gestellte Fenster drang das monotone Geräusch des morgendlichen Verkehrs, Vögel zwitscherten, in der Ferne stieß ein Pfau wiederholt seinen langgezogenen klagenden Ruf aus. In der Küche wurde bereits geschäftig hantiert, der Geruch von frisch gekochtem Chai und in Butter gebratenen Parathas drang durch die angelehnte Tür.

»Auntie Desna bereitet Akuri zu, extra für dich.« Meera zwinkerte ihrer Tochter zu, weil sie wusste, wie sehr Sita die mit indisch gewürztem Rührei belegten Toastbrotscheiben mochte.

»Ich komme gleich«, murmelte Sita, zog ihre Hand zurück und vergrub sich in den Laken. »Noch zwei Minuten.«

»Da ist noch etwas«, setzte Meera an, und etwas im Tonfall ihrer Mutter ließ Sita stutzen. »Wir sind heute Abend eingeladen.«

Eigentlich hätten bei Sita alle Warnlampen aufleuchten müssen, als Meera sie über das geplante Abendessen mit Rohans Eltern informierte. Mittlerweile war sie es jedoch gewohnt, dass sie jeden Abend irgendwo zu Gast waren. Ihr Aufenthalt war eine kleine Sensation in der Verwandtschaft und alle wollten sie bewirten, sie endlich richtig kennenlernen, was Sita schmeichelhaft fand. Genau das hatte sie sich immer gewünscht.

Selbst als sie bei Einbruch der Dunkelheit Taxis bestellten und nach kurzer Fahrt vor einem Fünfsternhotel ausstiegen, das am Rand eines weitläufigen Parks stand, wurde sie nicht misstrauisch.

Das *Bukhara* war eines der angesagtesten und teuersten Restaurants Delhis, die Fotos an den Wänden im Eingangsbereich zeigten Bruce Springsteen, Michelle Obama und Roger Federer mit einem bärtigen Mann, der höchstwahrscheinlich der Küchenchef oder der Lokalbesitzer war. Auch dass ein Großteil sowohl ihrer als auch von Rohans Verwandtschaft anwesend war, ließ Sita nicht stutzig werden. Einladungen fanden hier nie im kleinen Kreis statt. Erst als nach dem Hauptgang das Licht gedimmt wurde, sich die Kellner mit Tabletts voller Champagnergläser im Hintergrund positionierten und romantische Musik aus den Lautsprechern erklang, klingelten ihre Alarmglocken. Doch da war es längst zu spät.

Mit einem nervösen Lächeln erhob sich Rohan, der ihr gegenübersaß, kam mit unsicheren Schritten um den Tisch herum auf Sita zu und blieb vor ihr stehen. Die Hände hatte er hinter dem Rücken versteckt und wirkte so wie ein Ober, der eine Bestellung aufnehmen wollte. Am liebsten wäre Sita aufgesprungen und aus dem Lokal gerannt. Sie musste sich zwingen, ruhig sitzen zu bleiben, während sich in ihrem Magen in Sekundenschnelle ein eiskalter Klotz bildete. Wie auf Kommando verstummten die Gespräche, die plötzliche Stille im Raum fühlte sich wie eine stickige alte Decke an. Mit Schrecken registrierte Sita all die erwartungsvollen Gesichter, sah die Schweißtropfen auf Rohans Stirn. Mit unverhohlenem Zorn starrte sie ihn an. Er hatte sie hintergangen, hatte sich dem Druck seiner Eltern gebeugt und sie in diesen Hinterhalt gelockt. Ohne sie zu fragen, wie sie dazu stand. Nicht einmal gewarnt hatte er sie. Sie hatte allen Grund, wütend auf ihn zu sein. Doch dann entdeckte sie die Verzweiflung in seinem Blick, bemerkte seinen flehentlichen Gesichtsausdruck. Sie saßen im selben Boot und wenn sie wollten, dass das alles möglichst bald vorbei war und man sie in Ruhe ließ, gab es nur einen Ausweg. Diesen. Sie konnte ihn unmöglich hängen lassen. Im Saal war es so still, dass Sita befürchtete, man könnte ihren galoppierenden Herzschlag hören. Nach längerem Zögern deutete sie ein Nicken an, ein stilles Einverständnis. Sofort nahm er die Hände vor den Körper, und Sita sah die mit blauem Samt eingeschlagene Schachtel, um die sich seine zitternden Finger klammerten. Als er vor ihr kniete, wurde ihr klar, dass es keinen Weg mehr zurückgab.

»Es war eine Falle.«

»Und du bist sehenden Auges hineingetappt«, präzisierte Andrea.

»Es gab keinen Ausweg.«

»Es gibt immer einen Ausweg.«

Sita schnalzte unwillig mit der Zunge. »Vor all den Leuten! Das wäre es gewesen mit Familienanschluss.«

»Mein Mitleid hält sich in Grenzen.«

»Ich brauche dein Mitleid nicht«, schnappte Sita zurück.

»Ich weiß.« Andrea klang versöhnlich. »Es tut mir leid. Ich bin halt immer noch fassungslos. Aber jetzt mal ernsthaft: Wieso machst du das? Warum heiratest du den Kerl?«

Sita seufzte. »Ich kann's dir nicht sagen.«

»Klingt nach der ganz großen Liebe.«

»Seit ich zugesagt habe, versuche ich es mir zu erklären …«

»Also bist du dir nicht sicher?«, unterbrach Andrea.

»Ist man das jemals nach einer solch weitreichenden Entscheidung?«

»Der Punkt geht auf dein Konto. Aber belügst du dich nicht?«

»Zu Beginn einer Beziehung tut man das doch immer, irgendwie. Und später sowieso.«

Andrea ließ ein zustimmendes Brummen hören. »Zwei zu Null.«

»Okay, es gibt zwei wichtige Beweggründe. Und dann noch eine Reihe anderer, aber die sind nicht ausschlaggebend.«

Andrea kicherte leise.

»Nein, Jerôme ist keiner davon.« Sita holte tief Luft. »Also. Erstens möchte ich endlich ein richtiger Teil dieser Familie werden. Bislang war ich für meine Verwandtschaft nur die verwöhnte Tussi aus der Schweiz, die mehr geduldet als wirklich willkommen war. Es klingt vielleicht etwas pathetisch, aber ich habe mein Leben lang nur zu meiner Mutter gehört. Nie waren

Tanten, Onkel, Omas, Neffen oder andere Verwandte in meiner Nähe, mit denen ich mich hätte austauschen können. Familie war etwas, das weit außerhalb meines Umfelds angesiedelt war, sie waren für mich nicht nur unerreichbar, ich hatte auch keinen emotionalen Bezug zu ihnen. Sie waren Namen, die meine Mutter hin und wieder erwähnte, Gesichter auf Fotos, Leute, die ich höchstens alle paar Jahre sah. Wie habe ich euch immer beneidet …«

»Uns?«, hakte Andrea nach.

»Euch, meine Freundinnen und Freunde. Ihr hattet alle Familie. Nicht immer intakt, aber da waren Menschen um euch herum, zu denen ihr euch zugehörig gefühlt habt. Wochenenden bei den Großeltern, Zelten mit den Cousins, später Ausflüge mit den Patenkindern. Ihr wart stets mit eurer Verwandtschaft verbunden, mit unsichtbaren Fäden festgezurrt in einer Gemeinschaft. Ich hatte immer den Eindruck, ihr könntet unmöglich einsam sein, ihr würdet dieses Gefühl gar nicht kennen. Ich hingegen kam mir manchmal vor wie abgenabelt, ohne Halt, wie ein orientierungsloser Falter im luftleeren Raum. Ein unverknüpftes Leben.«

Andrea stieß einen unwilligen Laut aus. »*Das* ist jetzt echt pathetisch! Du hast dir eindeutig zu viele Bollywoodfilme angeguckt.«

»Aber genau so habe ich mich gefühlt.« Sita hörte selbst, wie pikiert sie klang.

»Und jetzt glaubst du, dass diese Hochzeit dein Eintrittsticket in die Familie ist? Dass sie dich deswegen endlich akzeptieren und dir etwas mehr Respekt entgegenbringen?«

»Es funktioniert schon jetzt«, triumphierte Sita. »Der Umgang hat sich geändert, ihre Haltung ist plötzlich eine ganz andere. Es ist, als würde ich mit einem Mal dazugehören.«

»Denen ist bloß bewusst, dass du angehende Onkologin bist. Die wollen an dein Geld, sonst nichts.«

Amüsiert schaute Sita aus dem Fenster des Gästezimmers, das sie sich mit ihrer Mutter teilte. Ein paar Glanzkrähen stritten sich auf der Zufahrtsstraße zum Wohnhaus um eine tote Maus, jedenfalls sah der Kadaver aus der Distanz danach aus. An der Weggabelung weiter vorn tauchte wie immer um diese Zeit der Eisverkäufer auf. Mit langsamen Schritten schob er den blauen Kastenwagen vor sich her, dessen Blechwände von Rostflecken zerfressen waren. Auf der Ablage stapelten sich in einer Plastikkiste konische Waffeln in quietschbunten Farben. Der Mann wirkte müde, sein Blick leer, das Gesicht eingefallen. Sobald aber Kinder jubelnd und Geldscheine schwenkend aus den Hauseingängen gerannt kamen, erhellten sich seine Züge, er würde breit grinsen und lautstark das Tagesangebot an Eissorten verkünden.

»Das ist also der erste Beweggrund«, fuhr Andrea fort. »Du willst dich der Familie zugehörig fühlen. Und der zweite?«

»Rohan.«

»Warum bin ich da nicht selbst draufgekommen?«

»Wir waren bei seinen Eltern zu Besuch, und ich habe gesehen, wie sehr sie ihn unter Druck setzen. Nicht ansatzweise zu vergleichen mit meiner Situation. Weil ich in der Schweiz geboren bin, gelten für mich gelockerte Regeln, auch weil man mich nicht wirklich ernst nimmt, weil ich in den Augen meiner Familie keine richtige Inderin bin. Vermutlich auch, weil ich eine Frau bin. Aber von Rohan wird bedingungslos erwartet, dass er endlich heiratet. Er ist bereits zweiunddreißig, was bedeutet, dass es höchste Zeit ist.«

»Wenn zweiunddreißig bei Männern die Obergrenze ist, dann sind wir längst über dem Verfalldatum«, warf Andrea ein. »Fallobst.«

»Man kann sich als Außenstehende gar nicht vorstellen, wie hoch die Erwartungen sind. Nicht nur seitens der Eltern. Auch die gesamte Verwandtschaft harrt der Ankündigung, am Arbeitsplatz wird man gehänselt, die Vorgesetzten gehen mit verheirateten Angestellten anders um. Da baut sich so einiges an gesellschaftlichem Druck auf, dem man standhalten muss. Hinzu kommt die Tradition, der absolute Gehorsam gegenüber deiner Mutter und deinem Vater.«

»Also heiratest du Rohan aus Mitleid?«, wollte Andrea wissen.

»Solidarität.«

»Reicht das als Grundlage für eine längerfristige Beziehung?«

»Manche Beziehungen beginnen mit einem Tinderdate.«

»Es gibt immer ein noch schlimmeres Beispiel.«

Sita schloss die Augen. »Hör zu, Andy, ich weiß es echt nicht. Ob das ausreicht für eine gemeinsame Zukunft. Ob wir glücklich werden auf diese Weise. Oder ob das nicht ein Riesenfehler ist. Aber da ist etwas zwischen uns, das uns verbindet. Und wenn ich meine bisherigen Männergeschichten Revue passieren lasse …«

»Eine Abfolge unsäglicher Katastrophen«, gluckste Andrea.

»… dann wäre rein statistisch gesehen endlich mal einer dran, der keine Niete ist.«

22

Die Nachricht vom Tod ihrer Mutter erreichte Meera an einem stürmischen Oktobertag. Als es am frühen Vormittag an ihrer Wohnungstür klingelte, ahnte sie bereits, dass etwas Ungewöhnliches geschehen sein musste. Sie rechnete ohnehin dauernd mit dem Schlimmsten, das war ihr sehr wohl bewusst, die ständigen Befürchtungen waren Teil ihrer Natur. Zeitweise hegte sie den Verdacht, die Schwarzseherei könnte genetisch im Erbgut indischer Frauen verankert sein. Diesmal jedoch *wusste* sie, dass etwas Schlimmes passiert war.

Der Briefträger, der auf der Matte stand, bestätigte ihre dunkle Ahnung. Ehe sie wusste, was geschehen war, schossen ihr Tränen in die Augen.

Mit bedauernder Miene händigte er ihr das Telegramm ihres Vaters aus, ein altmodisches Stück Druckerpapier mit perforierten Rändern, auf dem in English und in Schreibmaschinenschrift stand, dass ihre Mutter am Tag zuvor unerwartet verstorben war. *Unexpectedly deceased.* Ein einsamer Satz mitten auf einer sonst leeren Notiz, jedes Wort kostete Geld.

Ruckartig ließ Meeras Körperspannung nach, die Glieder plötzlich wie weiches Wachs. Beinahe wäre sie zusammengebrochen, hätte der Postbote nicht rechtzeitig reagiert und sie gestützt. Stolpernd führte er sie in die Wohnung, während er beruhigend auf sie einredete. Er platzierte sie auf dem Sofa, holte ihr ein Glas Wasser in der Küche und stand verlegen vor ihr, während sie weinte. Irgendwann bewegte er sich rückwärts aus dem Zimmer, bemüht, kein Geräusch zu verursachen, nickte vom Flur her in Meeras Richtung, die ihn längst nicht mehr wahrnahm, und zog beim Hinausgehen die Tür hinter sich zu.

Sobald sie wieder sprechen konnte, rief sie ihren Vater an. Einer ihrer Brüder antwortete, seine Stimme abweisend. Auf der nassen Treppe ausgerutscht, Hirnblutung, die Beerdigung fand bereits am nächsten Tag statt. Zu kurzfristig für Meera, ihr wurde bewusst, dass sie ihre Mutter nie mehr sehen würde, sich nicht hatte verabschieden können. Trotzdem buchte sie den nächstmöglichen Flug nach Delhi, zwei Tage später, redete mit ihrer Vorgesetzten, bat eine Kollegin, ihre Schichten zu übernehmen.

Einer der Brüder holte sie am Flughafen ab, er war allein und begrüßte sie kühl. Schweigend fuhren sie durch die Stadt, die Meera verändert vorkam, als wären ihre Farben ausgewaschen, verblasst und gelbstichig wie Erinnerungen auf einer Polaroidaufnahme. Auch der Empfang im Apartment ihres Vaters fiel distanziert aus, hochgezogene Augenbrauen und eisige Mienen, einzig Ishani fiel ihr schluchzend um den Hals und drückte sie heftig an sich. Überall waren gerahmte Bilder ihrer Mutter aufgestellt, auf Kommoden, Regalen, auf dem Salontisch verteilt, ja selbst auf dem Fernseher thronten

Porträts der Verstorbenen. Es wimmelte von Verwandten, die Meera behandelten, als wäre sie ein ungebetener Gast. Was irgendwie auch stimmte. Im Wohnzimmer herrschte eine bedrückende Stille, alle saßen herum und starrten ins Leere, niemand sprach ein Wort. Dazu zog man sich in die Küche zurück, wo sich, wie erwartet, die Speisen türmten. Meera lauschte den leise geführten Gesprächen, während sie sich am Büffet bediente.

Ihre Mutter hätte sich schon seit Tagen schwach gefühlt, erfuhr sie so, vermutlich der tiefe Blutdruck. Allerdings hätte sie sich geweigert, einen Arzt aufzusuchen.

Typisch, dachte Meera, so war sie schon immer. Dickköpfig, stur. Beratungsresistent. Wie alle Frauen in dieser Familie.

Am Tag ihres Todes sei ihr schon frühmorgens schwindlig gewesen, erzählte Auntie Desna, derweil sie Meera im Auge behielt und kaum merklich den Kopf schüttelte. Sie habe sich aufgemacht, um einkaufen zu gehen, und sei auf den nassen Stufen ausgerutscht. Irgendjemand hatte an dem Morgen die Treppe geschrubbt. Vielleicht habe Meeras Mutter auch das Gleichgewicht oder sogar kurz das Bewusstsein verloren, so etwas sei im Nachhinein schwer festzustellen.

Die Einsamkeit befiel Meera wie ein Raubtier, rücklings und unerwartet, es fühlte sich an, als würde ihr Körper mit scharfen Krallen aufgerissen. Mit einem wimmernden Laut warf sie sich aufs Bett des billigen Hotelzimmers, das sie vorsichtshalber gebucht hatte, weil auf ihre Nachricht, sie würde nach Delhi fliegen, niemand eine Übernachtungseinladung ausgesprochen hatte. Einmal mehr fühlte sie sich ausgeschlossen. Nur war es diesmal wesentlich schmerzhafter, denn es handelte sich nicht um eine andere Kultur, zu der ihr der Zugang verwehrt blieb. Sondern um ihre eigene Familie. Lange blieb sie liegen, starrte an die Decke und schaute den Schatten zu, wie sie über die ausgebleichte Tapete wanderten, sah die grauschlierige Dämmerung hereinbrechen, dazu der stetig pulsierende Schein der Leuchtreklamen vor dem Fenster, die den Raum abwechselnd in Lila und Dunkelrosa tauchten. Hörte den Stimmen auf dem Korridor zu, dem Verkehrsrauschen auf der Straße. Musikfetzen wehten vorbei, ein Kinderlachen.

Eine eingehende Nachricht ließ sie nach ihrem Handy greifen, das sie achtlos auf die Matratze geworfen hatte. Ihr Herz zog sich zusammen, als sie las, was Jaspal schrieb. Er habe vom Tod ihrer Mutter gehört, er kondolierte, es täte ihm sehr leid. Wie er gehört habe, sei sie gerade in der Stadt. Er hätte am heutigen und morgigen Tag auch in Delhi zu tun.

Meera zögerte. Immer wieder ließ sie den Finger über dem Anrufsymbol kreisen, bis sie schließlich darauf drückte.

Dass sie schwanger war, bemerkte Meera erst Wochen später. Ihre Menstruation war schon immer unregelmäßig gewesen, blieb manchmal sogar ganz aus und war stets begleitet von Bauchkrämpfen. Kein Anlass für sie, ihre Periode zu vermissen. Als sie allerdings auch in den folgenden beiden Monaten nicht eintrat, begann sie, sich ernsthaft Sorgen zu machen. In letzter Zeit hatte sie einen unerklärlichen Appetit entwickelt, ihre Brüste waren neuerdings leicht angeschwollen. Ein Schwangerschaftstest, aus Diskretionsgründen bei einem Arzt in der nächsten größeren Stadt durchgeführt, bestätigte ihre Vermutung. Da war Meera schon im dritten Monat, und diesmal gab es keine Frau im Slum, die sie aus der Misere retten konnte.

23

Ein Großteil des Drucks fiel in dem Moment von Sita ab, als sie das Flugzeug betrat. Als nähme man ihr einen Sack voller Pflastersteine von den Schultern. Wie von allein richtete sich ihr Körper auf, die Wirbelsäule streckte sich, ihr Kopf fühlte sich gewichtslos an, als würde er auf ihrem Hals schweben. Mit der Erleichterung kamen die Tränen, sie liefen Sita über die Wangen, noch ehe sie ihren Sitzplatz erreicht hatte. Schluchzend blieb sie stehen, die Hände vor dem Gesicht, und ein paar Atemzüge lang fühlte sie sich so erschöpft, dass sie befürchtete, keinen weiteren Schritt mehr machen zu können. Besorgt eilte eine Stewardess herbei, redete beruhigend auf sie ein und reichte ihr Papiertaschentücher, die Sita dankbar annahm. Sie verschwand aber gleich wieder, offensichtlich waren für sie Passagiere, die tränenüberströmt die Heimreise antraten, keine Seltenheit. Dass Sita weder aus Trauer noch Wehmut weinte, konnte sie nicht ahnen.

Halbblind tastete sich Sita zu ihrem Platz vor, zwängte sich in die Sitzreihe und setzte sich, automatisch zog sie die Gurtenden unter ihrem Gesäß hervor und schloss die Schnalle. Mit einem verhaltenen Stöhnen lehnte sie sich zurück und atmete tief ein und aus, bis sich ihr Herzschlag normalisierte.

Die vergangenen Tage waren wie im Rausch an ihr vorbeigezogen, die meiste Zeit hatte sie neben sich gestanden. Fremd im eigenen Leben, als hätten die ganzen Geschehnisse nichts mit ihr zu tun. Die Vorbereitungen, die Zeremonie selbst und das nachfolgende Fest mit Hunderten von Gästen, das drei Tage gedauert hatte, erschienen ihr rückblickend wie ein endloser Strom von Schnappschüssen in grellbunten Farben, Musikfetzen, Gesprächen, deren Inhalte miteinander verschmolzen, eine wirre Aneinanderreihung von Gesichtern, Geschenken und Speisen, sie sah tanzende Leute, lachende Kinder, die Münder voll mit Torte, ihre weinende Mutter, die weinenden Schwiegereltern und Rohan, der wie sie die meiste Zeit benommen herumstand und zu einer Randfigur an seiner eigenen Hochzeit verkam. Sie konnte sich keinen einzigen Moment in Erinnerung rufen, in dem man sie in Ruhe gelassen hatte. Stets wurde sie irgendwohin gezerrt, sei es zum Fotografen, sei es, um das Brautkleid anzuprobieren oder die von weither angereisten Verwandten willkommen zu heißen. Selbst nachts war sie nie allein gewesen, denn nicht nur ihre Mutter schlief im Gästezimmer, für weitere Gäste hatte man Matratzen auf dem Boden ausgelegt und je näher der Termin rückte, desto enger wurde es in Onkel Shahids Apartment. Die Luft stickig und abgestanden, trotz des weit geöffneten Fensters, am Morgen roch es nach Schweiß und Fürzen.

Auch die Hochzeit selbst erlebte Sita wie in Trance. Am Vortag hatte man ihre Hände, Arme und Füße kunstvoll mit Hennaornamenten verziert, hatte eine

Reinigungszeremonie durchgeführt und sie mit einer Paste aus Sandelholz, Kurkuma, Milch und Öl eingerieben, sie wurde einem Fruchtbarkeitsritual unterzogen, bei dem zuvor eingeweichte Pflanzensamen von verheirateten Frauen in Schalen ausgesät wurden. Am Tag des Festes wurde ihr der heilige *Kappu* umgelegt, ein Faden um das Handgelenk, der sie vor bösen Geistern schützen sollte. Das Brautkleid hatte sie mit ihrer Mutter ausgesucht – nicht in Weiß, da die Farbe in Indien für Trauer stand, sondern in kräftigem Purpur mit goldenen Bordüren und aufwändigen Stickereien, bestehend aus einem eng geschnittenen Oberteil, einem weiten Rock, dem *Lehenga*, und passendem Schleier. Derweil Rohan sich für einen cremefarbenen *Sherwani* entschieden hatte, ein mantelähnliches Oberteil mit zahlreichen Goldverzierungen, kombiniert mit einem *Dupatta*, einem breiten Schal.

Die Vermählung selbst zog sich hin, Sita musste sich konzentrieren, damit sie die Abfolge, die sie mit ihrer Mutter im Vorfeld immer wieder durchgegangen war, nicht durcheinanderbrachte. Es gab eine Vielzahl von Segnungen und Gebeten, man rief Ganesha, den elefantenköpfigen Hindugott, um sein Wohlwollen an. Dann nahm Rohans Vater die Hände seines Sohnes und seiner Schwiegertochter und drückte sie sanft auf die Öffnung eines Krugs, umwickelte sie mit einem roten Tuch und einer Blumengirlande und segnete das Brautpaar mit Wasser, das man extra aus dem Ganges geholt hatte. Im

Anschluss legte ihr Rohan als Symbol für ihr Ehebündnis das *Magalsutra* um, eine mit Edelsteinen verzierte Goldkette, sie musste auf einen Mahlstein steigen, dazu murmelte Rohan ein Mantra, an dessen Botschaft sie sich nur noch sinngemäß erinnerte: Ihr Herz sollte felsenfest sein, unerschüttert durch die Prüfungen des Lebens. Als am Ende das Hochzeitsfeuer entzündet wurde, war Sita erleichtert. Sieben Mal mussten sie das *Agni Parinayai* umrunden und bei jedem Durchgang eine Handvoll *Samagree* in die Flammen werfen, eine Mischung aus Sandelholz, Kräutern, Zucker und Ghee. Dazu gaben sie sieben Versprechen ab, während sie sich gegenseitig auf Herzhöhe berührten.

Das ganze Fest war exakt durchgeplant gewesen, ein Höhepunkt folgte auf den nächsten, ihre Mutter hatte ganze Arbeit geleistet. Sie sah Rohan vor sich, seinen zerknirschten Gesichtsausdruck, sie waren in eine Lawine geraten, die aufzuhalten unmöglich war. Ausgerechnet sein Anblick war es, der ihr Halt gab, da war ein unsichtbares Band, das sie miteinander verknüpfte. Sie waren Schicksalsgefährten, im ganzen Wirbel war er der einzige, der nachvollziehen konnte, wie sie sich fühlte.

Mit einem Ruck setzte sich das Flugzeug in Bewegung. Sita zog die Gurtschnalle enger und blickte durch das ovale Fenster auf das Flughafengebäude, während die Maschine schwerfällig zurücksetzte. Strahler tauchten den Tarmac in orangefarbenes Licht, hinter den Scheiben waren Passagiere im hell erleuchtete Abflugbereich zu sehen, die auf einen anderen Flug warteten. Sie schloss die Augen, ihre Hände klammerten sich um die Sitzlehnen, als der Airbus an Tempo aufnahm und in die Dunkelheit hinausrollte.

Die Hochzeitsnacht war seltsam gewesen, anders, als sie erwartet hatte. Wobei sie nicht hätte sagen können, was genau sie erwartet hatte. Sich vor einem Fremden ausziehen – und das war Rohan für Sita trotz allem –, hatte sie beschämt, auch weil sie ohne seine Hilfe gar nicht erst aus ihrem aufwändigen Kleid herausgekommen wäre. Nach einigen unbeholfenen Versuchen, bei denen sie lachend durchs Hotelzimmer gestolpert waren wie bei einem ungelenken Tanz, gelang es ihnen schließlich, sie zu befreien. Doch kaum stand sie in Unterwäsche vor ihm, wurde die Stimmung angespannt.

Die Erwartung war, dass sie in dieser ersten Nacht miteinander schliefen, selbst wenn sie beide von den ereignisreichen Tagen zuvor erschöpft und ausgelaugt waren. Sita kam sich vor wie in einem dilettantischen Theaterstück, als sie unter die Bettdecke schlüpfte und darauf wartete, dass sich Rohan zu ihr gesellte. Ihm war es ebenfalls peinlich, sich auszuziehen, das sah sie seiner Miene an, er tat es bis auf den Slip, bevor er sich zögernd neben sie legte. Wie sie bereits beim ersten Treffen erahnt hatte, war Rohan durchtrainiert, offensichtlich verbrachte er viel Zeit im Fitnessstudio. Als Liebhaber war er allerdings nicht besonders erfahren. Er küsste sie unbeholfen, leidenschaftslos auch und langte dann unverzüglich nach ihrer Brust, um sie wie einen Ballen Hefeteig zu kneten. Mit einem leisen Seufzer zeigte sie ihm, wie er sie berühren musste, was sie mochte, dezent, aber doch mit Bestimmtheit, damit er sich nicht belehrt vorkam und sie sich gleichzeitig nicht wie ein Versuchsobjekt. Doch je länger er an ihr herumwerkelte, desto mehr weckte er in ihr den Eindruck, er hätte das Vorgehen irgendwo studiert und auswendig gelernt, anhand eines Ratgebers womöglich oder gar mit Hilfe eines schlechten Pornofilms.

Als es endlich vorbei war, sanken sie beide in die Kissen, erleichtert, dass sie auch diese letzte Aufgabe gemeistert hatten.

»Das war jetzt echt Scheiße«, sagte Rohan nach einer Weile, worauf Sita losprustete.

»Wir kriegen das hin«, meinte sie, nachdem sie sich erholt hatte, und lächelte Rohan zuversichtlich an.

Worauf er mit dem Kopf wackelte, wie es Inder oft tun. Eine Geste, die in diesem Zusammenhang alles zwischen »Glaube ich nicht« bis »Aber klar, mach dir keine Sorgen« bedeuten konnte. Nachdem Sita in Indien angekommen war, brauchte sie immer ein paar Tage, bis sie sich wieder daran gewöhnt hatte und die Bedeutung richtig interpretieren konnte. Meist lag sie tatsächlich richtig, doch bei Rohan gelang es ihr nicht, den Code zu knacken. Und um nachzufragen, war sie zu müde.

»Wir sollten uns Zeit lassen«, murmelte er neben ihr. »Mir jedenfalls eilt es nicht mit Kindern.«

Sita stützte sich auf den Ellbogen auf. »Wir schlafen hoffentlich nicht nur wegen der Zeugung zusammen.«

»Natürlich nicht. Ich meinte nur, wir sollten nichts überstürzen.«

Sie lachte trocken. »So etwas würden wir nie tun.«

»Hochzeit ausgenommen.«

Einen Moment lang herrschte Stille. Leise rotierte der Deckenventilator über ihnen, warmes Licht drang aus dem Bad, ein Glaskubus der mitten im Zimmer stand. Rohans Eltern hatten ihnen eine Übernachtung in einem luxuriösen Hotel spendiert, damit sie wenigstens in der Hochzeitsnacht ungestört waren.

»Bist du okay?«, fragte sie nach einer Weile.

»Ich denke schon.«

»Du denkst?«

Rohan rutschte nach oben und lehnte sich ans Kopfende des Bettes. »Ich habe, ehrlich gesagt, keine Ahnung, wie es mir geht. Ich komme mir vor wie nach einem wilden Drogentrip. Alles ging so schnell, wie im Rausch. Es ist, als würde ich erst jetzt langsam wieder zu mir kommen.«

»Geht mir genauso. Allmählich sehe ich wieder klar.«

»Ohne dich hätte ich das nie durchgestanden.« Er griff nach ihrer Hand und drückte sie an seine nackte Brust. Sie spürte die weiche Haut, die noch feucht war, seinen Herzschlag darunter. »Bereust du es?«

»Wäre das nicht zu früh?« Er grinste. »Normalerweise geschieht das erst am nächsten Morgen.«

Da Sita nicht lachte, beeilte er sich hinzuzufügen: »Nein. Ich glaube, wir haben die richtige Entscheidung getroffen. Falsch. Ich kann nur für mich reden. *Ich* habe mich richtig entschieden. Und nein, ich bereue es nicht.«

»Okay.« Sita nickte und versuchte zu eruieren, was sie gerade empfand. Doch in ihr drin war alles taub, sie fühlte sich außerstande, auch nur ansatzweise herauszufinden, wie es ihr mit ihrer Entscheidung ging. Glücklicherweise verlangte Rohan keine Antwort, so prüfend wie er sie allerdings gerade ansah, befürchtete sie, dass er ihre dumpfen Zweifel erahnte.

TEIL 2

24

Sita hatte die Türklinke bereits in der Hand, als sie unvermittelt stehen blieb und sich umdrehte. Kaltes Winterlicht fiel durch die Fensterscheiben, die sie, wie ihr jetzt auffiel, bei der Putzaktion am Vortag vergessen hatte zu reinigen, es warf einen gräulichen Schleier auf die Einrichtung. Sitas Blick wanderte über die Kommode, das Sofa mit dem grünen Samtbezug, das sie von ihrer Vormieterin übernommen hatte, das schmale Bett. In der Ecke der Fernseher, ein kleiner Tisch an der Wand, auf dem ihr Laptop lag. Die Forsythienzweige, die sie am Morgen auf dem Markt gekauft hatte, standen in einem hohen Wasserglas, da sie keine Vase besaß.

Die Mansarde ist zu klein, stellte Sita besorgt fest, der Gedanke trieb sie seit Wochen um. Viel zu klein für zwei Leute.

Küche und Bad befanden sich auf dem Korridor, am Ende des Ganges. Beides teilte sich Sita mit den vier anderen Bewohnerinnen dieser Etage des Personalhauses, alles Assistenzärztinnen wie sie, die sich im Krankenhaus nebenan ihre Sporen abverdienten. Rohan würde der einzige Mann sein.

Sie hatten nicht vor, lange hier zu wohnen, so der Plan, sobald er sich eingelebt und seine Stelle angetreten hatte, würden sie sich um eine geräumigere Wohnung kümmern.

Sita zog die Tür hinter sich zu und schloss ab. Im Gang roch es noch immer nach Curry, obschon sie an beiden Enden des Flurs die Fenster geöffnet hatte. Das war ihr peinlich, selbst wenn ihr die Nachbarinnen nach ihren missratenen Kochversuchen immer wieder versichert hatten, dass sie sich keineswegs an den Gerüchen störten. Im Gegenteil. Worauf Sita sich vorgenommen hatte, die Frauen zu bekochen, als Entschuldigung sozusagen. Seither hatte sie die Einladung jedoch immer wieder hinausgeschoben. Sie würde das nachzuholen, sobald Rohan eingezogen war. Die ideale Gelegenheit, ihnen ihren Ehemann vorzustellen.

Sita hob den Deckel der Pfanne, die auf dem ausgeschalteten Herd stand, und stieß einen verärgerten Schrei aus. Vor einer halben Stunde, als sie den Inhalt letztmals überprüft hatte, waren die Kartoffelviertel und Blumenkohlröschen in der Tomatensoße deutlich erkennbar gewesen, jetzt sah das Ganze breiartig aus. Vermutlich hätte sie den Kochtopf von der nur langsam abkühlenden Herdplatte ziehen sollen. Zu spät. Ein Aloo Gobi, ein Blumenkohlgericht mit Kartoffeln, hätte es werden sollen. Die Naanbrote, die sie dazu reichen wollte, hatte sie in einem indischen Restaurant bestellt, sie lagen in Alufolie eingewickelt auf der Ablage bereit. Sita brauchte sie nur kurz im Ofen aufzuwärmen. Wenigstens die würden perfekt aussehen und schmecken. Mit einem genervten Knurren schloss sie den Deckel wieder. Sie würde viel gehackten Koriander über die angerichteten Teller streuen müssen, damit Rohan ihr Versagen nicht bemerkte.

Im Gegensatz zu ihrer Mutter war Sita eine höchstens mittelmäßige Köchin, sie war jedoch überzeugt davon, dass Meera Rohans Eltern im Auswahlverfahren etwas komplett anderes erzählt hatte. Denn eine der Grundbedingungen für eine Ehe war, dass die Frau eine exzellente Gastgeberin war, die ohne zu murren ganze Sippen mit mehrgängigen Menüs bekochen konnte. Wenigstens letzteres würde Sita erspart bleiben, es war sehr unwahrscheinlich, dass die beiden Familien jemals gemeinsam die Schweiz besuchen würden. Dennoch hatte sie in den vergangenen Wochen häufig am Herd gestanden, um sich die Grundkenntnisse der indischen Küche anzueignen. Sie wollte Rohan die bestmögliche Ehefrau sein, die sie sein konnte.

Die Fahrt mit der Straßenbahn dauerte knapp zwanzig Minuten, das Krankenhaus lag etwas außerhalb des Stadtzentrums. Schon beim Aufstehen hatte Sita ein flaues Gefühl in der Magengegend gequält, doch nun krampfte sich ihr Inneres jäh zusammen. Sie drückte die geballte Faust in die besagte Stelle, worauf das Rumoren nachließ, aber nicht gänzlich verschwand. Mit einem Stöhnen lehnte sie die Stirn an die Scheibe, die kühle Oberfläche beruhigte sie etwas. Sie hatte miserabel geschlafen und war viel zu früh aufgewacht, weil ihr Herz so heftig geschlagen hatte, war dann Stunden wach gelegen und hatte in die Dunkelheit gestarrt, den Kopf voller wirrer Gedanken.

Mittlerweile konnte sie nicht mehr nachvollziehen, weshalb sie sich der Tradition gebeugt und allem zugestimmt hatte, was die Familie von ihr verlangt hatte. Vor wenigen Wochen noch hatte es sich richtig angefühlt, richtiger zumindest, es hatte sie stolz und glücklich gemacht, endlich als vollwertiges Mitglied in die Großfamilie aufgenommen zu werden. Doch mit der Rückkehr in die Schweiz kam die Ernüchterung. Bereits während des Fluges hatte sie lautlos geweint, unentdeckt in der abgedunkelten Kabine, während auf dem Bildschirm eine Komödie aus dem Bordprogramm lief. Die Zweifel, die sie von Beginn weg verspürt hatte, waren keineswegs verschwunden, sondern nagten immer heftiger an ihr.

Am Bahnhof stieg Sita aus, passierte eines der Seitenportale, das Herz hämmerte hart in ihrer Brust. Von nun an war alles anders, das war ihr bewusst. Ihre Freiheit, die sie in den vergangenen Jahren schätzen gelernt hatte, war nur eine geliehene gewesen, ab heute war sie eine Ehefrau, Rohans Ehefrau. Was bislang eine theoretische Einordnung gewesen war, wurde plötzlich real. Sie würde ab jetzt ihr Leben mit einem Mann teilen, den sie kaum kannte, mit dem sie einmal geschlafen hatte, von dem sie nicht einmal wusste, ob er sie mochte. Ob er lieber Kaffee trank oder Tee bevorzugte, ob er auf der Seite schlief und schnarchte, ob er hinten auf die Zahnpastatube drückte oder in der Mitte. Sie wusste nichts über ihn. Aber das war die unausgesprochene Abmachung. Es durfte keine Rolle spielen, sie würden sich arrangieren, so wie ihre Hochzeit arrangiert war, würden irgendwie miteinander klarkommen und in absehbarer Zeit nach Indien reisen und der Familie den Erstgeborenen präsentieren, wie es erwartet wurde. Sita kam es vor, als wäre sie in eine Falle geraten, deren Gitterstäbe immer enger zusammenrückten. Mit schnellen Schritten durchquerte sie die Bahnhofshalle, es fiel ihr schwer zu atmen.

Sie erkannte Rohan schon von Weitem. Wie vereinbart stand er unter dem fülligen Engel, der von der Decke hing.

Immerhin hat er den Weg vom Flughafen in die Stadt allein gefunden, dachte Sita. Das erfüllte sie mit leiser Zuversicht. Womöglich war er selbstständiger, als sie befürchtet hatte, war keines dieser verwöhnten indischen Muttersöhnchen, die sich kaum die Schnürsenkel selber binden konnten.

Suchend schaute Rohan sich um, blickte allerdings nie in ihre Richtung. Was ihr etwas Zeit gab, sich an seinen Anblick zu gewöhnen. Zweifelsohne war er ein attraktiver Mann, groß gewachsen, aber etwas zu jungenhaft für ihren Geschmack. Das würde sich mit dem Alter legen, hatte ihre Mutter sie beruhigt. Man könne nicht alles haben und müsse sich glücklich schätzen, wenn sechs von zehn Anforderungen, die man insgeheim an einen zukünftigen Partner stellte, erfüllt seien.

Das Haar einen Tick zu lang, es wellte sich leicht, er hatte sich irgendeine Pomade reingeschmiert, es glänzte im hellen Licht, das durch die Fenster in die Halle fiel. Die Kleidung erstaunlich westlich, schwarze Cargohose, eine dunkelgrüne Bomberjacke, das T-Shirt darunter blassgelb. Er wirkte sportlich, sie erinnerte sich vage an seinen Körper. Wusste nur noch, dass er muskulös war und gut gerochen hatte. Nicht nach Curry, wie so viele Inder.

Noch hatte Rohan sie nicht entdeckt. Sita hielt kurz inne, holte tief Luft und ging auf ihn zu. Ihr Puls galoppierte, jeder Herzschlag dröhnte in ihren Ohren. Sie hatte den Mund bereits zu einem Gruß geöffnet, als sie plötzlich beschleunigte, einen Bogen schlug und mit gesenktem Kopf an Rohan vorbeistürmte. Mit angehaltenem Atem lief sie auf die Rolltreppen zu, die von der Hallenmitte ins Untergeschoss führten, und hatte sie beinahe erreicht, als sie hinter sich eilige Schritte vernahm.

»Sita!«, keuchte Rohan.

Sie schloss kurz die Augen und wandte sich ruckartig um.

»Hast du mich nicht gesehen?«, fragte er verblüfft. »Unter dem Engel, hast du geschrieben.«

Sita bemühte sich um eine erstaunte Miene, doch sie spürte, wie ihre Gesichtszüge entgleisten.

»Alles okay?«

Sie nickte stumm, aber da liefen ihr schon die Tränen über die Wangen.

Verwirrt sah Rohan sie an, dann zog er sie an sich, und sie presste ihr Gesicht an seine Schulter.

»Alles wird gut«, sagte er leise, und der tröstende und gleichzeitig überzeugte Ton in seiner Stimme ließ etwas tief in ihr weich werden.

»Glaubst du?« Sita schluchzte und kam sich mit einem Mal lächerlich vor. Die heulende Braut; So hatte sie sich keineswegs präsentieren wollen.

»Klar«, meinte er. Und dann sagte er lange nichts mehr.

25

Mit einer linkischen Geste präsentierte Sita die Mansarde, während Rohan seine Reisetasche auf den Boden stellte und nickte, als hätte er genau das erwartet. Als sie auf dem Sofa saßen und sie ihn über Schweizer Gepflogenheiten aufklärte, bemerkte sie, wie er seinen Blick immer wieder unauffällig durch den engen Raum schweifen ließ, während er ihre Ausführungen mit leicht irritiertem Lächeln quittierte. Sita hatte einen Chai aus der Packung aufgebrüht, ein Pulver, das sich in heißem Wasser auflösen ließ, trotzdem hatte sie es geschafft, dass er leicht bitter schmeckte, wie sie verärgert feststellte.

Etwas anderes ärgerte sie noch viel mehr: Rohan. Bereits als sie ihn am Bahnhof abgeholt hatte, war er ihr verändert vorgekommen. Anders, als sie ihn in Erinnerung gehabt hatte. Kleiner, unsicher und irgendwie verloren. Als wäre er seit der Hochzeit geschrumpft. Erst nach einer Weile war ihr aufgegangen, dass es die ungewohnte Umgebung war, die ihn so wirken ließ. In Delhi war er lässig und selbstsicher gewesen, sie hatte ihn dafür bewundert, wie geschmeidig er sich durch diese hektische Stadt bewegte, mit welcher Herzlichkeit er mit den Leuten umging, wie sehr er jeden mit seinem Charme einnahm. Hier hingegen erinnerte er sie an die Papageien vom *Chandni Chowk Basar*, die man aus den Schwärmen in den Mangobäumen fing und sie einzeln in winzige Drahtkäfige sperrte, wo sie einsam und traurig auf einen Käufer warteten, während ihre ursprüngliche Pracht kaum noch zur Geltung kam.

Im ersten Augenblick hatte Sita geglaubt, Mitleid mit Rohan zu empfinden, bei genauerer Betrachtung jedoch erschrocken festgestellt, dass es keineswegs Anteilnahme war, was sie verspürte. Sondern Verachtung. Beschämt hatte sie das Gefühl von sich geschoben.

Und dennoch: Das war ihre Stadt, hier fühlte sie sich sicher und zu Hause. Die Art, wie Rohan auf der Fahrt zum Personalwohnheim staunend aus dem Fenster der Straßenbahn schaute, wie er jedes Detail in sich aufzusaugen schien wie ein kleines Kind, machte sie ungehalten und aggressiv.

In ihrer Wohnung war er eindeutig ein Fremdkörper, er nahm viel Platz ein, zu viel Platz, das hatte Sita unterschätzt. Rohan schien dasselbe zu empfinden, er sprach leiser als in Indien, in weicherem Tonfall, setzte die Teetasse viel zu behutsam ab, als wollte er kein einziges unnötiges Geräusch verursachen und seine Anwesenheit ungeschehen machen.

Sei nicht so harsch mit ihm, ermahnte sich Sita, als sie in die Küche eilte, weil ihr plötzlich eingefallen war, dass sie *Nankhatai*, indische Butterkekse, zum Chai gekauft hatte. Gib ihm Zeit, für ihn ist es noch eine größere Umstellung als für dich. Er muss sich erst in dem fremden Land einleben, die Stadt kennenlernen, sich an den Umgang mit den Leuten hier gewöhnen, seine ersten Sätze auf Deutsch lernen, sich auf die verantwortungsvolle Stelle vorbereiten, die er in zwei Monaten antreten wird. Irgendwann wird er sich entspannen, wieder ganz er selbst sein. Bis dahin musst du mit ihm Geduld haben.

Als Sita in die Mansarde zurückkehrte, saß Rohan immer noch in exakt derselben Position auf dem Sofa. Als hätte er nicht gewagt, sich während ihrer Abwesenheit zu rühren.

Das kann ja heiter werden, fuhr es ihr durch den Kopf, und mit einem mulmigen Gefühl dachte sie an den Abend.

Sie warf einen schnellen Blick zum Bett hinüber, beinahe gleichzeitig räusperte sich Rohan umständlich.

»Ich werde auf dem Sofa schlafen«, erklärte er mit seiner neuen wattig-weichen Stimme.

»Du musst nicht …«, setzte Sita zum Widerspruch an, während eine Stimme in ihrem Kopf zischte, sie solle bloß die Klappe halten.

»Wie gesagt: Wir sollten die Dinge nicht überstürzen.«

»Vermutlich hast du recht.« Abwägend knetete Sita ihre Unterlippe. »Wenn ich mich nicht irre, gibt es oben im Dachgeschoss einen Schrank mit Kissen und Decken.«

»Es riecht nach indischem Essen«, stellte Rohan mit einem Lächeln fest, als sie vom Estrich herunterstiegen.

»Im ganzen Treppenhaus.«

»Ach das«, machte Sita und rückte die beiden Kissen unter ihrem Arm zurecht, ehe sie die Tür zur Mansarde öffnete.

»Ich habe uns etwas gekocht«, murmelte sie, nachdem sie die Bettwaren auf das Sofa gelegt hatte.

»Was?«

»Was ich gekocht habe?«

Rohan grinste. »Nein, da ist was. Du wirkst verlegen.«

»Ich bin keine tolle Köchin«, gestand Sita und fügte in trotzigem Ton hinzu: »So ist es nun mal.«

»Nicht so schlimm.«

»Und ich werde auch nie eine sein«, fügte sie hastig an. »Nur, damit du das weißt.«

»Absolut kein Problem.« Rohan grinste noch immer.

»Und nein, du kannst es mir auch nicht beibringen. Ich bin total untalentiert. Punkt eins auf der Liste für die perfekte Ehefrau ist gestrichen, nur damit du das weißt.«

»Zeig mir, was du vorbereitet hast.«

Sita lachte trocken und trat in den Korridor hinaus. »Babybrei.«

Er folgte ihr in die Küche, wo er kurz den Deckel der Pfanne anhob und ihn sofort wieder sinken ließ.

»Ich kann keine Reaktion in deinem Gesicht erkennen«, stellte Sita fest. »Meiner Ansicht nach müsstest du erschüttert aussehen.«

Rohan ging nicht auf ihre Bemerkung ein. »Was ist das? Oder besser: Was war es?«

»Aloo Gobi.«

»Hab' ich anders in Erinnerung.«

Sie schnitt eine Grimasse, während er sich suchend in der Gemeinschaftsküche umsah. »Hast du Tomaten da? Butter und Zwiebeln?«

Sita deutete auf einen geflochtenen Korb, in dem zum Teil arg verschrumpeltes Gemüse lag. »Ich glaube, ich hab' auch noch zwei Tomaten im Kühlschrank gesehen. Keine Ahnung, wie alt die sind. Butter hat's auf jeden Fall.«

»Brötchen?«

»Ich habe Naan gekauft.«

Rohan wiegte den Kopf. »Geht zur Not auch.«

»Und Koriander.«

»Ausgezeichnet.« Nach kurzem Überlegen fischte er eine Zwiebel und eine rote Paprika aus dem Korb und verlangte nach Messer und Schneidebrett, was ihm Sita etwas überrumpelt reichte.

Geschickt schälte und hackte Rohan die Knolle, schnitt die Schote in dünne Streifen und briet beides in einer Pfanne an, die er in einer Schublade neben dem Herd fand.

»Was soll ich tun?«, wollte Sita wissen, die sich etwas überflüssig vorkam.

»Setz dein unterwürfiges Ehefrauenlächeln auf und deck den Tisch.«

»Ja, mein Göttergatte.«

»Genauso war das gedacht. Klappt doch schon ganz gut.«

»Träum weiter.« Sie lachte und strich ihm mit der Hand beiläufig über den Rücken, während er die beiden Tomaten zerstückelte und alles in das Gemüsepüree rührte. Auch als er vorsichtig kostete, zeigte er keine Regung, sondern öffnete wortlos den Schrank über dem Dampfabzug, verschaffte sich einen Überblick und griff dann nach ein paar Gewürzgläschen. Nachdem er davon großzügig über den Pfanneninhalt gestreut hatte, schnitt er ein faustdickes Stück Butter ab und ließ es in den Brei gleiten.

»Pav Bhaji«, verkündete er und drehte sich schwungvoll zu Sita um. »Typisch indisches Street Food.«

»Und auf wundersame Weise riecht mein Brei plötzlich fantastisch.«

»Dank unserem Teamwork.«

»Teamwork, klar.« Sie zwinkerte ihm zu, nahm zwei Teller, Besteck und Gläser aus dem Schrank und trug sie in ihre Mansarde.

Rohan atmete ruhig und gleichmäßig, manchmal stöhnte er leise im Schlaf. Durch das gekippte Fenster war hin und wieder eine Straßenbahn zu hören, das Rauschen vorbeifahrender Autos auf dem nassen Asphalt. Mit offenen Augen lag Sita im Bett und starrte in die Dunkelheit. Die Mansarde mit jemandem zu teilen, war ihr unangenehm. Selbst wenn Rohan sein Nachtlager auf dem Sofa eingerichtet hatte. In den vergangenen Jahren hatte sie sich daran gewöhnt, allein zu leben, ihr Zuhause war ihr Refugium, ein privater Ort, der ihr allein gehört hatte. Selbst ihre Mutter hatte sie hier nur einmal besucht, die Stadt war ihr zu hektisch und zu laut gewesen, die Anreise vom Dorf zu lang. Nach dieser ersten Visite, bei der Meera die Einrichtung, das Gebäude und auch die Leute, die sie unterwegs sahen, misstrauisch und auch ein wenig abschätzig taxiert hatte, insistierte sie, dass Sita für ihre immer seltener werdenden Treffen zu ihr fuhr. Insgeheim vermutete Sita, dass sie sich in ihrer eigenen Wohnung wohler fühlte, die Stadt verunsicherte sie offensichtlich, und die Tatsache, dass Sita nun eine eigene Bleibe hatte, musste sie schmerzlich daran erinnern, dass ihre Tochter erwachsen geworden war und sich stetig weiter von ihr entfernte. Bei sich zu Hause konnte sich Meera der Illusion hingeben, dass alles noch wie früher war. Sie legte Sita ihre alten Pantoffeln bereit und kochte die Gerichte, die sie als Kind geliebt hatte. Zeitweise verfiel sie sogar in die Sprache, die sie verwendet hatte, als Sita ein kleines Mädchen gewesen war.

Sita seufzte, drehte sich zur Seite und versuchte, Rohans Atemzüge auszublenden. Er hatte nicht einmal versucht, sie zu berühren, obschon sie nach dem Essen eine knappe Handbreite voneinander entfernt auf der schmalen Couch gesessen und ferngesehen hatten. Was

Sita einerseits erleichtert hatte. Ein Teil von ihr war trotzdem enttäuscht. Vielleicht hätte körperliche Nähe die verkrampfte Stimmung zwischen ihnen aufgelöst, sie einander nähergebracht. Doch mehr noch als in Indien spürte Sita, wie wenig sie abgesehen von ihrer Ehe verband, wie schlecht sie sich kannten, wie wenig vertraut sie miteinander waren. Zwei Fremde in einem Zimmer. Und dazwischen eine unsichtbare Barriere.

26

Am ersten Morgen zeigte Sita Rohan auf einem langen Spaziergang die nähere Umgebung. Über Nacht war Schnee gefallen, er hielt sich jedoch nicht lange, sondern schmolz schon vor dem Mittag zu schmutzig-braunen Schlieren und hinterließ tiefe Pfützen. Sie habe sich ein paar Tage freigenommen, damit er nicht gleich zu Beginn sich selbst überlassen wäre, erklärte sie beim Frühstück. Seinen Job würde er erst Anfang März antreten. Rohan ging davon aus, dass er sich bis dahin eingelebt haben würde.

Staunend lief er neben ihr her und konnte kaum den Blick von den prachtvollen Häusern abwenden, von der Aufgeräumtheit der Vorgärten, den sauberen Gehwegen. Die Szenerie wirkte surreal auf ihn, als wären sie in einem Freilichtmuseum gelandet, wo jeder Quadratzentimeter für die Besucherinnen und Besucher herausgeputzt war. Nicht, dass er noch nie außerhalb Indiens gewesen wäre, aber weder New York noch London waren ihm auch nur annähernd so ordentlich vorgekommen wie diese Stadt. Keine Abfallberge in Hinterhöfen, keine Bettler in Hauseingängen, keine streunenden Hunde oder Katzen, keine klaffenden Löcher im Straßenbelag.

Sie setzten sich ein schickes Lokal an einem stark befahrenen Platz und bestellten Darjeeling mit Milch, den Rohan mit viel Zucker trank. Eine große Bar bildete das

Zentrum des Lokals, der schwarz-weiße Mosaikboden erinnerte Rohan an die Zwanzigerjahre des vorigen Jahrhunderts. Es gab kleine Bistrotischchen und niedere Sessel im vorderen Teil, wo sie sich niedergelassen hatten, weiter hinten, wo das Licht etwas heruntergedimmt war, wurde in Nischen mit lederbezogenen Bänken und dunklen Holztischen der Lunch serviert. Durch die hohen Fensterscheiben hatten sie einen guten Ausblick auf die Passanten, die draußen vorbeigingen.

»Die Menschen hier wirken, als müssten sie alle schleunigst irgendwohin«, stellte Rohan fest, nachdem er eine Weile hinausgeschaut hatte. »Als wären sie etwas zu spät dran. So zielstrebig wie die unterwegs sind.«

»Die meisten haben auch ein Ziel. Unter der Woche geht man niemals spazieren, das gehört sich einfach nicht. Da arbeitet man.«

Rohan hob die Augenbrauen. »So strikt?«

»So fleißig!« Sita kicherte und verschluckte sich beinahe an ihrem Tee, als Rohan sein Gesicht zweifelnd verzog. »Ich übertreibe.« Sie zögerte. »Aber nicht sehr.«

»Wofür?«

»Wofür man arbeitet? Für all die Dinge, die man bezahlen muss. Du wirst erschrecken, wenn du erfährst, wie absurd hoch die Mieten sind. Krankenkasse, berufliche Vorsorge, Steuern. Dann will man auch am gesellschaftlichen Leben teilnehmen. Das heißt, man braucht Kleider, die den eigenen Status unterstreichen, die Wohnungseinrichtung muss ebenfalls passen, die Gegend, in der man lebt, man besucht angesagte Bars und Restaurants, geht in die Oper, ins Theater, in Museen, damit man mitreden kann.«

»Es ist elementar, wie man sich seinem Umfeld präsentiert.«

»Sehr. In dieser Stadt noch mehr als anderswo.«

»Am Ende nicht viel anders als in Indien. In unseren Kreisen spielt es eine große Rolle, was du beruflich machst, die Qualität der Anzüge, die du trägst. Wo und wie du wohnst, hingegen ist eher nebensächlich. Viele können sich nur Unterkünfte in den ärmlicheren Außenbezirken leisten, die sie mit anderen Leuten in ähnlichen Lagen teilen, und pendeln täglich ins Stadtzentrum. Endlose Fahrten in überfüllten Vorortszügen. In der Regel lädt man auch keine Arbeitskollegen zu sich nach Hause ein. Weshalb es teilweise großen Diskrepanzen zwischen Berufs- und Privatleben gibt. Mit dem Anziehen eines teuren Anzugs wirst du morgens zu einem anderen Menschen, zu jemandem, der auf dem Weg nach oben ist und nichts mit deiner wenig privilegierten Herkunft zu tun hat.«

»Ich hatte immer den Eindruck, Inder sind enorm ehrgeizig.«

»Sind wir. Inderinnen übrigens auch.«

Sita grinste. »So woke.«

»Ich bemühe mich. Für die meisten sind gute schulische Leistungen, Studieren und das Aufopfern für einen

Job die einzigen Möglichkeiten, aufzusteigen. Weil viele eben aus tieferen Gesellschaftsschichten kommen. Man kommt da nur mit dem absoluten Willen zum Erfolg raus. Und man muss bereit sein, sich für seine Arbeit komplett aufzugeben.«

»Privatleben adieu.«

Rohan zuckte mit den Schultern. »Womit wir wieder beim Thema wären. Dir bleibt eigentlich keine Zeit, jemanden kennenzulernen. Da kommen deine Eltern ins Spiel, die dir irgendwann eine passende Ehefrau suchen.«

»Wie praktisch.«

»Willkommen in der indischen Realität.«

In einer Bäckerei kauften sie später ein paar belegte Brötchen, die sie an einem der Stehtische aßen, danach spazierten sie auf verwinkelten Wegen zum See hinab. Rohan fielen die schicken Restaurants auf, es gab hier vermehrt Neubauten mit riesigen Fensterfronten, die meisten Jugendstilhäuser sahen frisch renoviert aus.

»Angeblich gibt es hier die höchste Dichte an Porschefahrern weltweit«, bemerkte Sita, worauf sich Rohan suchend umsah, ohne jedoch eine der Luxuskarossen zu entdecken.

Die Promenade war an diesem Mittwochnachmittag beinahe menschenleer, was mit dem Wetter zusammenhängen mochte. Noch immer war es trüb und kalt, nur über der langgezogenen Hügelkette auf der anderen

Seeseite riss die Wolkendecke zeitweise auf, blasses Sonnenlicht ließ die verschneiten Wiesen hell schimmern.

Sie kamen an einer Badeanstalt vorbei, die mit ihrer Architektur aus Holz an eine längst vergangene Epoche erinnerte. Rohan sah die Badegäste beinahe vor sich, hörte ihr Lachen, die Kinder, die kreischend ins Wasser sprangen. Hochgeschlossen die Frauen in ihren Badekleidern, die nach Cocktailempfang aussahen, während die Männer in gestreiften Ganzkörpertrikots steckten.

»Im Sommer müssen wir unbedingt mal herkommen«, meinte Sita. »Das ist die schönste Badeanstalt der Stadt.«

Rohan nickte, sein Blick hing an der majestätischen Bergkette, die jenseits des Sees aufragte und wegen der Wetterverhältnisse beinahe hinter den Wolken verschwand.

Nachdem sie einen Tretbootverleih passiert hatten, fasste sich Rohan ein Herz. Beiläufig legte er Sita den Arm um die Schulter und spürte, wie sie sich augenblicklich versteifte. Beinahe hätte er den Arm wieder zurückgezogen, doch im selben Moment fühlte er, wie sie sich nach dem ersten Schreck entspannte. Eine Weile liefen sie so weiter, blieben irgendwann stehen, um einem Schwan hinterherzuschauen, der in gemächlichem Tempo an ihnen vorbeiglitt, und entschieden sich dann für den Weg aus groben Steinplatten, der direkt am Wasser entlangführte. Sie hatten aufgehört zu reden, als müssten sie sich beide auf diese Berührung konzentrieren und herausfinden, was sie in ihnen auslöste. Als sie erneut innehielten, weil der Schwan offensichtlich auf sie wartete und beim Näherkommen neugierig musterte, lehnte sich Sita plötzlich an Rohan. Diesmal wäre er beinahe zusammengezuckt. Ihr Körper fühlte sich schwer und fremd an. Er verstärkte den Druck auf ihre Schulter und zog sie näher an sich. Einen Moment lang blieben sie so stehen. Ein zufälliger Beobachter hätte sie vermutlich für ein Paar gehalten, das schon lange zusammen war. So stellte sich Rohan das zumindest vor. Frische Verliebtheit war keine zu erkennen, wilde Leidenschaft noch weniger, beides hatten sie dank ihrem Arrangement übersprungen. Sie mussten wie zwei Leute wirken, die sich gefunden hatten, die an dem Punkt in ihrem Leben angekommen waren, wo sich die Aufregung und das Begehren der ersten Jahre längst gelegt hatten. Zwei Leute, die sich in der Gegenwart des anderen wohl und sicher fühlten. Rohan fand sich in dieser Vorstellung bestätigt. Er war auf dem richtigen Weg, er hatte alles richtig gemacht, die richtigen Entscheidungen gefällt. Nicht einmal dieses innere Drängen war in letzter Zeit spürbar gewesen. Doch während er dem Schwan zusah, der beleidigt und mit gesträubtem Gefieder, weil sie ihm keine Leckereien zugeworfen hatten, auf den See hinausrauschte, musste er sich eingestehen, dass es sich trotz allem falsch anfühlte.

27

Sita hatte sich um ein paar Minuten verspätet. Energisch drängte sie sich durch die anderen Fahrgäste zum Ausstieg, sprang aus dem Tram und hielt auf das Bahnhofsportal zu. Als sie über die Plattform hetzte, entdeckte sie ihre Mutter schon von Weitem. Verloren stand sie im Strom der Passagiere, die aus dem Zug stiegen und links und rechts an ihr vorübereilten. Da sie schon seit Monaten nicht mehr bei ihr wohnte und sie sich länger nicht gesehen hatte, erschrak Sita ob ihrem Anblick. Meera war unübersehbar gealtert. Sie wirkte kleiner als in Sitas Erinnerung, zerbrechlich, graue Strähnen durchzogen ihr einst pechschwarzes Haar. Die enttäuschten Hoffnungen der vergangenen Jahre hatten sich in ihre Gesichtszüge graviert.

»Endlich«, begrüßte sie Sita mit säuerlicher Miene. »Ich habe schon gedacht, du hättest mich vergessen.«

»Natürlich nicht.«

»Wenn man so beschäftigt ist wie du, kann es schon passieren, dass man nicht mehr an die eigene Mutter denkt.«

»Vier Minuten, Ma.«

»Ich kam mir vor wie bestellt und nicht abgeholt.«

»Du bist nicht verloren gegangen.«

»Trotzdem.« Meera rückte den Tragriemen der Handtasche über ihrer Schulter zurecht und marschierte los, blieb dann jedoch unschlüssig stehen.

»Zur Straßenbahn geht's hier lang«, kam ihr Sita zu Hilfe und deutete nach rechts.

»Ich würde gern ein paar Schritte gehen. Das stundenlange Hocken auf diesen unbequemen Sitzen macht einen fertig.«

Jahrelange Erfahrung hatte Sita gelehrt, manche Aussagen einfach zu ignorieren, ihre Mutter würde sich in absehbarer Zeit beruhigen.

Während sie die Einkaufsstraße entlangschlenderten, die sich vom Bahnhof bis zum See zog, berichtete Meera, wie sehr sich die Atmosphäre im Krankenhaus verändert hatte und schimpfte über die jungen Frauen, die mit ihr auf der Station zusammenarbeiteten, über ihren laschen Einsatzwillen.

»Die Freizeit und die Männer, alles ist ihnen wichtiger als das, wofür sie bezahlt werden. Immer wollen sie Spaß, alles muss Spaß sein, Spaß, Spaß, Spaß.« Sie verzog so missbilligend das Gesicht, dass Sita wider Willen auflachte.

»Was ist daran so lustig?«, fuhr Meera sie an.

»Nichts, Ma«, kicherte Sita. »Gar nichts.«

Sichtlich beleidigt blieb Meera vor einem Schaufenster stehen und besah sich die darin ausgestellten Uhren, während Sita ihre Mutter von der Seite musterte. Die Sachen, die sie trug, wirkten ausgeleiert und willkürlich zusammengestellt. Sita wusste, dass Meera oft im Brockenhaus und im Secondhandshop des Dorfes einkaufte, welcher im vergangenen Jahr eröffnet worden war.

»Ich brauche ja nicht viel, und hier kümmert sich niemand darum, wie ich herumlaufe«, hatte sie kürzlich am Telefon erklärt.

»Aber du könntest es dir leisten, neue Kleider zu kaufen«, hatte Sita erwidert.

»Ich spare das Geld lieber. Du weißt schon, für später.«

Sita war klar, wovon sie sprach. Seit Jahren erzählte Meera vom Haus, das sie sich in Indien bauen wollte. Ihre Altersresidenz sollte es werden, denn nach der Pensionierung wollte sie die Schweiz verlassen und in ihre alte Heimat zurückkehren. Als gemachte Frau mit einer respektablen Laufbahn, einem ansehnlichen Vermögen und einer monatlichen Rente, die ihr ein finanziell unbeschwertes Leben ermöglichen würde. Entsprechend hatte sie sich Broschüren von indischen Architekturbüros schicken lassen und studierte die Angebote immer wieder eingehend, ohne sich aber entscheiden zu können.

Insgeheim vermutete Sita allerdings schon länger, dass ihre Mutter das gesparte Geld der Familie zukommen ließ. Vor ein paar Jahren, nachdem ihr Vater gestorben war, hatten ihre Geschwister die Funkstille durchbrochen, man hatte sich zögerlich wieder angenähert, es wurde vermehrt telefoniert, plötzlich trafen wieder hellblaue Luftpostbriefe ein.

Auch wenn Meera es vor ihrer Tochter zu verheimlichen versuchte, wusste Sita, dass sie beachtliche Summen nach Indien schickte. Bei einem Besuch hatte sie ein paar Bankbelege entdeckt, die das belegten.

»Das Schulgeld für die Kinder meines Bruders«, meinte Meera leichthin, als Sita sie darauf ansprach. »Sie sollen eine gute Ausbildung erhalten.«

»Wieso bezahlt er es nicht selbst?«

Meera riss die Augen auf. »Weißt du, was das kostet?«

»Auf dem Beleg steht es.«

»Du solltest deine Nase nicht in meine Privatangelegenheiten stecken.«

»Dann lass die Abrechnungen nicht herumliegen.«

Meera riss Sita die Dokumente aus der Hand und stopfte sie in die oberste Schublade einer Kommode.

»Das geht dich überhaupt nichts an«, zischte sie.

»Ich mache mir nur Sorgen«, versuchte Sita, sie zu besänftigen.

»Du brauchst dir absolut keine zu machen, ich bin eine erwachsene Frau, ich weiß, was ich tue.« Wütend funkelte sie Sita an. »Kümmere dich um deinen eigenen Kram.«

In der Zwischenzeit hatte Sita begriffen, was Meera mit ihren großzügigen Überweisungen bezweckte. In früheren Gesprächen hatte sie ihre Zukunftsvorstellungen immer wieder durchscheinen lassen. Sie würde, hatte Sita endlich geheiratet und eine Familie gegründet, bei ihnen einziehen, so wie das der traditionelle indische Brauch war. Ein Haus, das stellte sie sich für Sita vor, in dem sie ein Zimmer oder, je nach Größe des Heims, sogar eine eigene Etage für sich beanspruchen würde, sie wäre für die Mahlzeiten zuständig, würde mit den Hunden spazieren gehen und sich um die Enkelkinder kümmern, wenn die Eltern bei der Arbeit waren.

Sita hatte sich das immer wieder angehört, ohne darauf zu reagieren, doch eines Tages war ihr der Kragen geplatzt. Unter keinen Umständen käme dies infrage, hatte sie gesagt, in der Schweiz sei dies nicht üblich.

Was natürlich nicht der einzige Grund für ihre Absage war, aber Sita wollte Meera nicht noch weiter verletzen, als ihr klar wurde, wie schlecht sie die Antwort aufnahm. Sie presste die Lippen zusammen und durchbohrte Sita mit stechendem Blick.

Auf gar keinen Fall wollte Sita jemals wieder mit ihrer Mutter zusammenleben, es hatte sie genug Kraft gekostet, ihrem Bannkreis zu entkommen. Das Studium in der Stadt war die Rettung gewesen, und sie war entschlossen, später die erste Assistenzstelle nur an einem Ort anzunehmen, der weit entfernt vom Dorf lag.

Meera hatte ziemlich lange gebraucht, um das zu verarbeiten, doch irgendwann hatte sie aufgehört, von einer gemeinsamen Zukunft samt Ehemann und Kindern zu schwärmen. Dafür hatte sie still und heimlich begonnen, Geld nach Indien zu überweisen. Nicht nur aus purer Großzügigkeit oder gar einer moralischen Verpflichtung heraus, davon war Sita überzeugt. Sondern um sich den angestammten Platz in der Familie zurückzuerobern, zurückzukaufen viel eher. Die Befürchtung, im Alter allein und einsam zu sein, vermutlich noch einsamer, als sie es bereits war, trieb sie dazu.

Zeitweise empfand Sita angesichts dieser Erkenntnis heftiges Mitleid, andererseits war ihr bewusst, dass sie nichts gegen Meeras Einsamkeit tun konnte. Sie konnte sie ihr nicht nehmen, es sei denn, sie würde genau das tun, was ihre Mutter verlangte. Und das war das Letzte, was sie wollte. Sie ahnte aber auch, dass sich Meera mit ihrem bestimmten Auftreten schnell wieder in die Sippe integrieren würde. Mit ihrem Vermögen und der beeindruckenden Karriere in der Schweiz würden der Skandal um die Verbindung zu Sitas Vater bald einmal kein offen angesprochenes Thema mehr sein. Wie immer überließ Meera auch in dieser Hinsicht nichts dem Zufall. Die üppigen Spenden waren die Grundlage für ihren nächsten Lebensabschnitt: als Matriarchin im Familienverbund.

Nach einer Weile erklärte Meera, dass sie sich vom Schaufensterbummel erschöpft fühle, worauf sie sich ein Café etwas abseits vom Rummel der Einkaufsstraße suchten. Meera verlangte nach Orangensaft, Sita bestellte Tee.

»Ich habe mir überlegt«, begann sie, nachdem der Kellner die Getränke serviert hatte.

»Was hast du überlegt?«

»Lass mich doch ausreden«, versetzte Meera gereizt.

»Ich habe mir überlegt, nach Indien zurückzukehren.«

»Das weiß ich doch schon lange«, erwiderte Sita. Einmal mehr hatte sie den Eindruck, ihre Mutter hoffte, dass sie Einspruch erheben, sie womöglich anflehen würde, nicht zu gehen und hierzubleiben.

»Und dann …« Meera machte eine bedeutungsvolle Pause.

Sita schwieg wohlweislich und wartete auf das, was nun kommen würde. Ihre Mutter hatte nun mal ein Flair für dramatische Eröffnungen.

»Dann werde ich dir einen Mann suchen, es ist höchste Zeit.«

Vor Verblüffung klappte Sita der Mund auf. »Du wirst was?«, stieß sie hervor, als sie ihre Fassung zurückgewonnen hatte.

»Einen indischen Mann suchen. Für dich.«

»Aber wozu?«

»Heiraten, Kinder haben, so wie alle.«

»Ich komme klar, vielen Dank«, machte Sita.

»Ich lasse dein Horoskop erstellen und suche dir jemanden, der wirklich zu dir passt. Ein Mann fürs Leben. Nicht wie diese Affären, die du dauernd hast.«

»Ich habe nicht dauernd Affären!«, verteidigte sich Sita, während in ihrem Kopf die Gedanken durcheinanderwirbelten.

Es kam ihr vor, als hätte ihre Mutter gerade mit beiden Händen nach der Freiheit gegriffen, die Sita so mühsam erkämpft hatte und gerade deswegen in vollen

Zügen genoss. Ihre Welt drohte mit einem Schlag wieder eng und beklemmend zu werden.

»Ganz unverbindlich. Du kannst ja dann immer noch sagen, was du von ihm hältst.«

»Ich will das nicht, Ma!«

»Es ist keine große Sache. Du wirst überrascht sein, wie hübsch indische Männer sind.« Meera zwinkerte ihr anzüglich zu, was überhaupt nicht zu ihr passte, wie Sita fand. Auf sie wirkte es unheimlich, leicht verrückt sogar.

»Ma …«

»Lass mich nur machen, *Beti.*«

Seufzend griff Sita nach ihrer Tasse. Sie hatte keine Lust, sich weiter zu streiten. Noch war es nicht so weit, und ob Meera ihre Pläne jemals wahrmachen würde, stand in den Sternen. Vermutlich regte sie sich vergebens auf.

28

»Es war schön, deine Stimme zu hören, *Beta.*« Das unterdrückte Schluchzen seiner Mutter am anderen Ende der Leitung entging Rohan nicht, gerade weil sie sich krampfhaft beherrschte. »Du bist weit weg, für mich ist das so ungewohnt. Vorher warst du immer da, immer in meiner Nähe und jetzt …« Sie holte tief Luft. »Ich vermisse dich wirklich.«

»Ich vermisse dich auch«, sagte Rohan rau. »Sehr sogar.«

Im Alltag gelang es ihm meist, dieses nagende Gefühl zu verdrängen, doch sobald er mit seinen Eltern sprach, wurde ihm schlagartig bewusst, wie riesig die Distanz zwischen ihnen war. Er war es gewohnt, sie jeden Tag zu sehen, sich mit ihnen auszutauschen, immer waren Menschen um ihn herum. In der Fremde hingegen fühlte er sich abgenabelt von seiner Familie, orientierungslos auch und vor allem einsam. Außer den anderen Assistenzärztinnen auf derselben Etage kannte er niemanden, und die Leute in dieser Stadt redeten nicht von sich aus mit Fremden. Sie kamen ihm distanziert vor und kühl, wenn er sich in einem Café hinsetzte, taxierten sie ihn kurz und schauten dann wieder weg, als fühlten sie sich von seinem Anblick beschämt. Nie ergab sich ein Gespräch, selbst wenn er sich bemühte, eines in Gang zu bringen, indem er irgendetwas Belangloses fragte. Die Antworten fielen stets knapp aus, im

Anschluss wandte man sich sofort wieder ab. Von Indien her war er anderes gewohnt. Dort liebte man die Geselligkeit und kam selbst mit Unbekannten schnell ins Plaudern. Manchmal war Rohan dort sogar froh, wenn er ihn Ruhe gelassen wurde und keiner begann, auf ihn einzureden. Einmal hatte er in den letzten Wochen eine indische Familie angetroffen, vor einem Einkaufszentrum am Stadtrand. Sobald sie ihn als einen der ihren erkannten, kamen sie winkend auf ihn zugelaufen und bombardierten ihn mit Fragen nach dem besten Restaurant, den besten Sehenswürdigkeiten, den besten Läden, die man unbedingt besucht haben musste. Ein Aufenthalt der Superlative sollte es wohl werden, hatte Rohan den Eindruck, und so gut er konnte, gab er Auskunft. Danach wollten sie wissen, aus welcher Gegend er kam, weshalb er in diesem Land lebte, wie es seiner Frau ging, ob sie Kinder hätten. Er antwortete bereitwillig, ausschweifend, froh, endlich jemandem zum Reden gefunden zu haben.

Sita sah er selten, sie arbeitete die meiste Zeit, schob lange Schichten auf der Abteilung, derweil Rohan, auf sich selbst gestellt, durch die Stadt schlenderte, halbherzig einen Deutschkurs im Internet absolvierte oder sich auf seine neue Stelle vorbereitete. Trotz all den Beschäftigungen blieb viel Zeit übrig, manche Tage zogen sich endlos in die Länge, und er war jeweils froh, wenn Sita zum Abendessen nach Hause kam – falls sie nicht länger bleiben musste – und er sie bekochen konnte.

In der Küche zu stehen und indische Gerichte zuzubereiten, linderte das Heimweh, der würzige Geruch verschaffte ihm ein Gefühl von Geborgenheit, ließ die Fremde kurzfristig weniger fremd werden. Schon früh hatte er seiner Mutter zugeschaut, wenn sie Nachmittage lang am Herd gestanden war, Zwiebeln und Knoblauch hackte, Gewürze röstete, in Kichererbsenmehl gewendete Fische und Gemüse im Öl schwimmend ausbackte. Nach und nach hatte ihm die Mutter gewisse Aufgaben überlassen und irgendwann, mit zwölf ungefähr, war er in der Lage gewesen, selbstständig ein Curry zuzubereiten. Sein Vater schüttelte zwar den Kopf und meinte immer, dass man so etwas als Mann nicht können musste, keine Frau würde je von ihrem Gatten verlangen, sie zu bekochen. Glücklicherweise war die Mutter in der Hinsicht weit weniger strikt, es kam Rohan vor, sie genieße die Zeit, die sie gemeinsam in der Küche verbrachten. Und er fühlte sich wohl, frei auch, vor allem als er älter wurde. Einer der wenigen Bereiche, wo man ihn als einzigen Sohn der Familie nicht nach seinen Leistungen beurteilte.

»Ihr kommt doch bald zu Besuch?«, fragte seine Mutter wie bei jedem Anruf.

Rohan blickte aus dem Fenster. Schnee fiel in wattigen Flocken, einige von ihnen blieben an der Scheibe kleben und bildeten nach und nach ein lichtes Geflecht auf dem Glas. »Im Herbst vermutlich.«

»Erst?« Rohans Mutter klang enttäuscht.

»Ich kann nicht eine neue Stelle antreten und dann gleich in Urlaub fahren.« Er versuchte, sie nicht merken zu lassen, dass ihn die Frage nervte.

»Natürlich, natürlich.« Sie verstummte kurz. »Ihr seid jederzeit willkommen. Nur damit du das nicht vergisst.«

»Das weiß ich doch, Ma.«

»Und wenn ihr uns eine ganz besondere Freude machen wollt …«

Rohan seufzte, weil er wusste, was nun folgte.

»… dann kommt ihr zu dritt.«

»Wir sind noch nicht so weit.«

»Wenn die Götter wollen, wird es klappen. Vielleicht eher, als ihr denkt.«

»Kann sein«, machte Rohan.

»Wir beten für euch, und dass ihr gesunde Kinder haben werdet.«

»Danke, Ma.«

»Du würdest uns so stolz machen.«

Nachdem er den Anruf beendet hatte, blieb Rohan auf dem Sofa sitzen und starrte auf sein Mobiltelefon. Seit er in die Schweiz umgesiedelt war, hatte der Druck zugenommen. Erst waren es nur Anspielungen gewesen, doch nun wurden seine Eltern immer deutlicher. Sie erwarteten Kinder von Sita und ihm, so bald wie möglich. Das Problem war nur, dass er seit vier Wochen auf dem Sofa schlief. Abgesehen von einigen zögerlichen Annäherungsversuchen war zwischen Sita und ihm nichts gelaufen. Das lag nicht nur an ihm, auch Sita hatte bislang keine Anstalten gemacht, ihn in ihr Bett zu bitten. Viel eher schien sie erleichtert, wenn er nach den harmlosen Zärtlichkeiten beim Fernsehen wie selbstverständlich das Sofa auszog und sich seine Schlafstätte einrichtete.

Daran musste sich dringend etwas ändern, das war Rohan klar. Nicht nur wegen des von zwei Sippen erwarteten Nachwuchses. Er war zum Mann erzogen worden. Entsprechend waren ihm seine Pflichten bewusst. Kinder zu zeugen war seine wichtigste Aufgabe, und er war fest entschlossen, diese ohne Wenn und Aber zu erfüllen. Damit würde nicht nur diese Last von ihm abfallen, auch diese zweifelnde Stimme tief in ihm drin würde verstummen, mit etwas Glück sogar für immer. Er würde sich selbst beweisen, dass er stärker war als dieses Drängen und Locken, dass er mit Willenskraft alles erreichen konnte. Und gleichzeitig würde er allen – und nicht zuletzt sich selbst – zeigen, dass er ein richtiger Mann war.

Rohan sah sich in der Mansarde um, öffnete den Einbauschrank und verschaffte sich einen Überblick. Er würde Blumen kaufen, Rosen am besten, ein paar Kerzen, hübsche Servietten und Sita danach mit einem aufwändigen Menü bekochen. Er schrieb die benötigten Zutaten auf einen Zettel, steckte ihn ein und schlüpfte in seine Winterjacke. Wenn er sich von all den Erwartungen befreien wollte, durfte er keine weitere Zeit verlieren.

29

»Was für ein Tag!«, rief Sita, kaum hatte sie die Türe aufgerissen. »Da ist die Hölle los, die ganze Station brechend voll und die Krankenhausleitung weigert sich standhaft, mehr Leute einzustellen. Während wir uns den Buckel krummarbeiten. Manchmal kotzt mich das dermaßen an!«

Sie kam in die Mansarde gestürmt, warf ihren Mantel auf das Bett und schleuderte die Handtasche daneben, streifte sich die Schuhe ab und ließ sich stöhnend aufs Sofa fallen. Irritiert blieb Rohan vor dem Tisch stehen, wo er eben die Kerzen entzündet hatte.

»Was ist?«, fuhr sie ihn an, vermutlich, weil ihr bewusst wurde, dass er sich nicht von der Stelle gerührt hatte, seit sie hereingekommen war.

»So sieht deine Ehefrau aus, wenn sie genervt ist. Präg dir den Anblick besser ein, du wirst ihn garantiert wiedersehen.« Sie holte tief Luft.

Ehe sie jedoch zu einer weiteren Bemerkung ansetzen konnte, fiel ihr die festlich gedeckte Tafel auf.

»Habe ich ein wichtiges Datum vergessen?«, fragte sie, mit einem Mal besorgt, stand auf und begutachtete zerknirscht die Rosen, die Kerzen und die neuen Servietten.

»Gibt es bei uns nicht, wie du sehr gut weißt«, gab Rohan bissig zurück, worauf Sita langsam den Kopf hob.

Er sah ihr sofort an, dass er sie verletzt hatte, seine unbedachte und giftige Äußerung tat ihm bereits leid. Gleichwohl war es eine Tatsache, dass in ihrer arrangierten Ehe keine romantischen Erinnerungen existierten. Nur hatten sie noch nie darüber gesprochen. Weder das erste Date noch die Verlobung noch die kurz darauf erfolgte Hochzeit waren von Emotionen geprägt gewesen, sondern das Resultat zweier zusammenpassender Horoskope und einer minutiösen Planung. Und ihrer beider Willen, sich künftig als Einheit zu verstehen.

»Weshalb …?«, setzte sie mit leiser Stimme an und brach dann ab.

Rohan hob die Schultern. »Ich hatte Lust, dich zu bekochen. Feierlich zu bekochen.«

»Ach so.« Sie nickte bedächtig und fuhr mit der Fingerspitze über die Tischkante, als müsste sie eingehend über die eben erhaltene Information nachdenken.

»Dann sollte ich wohl besser mal duschen«, erklärte sie schließlich, verschwand, ohne ein weiteres Wort zu verlieren, im Korridor und gab Rohan damit deutlich zu verstehen, dass sie sehr wohl ahnte, was er vorhatte.

Die in Joghurt, Minze und Spinat marinierten Hähnchenbruststücke waren butterzart, dazu servierte Rohan einen süßlichen Salat aus Tomaten, Korianderblättern und Gurkenstücken. Darauf folgte eine Linsensuppe, der Hauptgang bestand aus einem mild gewürzten Lammrack aus dem Ofen, gebratenen Auberginenscheiben und Basmatireis mit Safran und Kardamom. Auf indisches Brot hatte er absichtlich verzichtet, es lag schwer auf, und er wollte unbedingt vermeiden, dass sie nach dem Essen mit vollen Bäuchen vor dem Fernseher einnickten. Auch besonders scharfe Zutaten hatte er weggelassen, entgegen der landläufigen Behauptung, sie würden die Libido günstig beeinflussen. Er wusste aus eigener Erfahrung, was ein feuriges Vindaloocurry in den Eingeweiden anrichten konnte.

Für sein Vorhaben war ein leichtes Menü gefragt gewesen, und dass Sita jetzt die Gabel niederlegte, überschwänglich seine Kochkünste lobte und dabei nach seiner Hand griff, war der Beweis, dass sich der Aufwand gelohnt hatte.

Einerseits freute er sich darüber, andererseits wurde ihm nun doch etwas bange. Natürlich hatte er schon mit einigen Frauen geschlafen, hatte ein paar kurze Affären gehabt oder zufällige Bekanntschaften betrunken in Clubs oder Bars aufgegabelt. Flüchtige Begegnungen, bei denen am nächsten Morgen niemand mehr so genau gewusst hatte, was geschehen war. Es hatte ihn keine Anstrengung gekostet, mit ihnen zu schlafen, seine Lust war zuverlässig, der Alkohol half ihm dabei. Außerdem trug es ihm im Freundeskreis den Ruf ein, ein Womanizer zu sein. Was ihm sehr gelegen kam und insgeheim wohl auch der Grund für diese Aktionen gewesen war. Rohan tat, was von einem Mann erwartet wurde, und er sorgte gleichzeitig dafür, dass sein gesamtes Umfeld alles mitbekam. Denn unter keinen Umständen sollte der Verdacht aufkommen, er könnte womöglich nicht an Frauen interessiert sein.

Mit Sita war es allerdings etwas anderes, sie war keine Liaison für eine Nacht. Sie war seine Ehefrau und Mutter seiner zukünftigen Kinder, außerdem waren sie beinahe nüchtern. Er hatte zum Essen eine Flasche eisgekühlten Rosé geöffnet, und selbst den hatten sie nur zur Hälfte getrunken. Vermutlich hatte sie ihm seine stümperhafte Leistung in der Hochzeitsnacht verziehen, aber auf Dauer konnte er sich nicht von den Erwartungen unter Druck setzen lassen. Sonst wurde das nie etwas mit den sehnlichst erwarteten Kindern.

30

Sie hatte ihn zu grob angefahren. Für die schwierigen Verhältnisse an ihrem Arbeitsplatz konnte Rohan wirklich nichts. Sie musste sich sofort abgewöhnen, ihrem Ärger auf diese Art Luft zu verschaffen. Entsetzt hatte Sita nämlich im Moment ihres Ausbruchs festgestellt, dass ihr Verhalten demjenigen Meeras zu ähneln begann. Noch schmiss sie keine Tassen, die unkontrollierten verbalen Ausrutscher erinnerten sie dennoch an ihre Mutter.

Joggen, dachte sie, ich werde sofort wieder häufiger joggen gehen. Das hatte ihr schon früher geholfen, die Wut in ihrem Innern abzubauen. Eine Zeitlang hatte Sita geglaubt, sie hätte sie unter Kontrolle, doch in letzter Zeit loderte sie immer häufiger auf. Nicht nur die Zustände auf der Abteilung und die Anforderungen an sie als Assistenzärztin nährten diese Glut, auch die Tatsache, dass man ihr zwar viel Verantwortung übertrug, ihre Meinung jedoch niemanden interessierte, trugen zu Sitas wachsender Unzufriedenheit bei. Und seit sie mit Rohan verheiratet war, hatte sie ohnehin das Gefühl, ihr Leben sei komplett durchgeplant, verlaufe in so begrenzten Bahnen, dass kein Platz für spontane Entscheidungen blieb. Die Freiheit, die sie so genossen hatte, nachdem sie bei ihrer Mutter ausgezogen war, hatte sich verflüchtigt, ehe es ihr richtig bewusst geworden war. Einmal mehr fühlte sich Sita eingeengt und bevormundet. Und das machte sie rasend.

Es fühlte sich richtig an, als sie nach dem Abwasch in die Mansarde zurückkehrten und Rohan die Arme um sie legte. Gleichzeitig war es ein weiterer Punkt auf ihrer Liste, den sie abzuhaken hatten, das war Sita trotz allem klar. Ein Schritt in Richtung Beziehung, einer richtigen Beziehung. Zärtlich küsste er sie auf den Mund, und sie erwiderte den Kuss, ohne zu zögern. Seine Hände wanderten nach oben und hielten ihren Hinterkopf fest, während sie spürte, wie sich ihr Körper nach und nach entspannte und gleichzeitig etwas in ihrem Innern aufloderte, eine kleine Flamme, die sie nachgiebig und weich machte. Sie rückte etwas von Rohan ab, um ihm in die Augen zu sehen. Er wirkte verblüfft, als hätte er nicht damit gerechnet, dass sie sich ihm so einfach hingab, doch sie sah auch die Neugier in seinem Blick und dahinter die Lust, ein dunkles Glühen, dass ihn gefährlich und begehrenswert machte. Die Atmosphäre war mit einem Mal voller Spannung, es war, als würde sich die ganze Welt um sie herum zusammenziehen, alles andere verwischte, rückte an den Rand ihres Gesichtsfelds und verschwand im Ungefähren. Es gab nur noch sie beide in diesem Moment.

Sie ließ die eine Hand nach unten gleiten, über seine Brust, den Bauch, zur Gürtelschnalle, während sie ihn mit der andern an sich zog. Er war erregt, das spürte sie durch den festen Jeansstoff hindurch. Entschlossen öffnete sie seinen Reißverschluss.

»Erstaunlich leidenschaftlich«, fasste sie die Nacht am nächsten Tag für ihre Freundin Andrea zusammen.

Sie hatten sich ein Café in der Nähe des Sees ausgesucht, das überbordend dekoriert und für seine exzellenten Kuchen bekannt war. »Nicht so, wie beim ersten Mal nach der Hochzeit. Gestern war keine Unsicherheit mehr auszumachen, kein Zögern, er wusste definitiv, was er tat. Und was er wollte.«

»Aber?« Andrea strich sich eine lose Strähne ihres roten Haars hinters Ohr, während sie sich zu Sita hinüberlehnte.

»Nichts aber.«

»Da schwang eindeutig ein *Aber* mit, Schätzchen. Mir kannst du nichts vormachen.«

»Ach ...«

»Zu wenig Feuer?«

»Womöglich, das war jetzt nicht der wildeste Sex meines Lebens.« Sita seufzte und sah dem Kellner hinterher, der zwei Tortenstücke auf Porzellantellern an ihnen vorbeitrug. »Aber darum geht's nicht. Es ist schwer zu formulieren.«

»Versuch's trotzdem.«

Nachdenklich wandte sich Sita wieder ihrer Freundin zu. Sie hatten sich während des Studiums kennengelernt, hatten auf der hintersten Sitzreihe im Hörsaal nebeneinandergesessen und waren schnell ins Gespräch gekommen. Andrea, die in der Stadt aufgewachsen war, hatte Sita die verruchteren Seiten des Nachtlebens gezeigt und ihr den einen oder anderen Kerl vorgestellt, Geheimnisse hatten sie seither keine mehr voreinander. Während Sita sich für eine Karriere als Onkologin entschied, hatte Andrea einen Job bei der Schweizer Medikamentenzulassungsstelle angenommen, eine Arbeit, die ihr sehr zusagte.

»Es fehlt der letzte Zentimeter«, versuchte es Sita mit einer Erklärung.

Andrea grinste anzüglich. »Zu klein?«

Sita gluckste und verschluckte sich beinahe am Kaffee. »Nein, nein, alles durchaus zufriedenstellend.« Errötend hielt sie inne. »Echt schwierig zu erklären. Womöglich kann ich es gar nicht.«

»Du kannst.«

»Es ist alles, wie es sein sollte. Hingabe, gewisse Fertigkeiten …«

»Zunge, Finger und so weiter«, ergänzte Andrea.

Peinlich berührt schüttelte Sita den Kopf. »Und trotzdem fühlt es sich irgendwie nicht echt an.«

»Doch nicht die ganz große Leidenschaft?«

»Das kommt noch. Vielleicht«, murmelte Sita.

»Aber selbstverständlich«, machte Andrea sarkastisch.

»Mir kommt es so vor«, fuhr Sita nach einer kurzen Pause fort, »als wollte er unbedingt seine Pflicht erfüllen.«

»Die Zeit läuft, ihr steht unter großem Druck.«

»Klar, aber so schlimm ist es auch wieder nicht.

Wenn's jetzt nicht klappt, dann halt später. Was wollen sie tun?«

»Jeden Tag anrufen und fragen, ob es eingeschlagen hat?«

»Das passiert jetzt schon.«

»Als Mann wird von Rohan halt erwartet, dass er dich schwängert. Alles andere wird als Versagen angeschaut.«

»Musst du das so formulieren? Ich komme mir vor wie eine Zuchtkuh.«

»Tja.«

Verärgert presste Sita die Lippen zusammen und starrte in ihre Tasse.

31

Die Musik war so laut, dass Sita kaum verstand, was Andrea ihr ins Ohr brüllte. Sie ging dicht hinter ihr, mit den Händen auf ihren Schultern steuerte sie Sita über die volle Tanzfläche Richtung Bar.

»Gin Tonic!«, schrie sie ihr ins Ohr, was komplett unnötig war, wie Sita fand, denn Andrea trank immer dasselbe. Gin Tonic mit Bombay Sapphire, wenn keine edlere Marke zur Auswahl stand. Was in diesem Klub eher unwahrscheinlich war. Sie drängten sich durch die Menschentraube und stützte sich etwas außer Atem auf dem Tresen ab. Der Bass wummerte, die Vibration durchdrang ihren gesamten Körper. Dank der Drinks, die sie zum Vorglühen in einem nahegelegenen Lokal getrunken hatten, fühlte sich ihr Kopf beinahe schwerelos an. Es war erst Donnerstag, doch Andrea hatte kurzerhand erklärt, dass dies der neue Samstag sei. Was mit ziemlicher Sicherheit bedeutete, dass sie die ersten beiden Vorlesungen am nächsten Morgen verpassen würde. Aber das war Sita gerade ziemlich egal. Sie waren hier, um Spaß zu haben, und sie verspürte absolut keine Lust, an den kommenden Tag zu denken.

Vermutlich hatte Andrea mit ihrer Aussage Recht. Wer hier wohnte, mied die Ausgehmeile am Wochenende. Denn dann fielen die Leute aus dem ganzen Land wie Heuschrecken in die Stadt ein und verwandelten das Viertel zum Ballermann der Schweiz, auf der Straße würde man im knöchelhohen Müll waten, überall besoffene, heulende, kotzende Jugendliche und frustrierte junge Männer, während die Aggressivität wie giftiges Gas durch die Gassen waberte.

Donnerstags war man unter sich, wie Andrea immer wieder betonte, mit etwas Glück wurde man als Frau sogar in Ruhe gelassen. Wobei das bei Andrea ein zweischneidiges Schwert war, wie Sita aus Erfahrung wusste. Wurde sie angemacht – was in der Tat oft geschah –, ärgerte sie sich maßlos und reagierte schnippisch oder sogar bissig auf die oftmals plumpen Annäherungsversuche. Ignorierten sie die anwesenden Männer, vor allem diejenigen, die ihr gefielen, war sie eingeschnappt. In diesen Situationen war Sita froh, war sie kein Kerl, es war nicht einfach, an Andrea heranzukommen. Andererseits war sie alles andere als eine Kostverächterin, mit ihren sexuellen Erlebnissen hätte sie jeden Beichtvater auf der Stelle ins Koma befördert. Sita war in der Hinsicht wesentlich zurückhaltender. Auch wenn Andrea sie dauernd damit aufzog, dass sie total verkrampft sei und endlich lockerer werden müsse, war Sex für Sita – im Gegensatz zu Andrea – keine Freizeitbeschäftigung wie Bowling oder Kartenspielen. Sie brauchte eine emotionale Verbindung, einen Mann, der sie wirklich ansprach und interessierte, selbst wenn es sich nur um ein einmaliges Vergnügen handelte.

»Der Typ da am anderen Ende des Tresens«, raunte ihr Andrea ins Ohr, nachdem Sita bestellt hatte.

Sita sah nicht sogleich in die angegebene Richtung, sondern drehte sich erst zu Andrea um, danach warf sie einen flüchtigen Blick in Richtung Bar. Der Typ war nicht mehr ganz jung, Ende vierzig vielleicht, schätzte Sita, was im Licht der rotierenden Scheinwerfer und den zuckenden Laserstrahlen allerdings täuschen konnte. Leicht ergrautes Haar, glattrasiert, sehr gepflegt. Mit seinem hellblauen Businesshemd und dem grauen Jackett passte er nicht wirklich hierher. Sita hätte ihn eher in einer edlen Designerlounge gesehen, in einem schicken Restaurant oder in der Teppichetage eines internationalen Konzerns. Aber er war attraktiv, zweifelsohne, und trug keinen Ehering. Etwas, das Sita sofort registrierte, obwohl sie sich dabei lächerlich vorkam. Aber sie konnte nichts dagegen tun, bei jedem Kerl schaute sie als erstes automatisch auf den linken Ringfinger.

»Der starrt dich die ganze Zeit an«, sagte Andrea, worauf Sita erneut hinsah.

Im selben Moment schaute der Mann auf, und ihre Blicke trafen sich. Sitas Herz setzte einen langen Schlag aus, sie senkte den Kopf, doch als sie ihn wieder hob, fixierte der Typ sie immer noch. Sie lächelte ihm zu, bevor sie die Drinks in Empfang nahm.

Nachdem sie bezahlt hatte, wandte sie sich wieder in seine Richtung, doch er stand nicht mehr dort. Etwas enttäuscht reichte sie Andrea ihr Glas, und sie stießen an. Suchend sah sich Sita um, doch sie konnte den

Mann nirgendwo entdecken. Als sie sich wieder zu Andrea hindrehte, stand er neben ihrer Freundin.

»Hey«, sagte er zu Sita, worauf sich Andrea mit einem Zwinkern entfernte.

»Hey«, antwortete Sita.

»Ich heiße Jerôme«, stellte sich der Typ vor und streckte die Hand aus.

32

Sie trafen sich immer im selben Hotel in der Nähe des Flughafens. Ein Ableger einer internationalen Kette mit riesigen Fensterfronten und Marmorböden in der Lobby, gedämpftem Licht und Teppichen in den Fluren, die jedes Geräusch schluckten. Frequentiert von Geschäftsleuten, die kurz in der Stadt zu tun hatten, oder Reisenden mit frühmorgendlichen Flügen, bot die Unterkunft genau die Anonymität, die Jerôme offenbar wichtig war. Sita fand diese unregelmäßigen Treffen aufregend, es verlieh ihrem Leben einen Hauch von Verruchtheit, als täte sie etwas Verbotenes.

Er hatte sie kurz nach dieser Nacht im Klub angerufen und war direkt zum Punkt gekommen. Dass er genau wusste, was er wollte, beeindruckte Sita und sie willigte – gelangweilt von den nichtssagenden Affären mit Kommilitonen, die schwitzend und ungeschickt an ihr herumfummelten und sie nach dem Orgasmus erwartungsvoll anstrahlten, als erwarteten sie Applaus für ihre dürftige Leistung – sofort ein, als er erklärte, dass er sie baldmöglichst wiedersehen wolle. Jerôme war ein erfahrener Liebhaber, das stellte sie bereits bei ihrem ersten Rendezvous fest. Einfühlsam und leidenschaftlich, er ging auf sie ein und nahm sich gleichzeitig, was er brauchte. Das luxuriöse Ambiente der Suite, die er jeweils buchte, das sanfte Klingeln des Aufzugs und die mit einem leisen Schmatzen schließenden Türen behagten Sita. Sie kam sich vor, als tauchte sie in eine andere Welt ein, die nichts mit ihrem Alltag zu tun hatte. Manchmal stellte sie sich vor, was ihre Mutter dazu sagen würde. Dass sie sich wie eine Edelprostituierte mit einem wesentlich älteren Mann in einem Hotel traf und sich ihm hingab. In diesen Augenblicken verspürte sie eine nagende Scham, die schnell in eine Art Schadenfreude umschlug. Das war ihr Leben und sie konnte tun, was sie wollte. Hin und wieder malte sie sich sogar aus, wie sie Meera von Jerôme erzählte und was er alles mit ihr anstellte. Die Vorstellung, wie ihrer Mutter die Augen fast aus dem Kopf fielen und sie sich entsetzt die Hände vor den Mund schlug, erfüllte sie mit Genugtuung. Und dann gab es diese anderen Momente, in denen sie sich fragte, ob sie sich bloß deswegen mit ihm traf. Um ihrer Mutter insgeheim eins auszuwischen und sich selbst zu beweisen, dass sie endlich erwachsen und unabhängig war.

Das wäre erbärmlich, dachte sie dann beschämt. Doch wenn Jerôme wieder anrief und mögliche Termine vorschlug, griff sie sofort zu ihrer Agenda.

»Klar bin ich verheiratet«, erklärte er mit einer Selbstverständlichkeit, die Sita imponierte und zeitgleich wütend machte.

Er lachte leise. Sie spürte seinen Atem an ihrem Hals, ein leichtes Kitzeln auf empfindlicher Haut. Sein Kopf lag auf ihrer Schulter, der eine Arm über ihrer Brust, eine Vertrautheit, die sie plötzlich als unpassend empfand. Am liebsten hätte sie ihn abgeschüttelt, von sich geschoben, sodass sie ihm in die Augen sehen konnte.

»Du riechst so gut«, flüsterte er, als er spürte, wie sie sich versteifte, und die Haare an ihren Armen richteten sich auf.

Natürlich hatte sich Sita Gedanken über sein Leben außerhalb ihrer Treffen gemacht. Wenn sie allerdings mehr über ihn wissen wollte, flüchtete er sich stets in vage Erklärungen. Er arbeite im Import-Export-Business hatte er sie auf die Frage nach seinem Beruf wissen lassen, näher wollte er die nichtssagende Beschreibung nicht erläutern.

»Das ödet dich nur an«, hatte er gemeint. »Und mich auch.«

Dass es wohl eine Ehefrau gab, sogar Kinder, hatte sie längst vermutet, der Ringabdruck an seinem Finger war deutlich zu erkennen. Entsprechend hatte er sie auch kein einziges Mal in ihrer WG besucht, die sie sich mit zwei anderen Frauen teilte, nie hatte er sie zum Essen in ein Restaurant eingeladen. Sie hatten sich immer nur in der Abgeschiedenheit des Flughafenhotels getroffen; alle Vorschläge ihrerseits, gemeinsam etwas zu unternehmen, ein Museum zu besuchen oder einen Film anzusehen, hatte er stets abgelehnt. Ihr fiel ein, dass sie nicht einmal seinen Nachnamen kannte. Er war immer nur Jerôme gewesen; gut möglich, dass dies nicht sein richtiger Name war.

Sie wusste nicht mehr, was genau sie dazu gebracht hatte, ihm die Frage nach seiner Frau zu stellen. Ihre Erfahrung hatte gezeigt, dass er nicht bereit war, Persönliches mit ihr zu teilen. Vermutlich wollte sie ihn provozieren, ihn zu einer emotionalen Reaktion zwingen. Denn selbst wenn Jerôme als Liebhaber überzeugte – ging es um Gefühle, gab er sich verschlossen.

Er beginnt mich zu langweilen, stellte sie überraschend sachlich fest, während sie an die Decke starrte.

So aufregend diese Treffen anfänglich waren – mit der Zeit wurden sie zur Routine, wurden gewöhnlich. Die Art, wie er seine vermutlich handgenähten italienischen Lederschuhe ordentlich auf der dafür vorgesehenen Schuhablage ausrichtete, wie er die Bundfaltenhose über den Bügel zog und an die Schranktüre hängte, sein Hemd über der Stuhllehne, das sorgfältig gefaltete Unterhemd auf der Sitzfläche und dann diese schrecklichen schwarzen Socken, die bis kurz unter die Knie reichten, alles bekam den faden Geschmack des Alltäglichen. Selbst die Weise, wie er sie küsste und anfasste, die Berührungen seiner Finger, seiner Zunge, wie er sich danach auf sie wälzte und in sie eindrang, begann sie zu ermüden.

Seine verblüffend direkte Antwort und das nachfolgende Lachen, das in Sitas Erinnerung mit einem Mal herablassend oder sogar mitleidig klang, weckten in ihr den Verdacht, dass sie vermutlich nicht die einzige war. Es musste andere Gespielinnen geben, die er wie sie in gewissen Abständen traf, womöglich sogar in derselben Suite.

Angespannt musterte Sita die Einrichtung des Hotelzimmers, sie sah sie plötzlich mit ganz anderen Augen. Das Aquarell an der Wand, die unsäglich kitschige Vase auf dem Glastisch, der perfekt arrangierte Früchteteller mit dem silbernen Messer daneben. Wie viele Frauen wohl schon so mit ihm dagelegen hatten? Mit einem Mal kam sie sich benutzt und billig vor.

»Ich muss los«, sagte sie hastig und befreite sich aus seiner Umarmung.

»Jetzt schon?«, wunderte sich Jerôme.

»Ja.«

»Du hast es gewusst.«

»Logisch«, erwiderte sie und ärgerte sich, dass ihre Stimme genau in dieser Sekunde brach.

»Ich habe dir nie etwas versprochen.«

»Habe ich auch nie verlangt.«

»Trotzdem scheinst du aufgewühlt«, stellte er fest.

»Bin ich aber nicht!« Ihre Stimme wurde lauter.

»Sondern?«

»Ich möchte das nur nicht mehr.«

»Okay.« Mit einem Ruck erhob er sich. »Dann ruf ich dich nicht mehr an.«

»Das wäre mir lieb«, erwiderte sie knapp.

Im darauffolgenden Monat blieb ihre Regel aus, und als sie auch nach einer Wartefrist von einigen Tagen nicht eintrat, besorgte sich Sita einen Schwangerschaftstest.

»Wir müssen reden«, sagte sie am Telefon.

»So, so.« Jerômes Stimme klang unterkühlt am anderen Ende der Leitung.

»Von Angesicht zu Angesicht.«

»Ich sehe keinen Anlass dazu.«

Sie streckte das Handy weit von sich, eine instinktive Reaktion, und atmete tief durch. Unverständlich erschien ihr jetzt, weshalb sie sich jemals zu diesem eiskalten Kotzbrocken hingezogen gefühlt hatte. War es sein zielgerichtetes Vorgehen gewesen, sein gutes Aussehen? Seine Talente als Liebhaber? Der Luxus, den er ihr geboten hatte? Sie hätte es in diesem Augenblick nicht eindeutig benennen können. Sachlich schilderte sie ihm die Lage, worauf er kurz angebunden meinte: »Lass es wegmachen.«

»Ich möchte erst …«

»Ich schicke dir Geld.«

»Ich will dein verdammtes Geld nicht!«

»Ist unterwegs.«

Drei Sekunden später vibrierte Sitas Telefon und vermeldete den Eingang eines beachtlichen Betrags.

Andrea begleitete sie in die Klinik. Zu Sitas Erleichterung hatte sie ihr keine Vorwürfe gemacht, sondern sie einfach in den Arm genommen und weinen lassen. Dass es trotz einer Vasektomie zu Schwangerschaften kommen konnte, wusste Sita ohnehin, aber sie hatte das

Risiko in Kauf genommen, die Chance war in der Regel winzig.

Nach dem Eingriff fühlte sie sich leer und ausgelaugt. Andrea brachte sie nach Hause und kochte ihr Tee, sie sprachen nur das Notwendigste. Erschöpft und verstört legte sich Sita aufs Sofa und rollte sich in ihrer Decke ein. Ihre Freundin setzte sich neben sie und hielt ihre Hand; so blieben sie, bis es dunkel wurde, bis der Schein der Straßenlaternen auf den ausgebleichten Holzboden fiel und die Geräusche der Stadt leiser wurden. Irgendwann später griff Sita zum Telefon und drückte auf Jerômes Kontakt.

»Dieser Anschluss ist für die gewünschte Verbindung gesperrt«, schnarrte ihr eine monoton klingende Stimme ins Ohr.

33

Mit einem Glas Rotwein in der Hand lehnte sich Sita an den altmodischen Herd und ließ ihren Blick über die Gesellschaft schweifen. Die Gemeinschaftsküche war erfüllt vom Lachen ihrer Gäste, sie unterhielten sich angeregt. Man hatte sich irgendwann nach dem Essen darauf geeinigt, dass die Nikotinsüchtigen ausnahmsweise nicht auf den Balkon mussten, um ihrem Laster zu frönen, und nun war der Raum erfüllt von Rauch, die beiden Aschenbecher überquollen beinahe, die Sicht vernebelt.

Die Einladung war ein voller Erfolg. Sita hatte am späten Nachmittag den kleinen Tisch aus ihrer Mansarde in die Gemeinschaftsküche getragen und ihn mit zwei weiteren, die sie von Kolleginnen ausgeliehen hatte, zu einer langen Tafel zusammengeschoben. Die neue, von Rohan gekaufte Tischdecke verbarg elegant die Übergänge der unterschiedlich hohen Möbel, und das bunt zusammengewürfelte Geschirr aus dem Schrank sorgte für ein fröhliches Ambiente. Mittlerweile waren die Teller abgeräumt und stapelten sich neben dem Abwaschbecken, zusammen mit den Schüsseln und Platten, auf denen Rohan die Speisen angerichtet hatte. Er hatte sich mächtig ins Zeug gelegt und nebst einer üppigen Vorspeisenauswahl mehrere Hauptgänge gekocht. Er war den ganzen Tag in der Küche gestanden, Sita hatte er nur hin und wieder einfache Aufgaben übertragen. Zwiebeln schälen, Knoblauch hacken, Tamarinde einweichen, Dinge, die er ihr offenbar zutraute, ohne dass dabei Schaden entstand. Was sie etwas beleidigt zur Kenntnis genommen hatte. Andererseits war es die einzig richtige Entscheidung angesichts seines aufwändigen Vorhabens. An diesem Tag hatte sich gezeigt, was für ein versierter Koch er war, er ging mit Leidenschaft an die Arbeit, verlor kein einziges Mal den Überblick, Rezepte brauchte er keine. Er schien alles auswendig zu wissen, selbst Abläufe, die Sita kompliziert erschienen, wie zum Beispiel das Säuern von Milch mit Zitronensaft -- weil Rohan darauf bestand, den Paneer, den indischen Käse, selbst herzustellen –, brachten ihn nicht aus dem Konzept. Als die benachbarten Assistenzärztinnen, zum Teil mit ihren Partnern, eintrafen, standen die dekorativ angerichteten Vorspeisen längst bereit, und es schien ihr, er wäre, trotz des immensen Pensums, während des ganzen Tags keine Sekunde gestresst gewesen.

Am Ende doch keine üble Wahl, dachte Sita. Ihre Mutter hatte richtig gelegen, was ihr zuzugeben schwer fiel. Der heutige Tag hatte etwas Grundlegendes in der Art verändert, wie sie Rohan sah. Normalerweise kam er ihr leicht lethargisch vor. Er studierte zwar die Unterlagen für seinen neuen Job, lernte Deutsch, spazierte durch die Stadt, ging seit einiger Zeit wieder regelmäßig ins Fitnesscenter und kochte abends. Viel zu oft saß er aber einfach stundenlang auf dem Sofa und starrte auf sein Handy. Ihn so konzentriert bei der Arbeit zu beobachten, bei der er eindeutig in seinem Element war, steigerte ihre Achtung vor ihm.

Vielleicht war es das, was uns bislang gefühlsmäßig getrennt hat, überlegte Sita. Das Gefälle zwischen uns.

Sie war enorm beschäftigt, hatte einen verantwortungsvollen Job, war immer auf Achse. Er hingegen befand sich in der Warteschlaufe, war erst im Begriff, sich anzupassen, und kannte sich nur wenig in der Stadt und mit dem Leben hier aus. Aber das würde sich bald ändern. Sita war überzeugt, dass sie auf dem richtigen Weg waren. Alles, was sie brauchten, war Zeit. Früher oder später würden sie auch das mit der Leidenschaft hinkriegen.

Sie nahm einen Schluck Wein, während sie ihren Ehemann beobachtete, der sich zu Sebastian hinüberbeugte, damit der ihm Feuer geben konnte. Ausgerechnet Rohan, der sonst so sehr auf seine Gesundheit achtete! Kurz nach der Vorspeise hatte er begonnen, Zigaretten zu schnorren. Der Alkohol, eindeutig. Rund ein Dutzend leer getrunkene Sekt- und Weinflaschen standen bereits am Boden neben dem Kühlschrank, und es würden garantiert noch mehr werden. Seb war ein attraktiver Kerl mit dunklen Locken, den Andrea mitgebracht hatte. Sita war sich nicht sicher, was genau die beiden verband, er schien jedoch keiner ihrer nächtlichen Bekanntschaften zu sein, ihr Verhalten wirkte dafür zu vertraut, zu locker auch. Eher waren sie Freunde oder womöglich Arbeitskollegen. Sie würde Andrea später darauf ansprechen.

Natürlich hatte Sita ihre beste Freundin ebenfalls eingeladen, sie wollte unbedingt, dass sich Rohan und sie anfreundeten, das war ihr wichtig. Die beiden hatten sich zwar bereits ein paar Mal getroffen, doch ihr Umgang blieb distanziert, sie schienen nicht richtig warm miteinander zu werden. Am heutigen Abend hatte sich das allerdings geändert, Andrea saß zwischen den beiden Männern, sie unterhielten sich auf Englisch und schienen sich prächtig zu amüsieren. Jedenfalls brachen die drei immer wieder in schallendes Gelächter aus, was Sita einen schmerzlichen Stich versetzte. Sie fühlte sich ausgeschlossen, weil sie sich den ganzen Abend mit ihren Nachbarinnen unterhalten hatte. Aber das würde sie jetzt ändern. Sie leerte das Weinglas mit einem Zug und setzte sich neben Rohan.

»Wo warst du?«, fragte er und drehte sich schwungvoll zu ihr hin.

»Ich musste eine kurze Atempause einlegen.«

»Okay.« Er musterte sie prüfend und strich ihr die Haare aus dem Gesicht. »Alles gut?«

»Ja.« Die unerwartet sanfte Berührung verschaffte ihr eine Gänsehaut. So etwas hatte er noch nie getan. »Ein schöner Abend«, fügte sie an.

»Dank dir.«

Sie lachte leise. »Hätte ich gekocht, lägen alle schon im Bett. Oder hingen über der Kloschüssel.«

»So schlimm ist es nicht.«

»Das Essen war fabelhaft.«

Er sah sie an und drückte ihre Hand, gleich darauf wandte er den Kopf wieder Seb zu, der von einem Ferienerlebnis in Barcelona erzählte. Sita hörte nur mit einem Ohr hin, Rohans Berührung hallte noch in ihr nach und sie wollte dieses Gefühl nicht gleich wieder verlieren.

»Es ist verdammt stickig hier drin!«, rief Andrea plötzlich aus, und die Tischrunde stimmte sofort zu.

Sie schob den Stuhl zurück, erhob sich und öffnete die Balkontür. Kühle Winterluft strömte herein und ließ die Kerzenflammen flackern.

Sofort begann Sita zu frösteln, und sie spürte, wie Rohan seinen Druck auf ihre Hand verstärkte. Seb stand ebenfalls auf und streckte sich. Großgewachsen, schlank, er trug einen gestrickten Pullover und weite Hosen.

»Ich geh mal kurz raus und rauche dort eine«, kündigte er an.

»Gute Idee«, machte Rohan. »Darf ich …?«

In gespielter Verärgerung zog Seb eine Augenbraue hoch. »Alter, schon wieder?«

Rohan wirkte verlegen, wahrscheinlich, weil die Gespräche verstummt waren und nun alle ihrer Unterhaltung zuhörten. »Nur noch eine.«

Mit einer lässigen Handbewegung zog Seb ein Zigarettenpäckchen aus seiner Hosentasche und schleuderte es auf den Tisch, so dass es direkt vor Rohan zu liegen kam. »Nimm, so viele du willst. Ich hab' noch mehr.«

Rohan nickte zum Dank und klaubte sich einen Glimmstängel aus der Schachtel, dann folgte er Seb auf den Balkon hinaus.

Sita sah ihnen hinterher. Umständlich kramte Seb in seiner Hosentasche nach einem Feuerzeug und gab erst Rohan Feuer, bevor er seine eigene Zigarette anzündete. Die zuckende Flamme erhellte ihre Gesichter kurz mit warmem Licht.

Schön sehen sie aus zusammen, dachte Sita. In dichten Wolken entwich Rauch ihren Mündern. Rohan machte eine Bemerkung, die Sita nicht mitbekam. Seb lachte auf und warf den Kopf in den Nacken. Er fuhr sich übers Gesicht, und als er sich beruhigt hatte, beugte er sich vor und legte seine Hand auf Rohans Schulter, als müsste er sich abstützen. Eifrig sprach er auf ihn ein. Sie standen jetzt so nah beieinander, dass sich ihre Haare berührten. Unvermittelt schaute Rohan auf, Sitas und sein Blick trafen sich. Seine Augen strahlten, es war, als würde er von innen leuchten.

So ist er wirklich, begriff Sita. So sieht er aus, wenn er ganz sich selbst ist. So müsste er immer sein.

Der Moment dauerte keine Sekunde, dann konzentrierte Rohan sich wieder auf Seb. Wie gute alte Freunde, dachte Sita. Als wären sie durch ein unsichtbares Band verbunden. Und wieder verspürte sie einen Stich.

34

Krachend schlug die Tür gegen die Wand und Sita schreckte aus ihrem leichten Schlummer hoch. Sie hatte nicht einschlafen können und dösend auf Rohan gewartet. Verdattert knipste sie die Nachttischlampe an und richtete sich auf. Rohan stand am Fußende ihres Bettes, den Oberkörper vorgebeugt, die Augen blutunterlaufen, und er starrte sie auf eine merkwürdige Art an. Sekundenlang rührten sich beide nicht, es fiel ihr schwer abzuschätzen, was mit ihm los war. Unvermittelt trat er einen Schritt vor und kam langsam auf sie zu, der Seite des Bettes entlang, bis er direkt vor ihr stand. Sie konnte den Zigarettenrauch an ihm riechen, den Rotwein, den er mit Seb noch leergetrunken hatte, nachdem alle anderen längst gegangen waren. Sie sah zu ihm hoch und jetzt erst begriff sie, was ihn umtrieb. Zwar war er betrunken, aber nicht komplett, das war deutlich zu erkennen. Denn was da in seinem Blick loderte, war nicht Trunkenheit. Sondern pure Gier.

Sie streckte die Hand aus und ergriff seine, doch er schüttelte sie unwillig ab. Im nächsten Moment hatte er ihr die Decke weggerissen, er warf sich auf sie und küsste sie so heftig, dass es ihr den Atem verschlug, gleichzeitig schob er ihr weites T-Shirt hoch, das sie jeweils zum Schlafen trug, zerrte ihren Slip herunter und drängte mit den Knien ihre Beine auseinander.

»Langsam!«, keuchte sie.

Verblüfft über seine Kraft entschied sie, dass es klüger war, sich nicht weiter zu wehren und sich ihm hinzugeben.

Wie von Sinnen überdeckte er ihr Gesicht mit Küssen, rutschte hinunter zum Hals, packte grob ihre Brüste und saugte sich an ihren Warzen fest. Abrupt rückte er von ihr weg, richtete sich halb auf, schlüpfte hastig aus dem Hemd und strampelte seine Hose runter, bevor er sich wieder auf sie wälzte, die eine Hand jetzt an ihrer Scham, die andere auf ihrem Mund, um ihr Stöhnen zu unterdrücken. Gleich darauf spürte sie seine Finger tief in sich. Mit einem Wimmern bäumte sie sich auf und versuchte ihn wegzustoßen, was ihn nur noch mehr befeuerte. Mit einem Ruck zog er seine Unterhose nach unten. Sie konnte hören, wie sein harter Schwanz hervorschnellte, gegen seinen Bauch schlug, ein fleischiges Klatschen, bevor er in sie eindrang.

Hinterher lag er keuchend und verschwitzt neben ihr. Nur mit Mühe konnte Sita einen klaren Gedanken fassen. Einerseits hatte sie sein wildes Begehren erregt, es schien so gar nicht zu dem bedächtigen, zurückhaltenden Rohan zu passen, den sie bisher kennengelernt hatte. Andererseits war er ihr vorgekommen, als befände er sich in einem Wahn. Kurz hatte sie sich sogar gefürchtet vor ihm, weil sie den Eindruck hatte, er nähme sie gar nicht wahr.

Schweigend stand sie auf, zog ihr T-Shirt zurecht und trat hinaus in den Korridor, um das Bad aufzusuchen.

Rohan lag noch immer wie betäubt im Bett, er hatte sich nicht gerührt, als sie über ihn hinweggeklettert war. Als sie zehn Minuten später zurückkam, drängte er sich zusammengerollt an die Wand, das Gesicht abgewandt.

Wie ein verletztes Tier, dachte sie, sagte jedoch nichts.

Sie griff nach dem Kopfkissen und schüttelte es zurecht. Und hielt mitten in der Bewegung inne. Verwundert betastete sie den Stoff. Er war stellenweise feucht, stellte sie erstaunt fest, die Flecken noch warm. Als hätte er geweint.

35

So unerwartet war die Lust zurückgekehrt, mit einer derartigen Wucht, dass jede Gegenwehr zwecklos war. Wie eine gewaltige Welle hatte sie ihn überrollt, ohne dass er etwas dagegen hätte tun können. Rohan war nicht einmal ansatzweise darauf vorbereitet gewesen, er hatte geglaubt, dieses unerbittliche Zerren unter Kontrolle zu haben. Wie sehr er sich in falscher Sicherheit gewiegt hatte, hatte er an diesem Abend, beim Essen in Sitas Freundeskreis, einsehen müssen.

Bislang hatte er die Gefahr immer vorausgeahnt. Er wusste exakt, welche Umstände das Drängen auslösten, wann er sich zusammenreißen musste, wo er sich gehen lassen konnte, er erkannte die Anzeichen eines drohenden Ausbruchs lange, bevor es dazu kam. Entsprechend handelte er stets umsichtig und prüfte die jeweilige Situation genaustens auf mögliche Risikofaktoren, bevor es ihn, erfüllt von Gewissensbissen und Geilheit, in die Nacht hinauszog. Bis zu diesem Abend hatten sich diese triebgesteuerten Episoden ausnahmslos auf die Dunkelheit beschränkt, schambehaftete, kurze Momente der Gier. Diese Seite seines Lebens war komplett von allem anderen abgetrennt gewesen, darauf hatte Rohan stets peinlich genau geachtet, es hatte nirgendwo Berührungspunkte zum Alltag und zu seinem Umfeld gegeben. An Sitas Party hatte es ihn jedoch kalt erwischt.

In dem Moment, als ihm Seb vorgestellt worden war, hatte er eine unmittelbare Verbindung ausgemacht, die Berührung mit Sebs Hand bei der Begrüßung versetzte ihm einen Stromstoß, der seinen ganzen Körper durchdrang, ein grelles Flirren, das die Küche ein wenig heller werden ließ. Eine heikle Situation, das wusste Rohan sofort, fühlte sich aber machtlos, er konnte nichts dagegen tun. Zwar versuchte er, Seb zu ignorieren, doch der steigende Alkoholpegel, die angeregten Gespräche, die ausgelassene Stimmung und vor allem Sebs Lächeln ließen jegliche Abwehr in sich zusammenbrechen.

Irgendetwas zog Rohan mit aller Macht zu Seb hin, er verspürte das immense Bedürfnis, diesem Mann nahe zu sein, ihn zu berühren, zu schmecken, seinen Geruch einzuatmen, ihn zu liebkosen, ihn ganz zu erfassen. Das war neu für ihn, verwirrend auch, bei seinen nächtlichen Ausflügen konzentrierte sich sein Verlangen einzig auf die Schamgegend des Gegenübers, der Rest interessierte ihn nur am Rand, wenn überhaupt. All diese flüchtigen, oftmals hektischen Begegnungen, bei denen das Gegenüber einzig dem Zweck diente, das eigene glühende Begehren zu befriedigen, sie hatten nichts mit dem zu tun, was er für Seb empfand. Es kam ihm vor, als müsste er eine komplett neue Sprache erlernen. Das war etwas ganz anderes als mit den Männern im Central Park beim Connaught Place, wo die Luft flirrte vor Begierde und Angst und Reue. Die sich selbst einredeten, dass – solange sie niemanden küssten oder sich ficken lassen würden – ihre Heterosexualität in keinster Weise tangiert war. Nie hatte er mit einem von ihnen mehr als ein, zwei Sätze gewechselt, die meisten Kontakte liefen wortlos ab, unterbrochen im besten Fall von leisem Stöhnen, auf gar keinen Fall wollte man die zeitweise im Park patrouillierenden Polizisten auf sich aufmerksam machen. Rohan wusste auch so, dass sie sich alle in ähnlichen Situationen befanden, Ehefrauen zu Hause hatten, die mit dem Abendessen auf sie warteten, auf eine Gutenachtgeschichte hoffende Kinder. Sie würden sich mit Freunden treffen, hatten ihnen die Männer erzählt, einen kurzen Spaziergang unternehmen, Überzeit im Büro, schon wieder. Jede Lüge war gut genug, um an diesen Ort zu kommen oder einen anderen, an dem das exakt Gleiche ablief. Nachts war Delhi voller Versuchungen. Andere Möglichkeiten wurden nie ins Auge gefasst, die meisten von ihnen hatten sich mit verblüffender Selbstverständlichkeit mit der Tatsache arrangiert, dass sie zwei Leben führten. Das eine im Licht, das andere in der Dunkelheit. Unvorstellbar, diese Grenze zu durchbrechen, das eine musste unter allen Umständen vom andern getrennt bleiben. Deswegen liefen die Treffen so anonym wie möglich ab. Keine verfänglichen Gespräche, keine Namen, Telefonnummern schon gar nicht. Nicht auszudenken, wenn man sich zufällig in einem Einkaufszentrum oder einem Restaurant begegnen würde. Zwar waren sie alle geübt darin, sich nichts anmerken zu lassen und mit gleichgültiger

Miene weiterzugehen, wenn man einer Klappenbekanntschaft begegnete. Dennoch konnte einer aufmerksamen Ehefrau oder einer etwas zu neugierigen Mutter der erste entsetzte Blickkontakt auffallen.

Vermutlich hätten diese Männer verständnislos gelächelt und den Kopf geschüttelt, als wäre man nicht ganz bei Sinnen, hätte man ihnen vorgeschlagen, sich für eines der beiden Leben zu entscheiden. Diese Option existierte für sie schlicht nicht. Rohan war einer dieser Männer.

Zu Seb fühlte er sich hingegen nicht bloß sexuell hingezogen, da war eindeutig mehr. Er wollte ihn kennenlernen, mit ihm reden, erfahren, was ihn umtrieb, seine Ziele, seine Leidenschaften, seine Ängste, alles. Er konnte kaum noch den Blick von ihm abwenden, vergaß jegliche Diskretion, die ihm doch sonst so wichtig war, und je weiter der Abend fortschritt, je betrunkener die Runde wurde, desto dichter rückte er an Seb heran. Doch so nah er ihm auch kam, es fühlte sich nie nah genug an, stets blieb eine unüberwindbare Distanz zwischen ihnen, eine Fremdheit, die ihn zur Verzweiflung trieb.

Dass ein Mann mehr sein kann als bloß ein Objekt körperlicher Begierde, hatte er noch nie erfahren. Ein ganz normales Gespräch zu führen, sich zu einem Drink verabreden, gemeinsam eine Serie zu schauen, Zärtlichkeiten austauschen. Bei Tageslicht spazieren gehen. Hätte ihm das jemand vorgeschlagen, hätte Rohan ungläubig aufgelacht, und doch saß er neben Seb, während ihm die ganze Zeit solche Wünsche durch den Kopf gingen.

Als Seb aufstand und zum Rauchen auf den Balkon trat, folgte er ihm, ohne lange zu überlegen. Und während sie sich unterhielten, fühlte Rohan sich mit einem Mal ganz bei sich selbst. Verblüfft registrierte er diese plötzliche Veränderung in seinem Bewusstsein. Im Gespräch mit Seb musste er keine Rolle spielen, für einmal kein guter Ehemann, kein liebevoller Sohn, kein ehrgeiziger Mitarbeiter sein, sondern nur sich selbst. Das Gefühl war so überwältigend, dass es Rohan schwindlig wurde, und als Seb an ihn herantrat und ihm die Hand auf die Schulter legte, spürte er, dass es in seinem Leben Möglichkeiten gab, von denen er nicht einmal geahnt hatte, dass sie existierten. Beinahe gleichzeitig packte ihn das schlechte Gewissen, er suchte Sitas Blick, die in der Gemeinschaftsküche geblieben war, und bemerkte, dass sie ihn die ganze Zeit über beobachtet haben musste, sie schaute ihn neugierig und ein wenig verwundert an, als hätte auch sie soeben eine ganz neue Seite an ihm entdeckt.

Am Ende des Abends, nachdem alle anderen gegangen waren und Sita erklärt hatte, sie sei müde und müsse ins Bett, blieb Rohan mit Seb in der Küche sitzen. Schweigend tranken sie den übriggebliebenen Rioja aus, viel war nicht mehr in der Flasche, derweil Rohan in Gedanken inständig darum flehte, Seb würde einfach aufstehen und gehen. Sein Herz war allerdings gegenteiliger Meinung, es wünschte sich, dass der Wein nie zur Neige ginge, dass sie einfach hier sitzen bleiben könnten und reden und trinken, bis die ersten Sonnenstrahlen durch die Balkontür fielen.

»Was für ein Abend!«, rief Seb und streckte die Arme über seinem Kopf aus.

»Ja«, machte Rohan.

»Das Essen war großartig. Du bist ein ausgezeichneter Koch, mein Lieber.«

Rohan errötete und schwieg. Gern wäre er jetzt redselig und witzig gewesen, doch die Nähe zu Seb, die Tatsache, dass sie plötzlich allein waren, lähmten ihn. In seinem Kopf wirbelten tausend Gedanken durcheinander, der Puls hämmerte und das Blut rauschte in seinem Unterleib, seine Lippen jedoch schienen mit einem hartnäckigen Klebstoff bestrichen.

Seb griff nach der Weinflasche und inspizierte sie eingehend, bevor er sie zurückstellte.

»Eindeutig leer«, machte er.

Nun, da sie nur noch zu zweit waren, kam ihre eben noch angeregte Unterhaltung rasch zum Erliegen und machte einer angespannten Verlegenheit Platz. Nicht allein wegen Rohans Einsilbigkeit, auch Seb gelang es trotz aller Bemühungen nicht, das Gespräch in Gang zu halten, seine Bemerkungen wurden immer belangloser.

Verstohlen musterte Rohan sein Gegenüber. Wie locker und offen er war. Seb schien es komplett egal zu sein, was andere von ihm dachten, das beeindruckte Rohan sehr. Ein markanter Unterschied zu den verschämten Kerlen mit den stetig zuckenden, nervös nach Gefahr Ausschau haltenden Blicken, die Rohan sonst traf. Das Gespräch mit Seb hatte Rohan deutlich gemacht, dass es möglich war, sich ganz entspannt in Gesellschaft zu unterhalten, dass es völlig unnötig war, sich zu verstecken oder etwas zu verheimlichen. Er hatte auch bemerkt, dass sie sich auf eine Art verstanden, die ohne viele Worte auskam und der die anderen nicht immer zu folgen vermochten. Als wären ihre Sätze codiert, und nur sie zwei besäßen den Schlüssel dazu.

Doch nun stockte ihr Austausch, die Luft war mit einem Mal elektrisch geladen. Seb zündete eine Zigarette an, zog daran und reichte sie dann an Rohan weiter, bevor er eine zweite für sich entflammte.

Vorsichtig zog Rohan an der Zigarette, schloss die Lippen um das feuchte Mundstück, und als er den Rauch ausstieß und aufblickte, merkte er, dass ihn Seb anschaute. Sekundenlang starrten sie sich an, es kam Rohan vor, als würden sie ineinander versinken, dann wandte Seb den Blick ab, schob mit einem Ruck den Stuhl zurück und erhob sich.

»Ich muss los«, meinte er. »Es ist schon spät.«

»Bleib!«, entfuhr es Rohan so unerwartet, dass er selbst erschrak.

Seb lächelte. »Ich kann nicht.«

»Bitte.«

»Mein Freund fragt sich sicher schon, wo ich bleibe.«

Die Enttäuschung fühlte sich wie ein eiskalter Schauer an, doch Rohan ließ sich nichts anmerken, als er aufstand und seine Arme um Seb legte. Einen Augenblick blieben sie so stehen, reglos und schwer atmend, dann drehten sie sich beinahe zeitgleich ihre Köpfe zu, ihre Lippen berührten sich flüchtig, bevor sich Seb bestimmt aus der Umarmung löste.

»Mach's gut, Rohan«, sagte er, seine Stimme verlegen, kratzend.

Rohan horchte auf Sebs Schritte, die im Treppenhaus verhallten, hörte die Eingangstür im Erdgeschoss zufallen, und leerte den letzten winzigen Schluck Wein, der sich noch in seinem Glas befand. Einerseits fühlte er sich erleichtert, dass der Abend dieses Ende genommen hatte. Nicht auszudenken, was sonst womöglich passiert wäre, wie unpassend das gewesen wäre, wie rücksichtslos auch, während Sita nur wenige Meter entfernt schlief. Andererseits hatte Seb dieses brennende Verlangen in ihm geweckt, ohne es zu stillen, hatte ihm, vermutlich ohne sich dessen bewusst zu sein, bisher ungeahnte Möglichkeiten aufgezeigt.

Rohan war zutiefst verwirrt. Es fühlte sich an, als hätte ihn jemand geohrfeigt. Wie benommen blieb er mitten in der Küche stehen, an der Stelle, wo ihn Seb eben noch umarmt hatte. Sein Geruch noch in der Nase, die Stille dröhnte in Rohans Ohren. Einen Moment lang hatte er nicht die geringste Ahnung, was er als nächstes tun sollte, in welche Richtung sein nächster Schritt führen würde. Es hätte frühmorgens oder am späten Nachmittag sein könne, jedes Gefühl für Zeit war ihm abhandengekommen. Als wäre er aus dem Lauf der Welt gefallen. Am liebsten hätte er sich irgendwo verkrochen, sich versteckt, bis sich diese Lust ein für alle Mal verzogen hatte. Bis sein Leben wieder in geordneten Bahnen verlief. Gleichzeitig spürte Rohan ein Begehren aufwallen, so heftig und roh, wie er es schon lange nicht mehr erlebt hatte.

36

»Ein schöner Abend«, sagte Sita und ließ ein Säckchen Rohrzucker in den Milchschaum ihres Cappuccinos rieseln. »Danke, dass du gekommen bist.«

Mit stoischer Miene fischte Andrea den Teebeutel aus dem Glas, drückte ihn umständlich aus und legte ihn dann in das dafür vorgesehene Schälchen.

»Rohan hat es auch gefallen, er ist förmlich aufgeblüht, hatte ich den Eindruck«, fuhr Sita fort. »Er hat sich solche Mühe mit dem Menü gegeben. Das Hühnchen war einfach himmlisch. Ohne ihn wäre ich total …«

Sita verstummte mitten im Satz, da Andrea geräuschvoll die Luft ausstieß.

»Was?«

»Blablabla. Sita, seit wir hier sitzen redest du ohne Punkt und Komma. Als wolltest du den Elefanten im Raum wegplappern.«

»Den Elefanten? Welchen Elefanten? Ich verstehe nicht …«

Andrea lachte höhnisch auf. »Oh doch, du verstehst sehr wohl. Du willst es bloß nicht wahrhaben.«

Sita senkte den Blick und sah den bräunlichen Zuckerkrümeln zu, wie sie allmählich im Schaum versanken. »Aber irgendwie kann das nicht sein, oder?«, fragte sie nach einer Weile. »Ich meine, er ist mein Ehemann, wir haben eben erst geheiratet.«

»Das eine schließt das andere nicht aus.«

»Wir haben miteinander geschlafen, nach der Party. Und zum ersten Mal war er wirklich leidenschaftlich.« Sita rührte in ihrem Kaffee und beschloss, den Rest für sich zu behalten. Andrea musste nicht alles wissen, sie würde die Situation bloß falsch deuten.

»Klar«, machte Andrea trocken. »Weil er sich vorher aufgegeilt hat.«

»Andy!« Sita errötete, verlegen wegen der vulgären Ausdrucksweise, gleichzeitig aber auch zutiefst beschämt, weil Andrea ins Schwarze getroffen hatte.

»Ist doch so.« Andrea breitete die Hände aus. »Den ganzen Abend ist er keinen Millimeter von Seb abgerückt, er hat jedes Wort, das Seb von sich gab, förmlich aufgesogen. Und du hast einfach zugeschaut und entrückt gelächelt wie die Göttin Shiva nach dem Konsum einer riesigen Opiumpfeife.«

»Ich habe mich für ihn gefreut«, verteidigte sich Sita lahm. »Ich dachte, er hätte endlich einen Freund gefunden.«

»Fuckbuddy, wolltest du sicher sagen. Freundschaft plus, wie man heute sagt. Sita, wie kannst du bloß so naiv sein? Hast du nicht gesehen, was da abgegangen ist?«

»Ich, ich …«, stammelte Sita und ihr wurde klar, dass sie die Vorzeichen zwar bereits von dem Moment an, als Seb mit Andrea den Raum betreten hatte, erkannt, aber komplett falsch gedeutet hatte. Oder womöglich falsch hatte deuten wollen, wie sie sich nun zerknirscht eingestand, zu starr und unverrückbar war das Bild des treuen Ehemanns, das sie sich von Rohan gemacht hatte.

»Und ich möchte lieber nicht wissen, was die beiden angestellt haben, als sie endlich allein waren«, fuhr Andrea fort.

Entsetzt klappte Sita der Mund auf. »Du meinst …?«

»Ich weiß es nicht. Seb war heute Morgen am Telefon einsilbig, das ist bei ihm kein gutes Zeichen.«

Sita starrte Andrea so lange an, bis es ihr selbst unangenehm auffiel und sie den Blick abwandte. »Was soll ich tun?«

»Sprich ihn darauf an. Dann weißt du, was Sache ist.«

»Ich weiß nicht …«, murmelte Sita.

»Was sonst? Du kannst das nicht einfach ignorieren. Jeder im Raum hat die Funken bemerkt, die zwischen den beiden geflogen sind. Und …«

»Was und?«, unterbrach Sita hastig.

»… es würde mich nicht erstaunen, wenn diese Situation kein einmaliger Ausrutscher gewesen wäre.«

»Du meinst …?«

Andrea nickte nachdrücklich. »Ja, meine ich.«

Sita erinnerte sich an all die Abende, an denen Rohan spät nach Hause gekommen war. Aufgewühlt und irgendwie beschämt war er ihr da jeweils vorgekommen. Sie hatte solchen Episoden nicht viel Beachtung geschenkt, vor allem, weil er ihr in diesen Situationen stets

Zärtlichkeiten zukommen ließ oder sich an sie schmiegte wie ein kleiner Junge, der Trost und Geborgenheit suchte. Vielleicht bloß seine Art, ohne Worte um Vergebung zu bitten, dachte sie bei sich.

»Du weißt es«, stellte Andrea fest, die ihre Freundin nicht aus den Augen gelassen hatte. »Wusstest es schon die ganze Zeit.«

Sita wand sich. »Es gab Anzeichen …«

»Und du hast sie ignoriert.«

»Ich wollte es nicht wahrhaben.«

»Gut. Dann red' mit ihm, daran führt kein Weg vorbei.«

»Aber wieso hat er mich geheiratet, wenn er doch wusste, dass er …?«

Sitas Hände stiegen wie müde Falter auf und sanken dann kraftlos auf die Tischplatte zurück.

»Auf Männer steht? Schwul ist? Allenfalls bisexuell?« Andrea hob die Schultern. »Du warst seine Fahrkarte nach Europa. Dank dir hat der Druck der Familie nachgelassen, dank dir ist er nun offiziell ein verheirateter Mann. Überleg dir, weshalb du ihn geheiratet hast.«

»Aus sehr ähnlichen Gründen«, erwiderte Sita prompt, lange hatte sie darüber nicht nachdenken müssen. »Aber ich bin mir sicher, wir kriegen das hin, wir werden uns irgendwie mit der Situation arrangieren«, sagte Sita nach einer Weile und nickte nachdrücklich.

»Sita! Du willst einmal mehr den einfachen Weg gehen, jeden Konflikt vermeiden!« Andrea sah sie streng an. »Du solltest dringend lernen, für das, was du willst zu kämpfen. Nicht nur zu tun, was man von dir erwartet.«

Mit einem schweren Seufzer fuhr sich Sita übers Gesicht. »Du hast keine Ahnung, wie das ist. Zwei riesige Sippen beobachten uns mit Argusaugen. Unsere Familien haben ein Vermögen für die Hochzeit ausgegeben. Außerdem erwarten sie Nachwuchs. Wenn wir da schon nach wenigen Wochen alles hinschmeißen …«

»Sita, das ist dein Leben. Dein einziges, es sei denn, du glaubst an Wiedergeburt.«

»Andy …«

»Willst du dich für den Rest deines Lebens mit einer Lüge arrangieren?«

»Nein, natürlich nicht.«

»Dann red' mit ihm. Herrgott.«

37

Die Luft war erfüllt vom süßlichen Duft der blühenden Bäume, vom Zwitschern der Vögel, dem leicht fischigen Geruch nach Tang und Algen, den der zügig fließende Fluss vom See her mit sich brachte. Grünlich schimmerte sein Wasser im Dämmerlicht der untergehenden Sonne, Straßenlaternen spiegelten sich in seiner Oberfläche. Der orangefarbene Himmel hinter dem Bahnhofsgebäude weit und endlos, durchzogen von Wolkenbändern, dahinter kreuz und quer verlaufenden Kondensstreifen. Über dem Hausberg hing etwas unentschlossen ein blasser Sichelmond. Der erste warme Frühlingstag. Durch die Parkanlage hinter dem Museum schlenderten Paare Arm in Arm, auf den Brücken fotografierten sich Touristen gegenseitig. Es schien, als wäre die Stadt aus monatelangem Winterschlaf erwacht und all ihre Bewohner hätten sich an diesem frühen Abend aus dem Haus gewagt. Kaum noch griesgrämige Gesichter, die typisch unterkühlten Mienen sah man nur noch selten, es wurde gelacht und geflirtet, die Cafés mit den Außensitzplätzen waren voll bis auf den letzten Stuhl, Straßenmusiker spielten auf.

Das alles fiel Rohan nicht auf. Ohne sich umzusehen, durchquerte er den Park, er kannte den Weg mittlerweile gut. Vor drei Wochen hatte er seine neue Stelle angetreten und bereits jetzt fiel es ihm schwer, jeden Morgen die nötige Motivation aufzubringen, überhaupt aufzustehen. Dabei waren die äußeren Umstände perfekt. Die Firma sorgte für ein angenehmes Betriebsklima mit modernen Arbeitsplätzen und einer vorbildlichen Kommunikationskultur, exakt wie ihre Werbebroschüre es versprach. Rohan hatte sich mit Leichtigkeit in das internationale Team eingefügt. Dennoch fühlte es sich nicht richtig an, ohne dass er den genauen Grund dafür hätte benennen können. Er wusste nur, dass ihm die Arbeit, die er verrichtete, zunehmend inhaltslos vorkam. Trotz seiner überragenden Qualifikationen und dem geradezu perfekt auf die Firma zugeschnittenen Profil fühlte er sich fehl am Platz, ferngesteuert wie ein Roboter, der eine von fremder Hand programmierte Aufgabe erfüllte. Da war kein Herzblut auszumachen, keine Leidenschaft, er fühlte nichts dabei.

Zu seinem Leidwesen hatte Rohan keine Ahnung, was er dagegen unternehmen könnte. Er hatte sich nie ernsthaft Gedanken zu seiner beruflichen Laufbahn machen müssen, das erste Jobangebot noch während des Studiums hatte ihm alle Entscheidungen abgenommen, die weiteren Stufen seiner Karriere hatte er in der Folge mit Elan erklommen, wobei die Richtung stets klar gewesen war: nach oben. Nun schlitterte er zum ersten Mal in seinem Leben auf eine Sinnkrise zu und wusste nicht, wie damit umzugehen war.

Vielleicht war es diese Unzufriedenheit, die ihn an den Abenden, an denen Sita Spätschichten schob, in die

Dunkelheit trieb. Seine Lust zerrte ihn seit jenem Abendessen immer häufiger hinaus, neuerdings sogar ohne übermäßigen Alkoholgenuss im Vorfeld. Längst hatte er die Orte in dieser Stadt ausfindig gemacht, wo sich Männer in aller Diskretion trafen, darauf legte er nach wie vor großen Wert. Trotz der Offenheit und Toleranz in diesem Land machte er einen weiten Bogen um die hell erleuchteten Bars, die Klubs und Saunen, wo man mit Leichtigkeit erkannt werden konnte und wo er Gefahr lief, einen Arbeitskollegen anzutreffen. Hier galten andere Regeln, hier würde keiner beschämt zur Seite blicken, im Gegenteil. Spätestens am nächsten Tag würden alle im Büro wissen, wo er sich nachts herumtrieb. Nein, seine beiden Leben durften sich niemals berühren. Licht und Schatten, klar getrennt. Deswegen bevorzugte er weiterhin die anonymen Treffpunkte in der Dunkelheit.

Rasch lief Rohan dem Fluss entlang, als sich seine Beine mit einem Mal gummiartig anfühlten, die Knie gaben unvermittelt nach. Alles begann sich zu drehen, er tastete nach dem Geländer, das den Gehweg vom Wasser trennte, und klammerte sich daran fest. Die Lichter plötzlich blendend grell, der Verkehrslärm ohrenbetäubend laut, das Heulen einer Sirene jenseits des Bahnhofs zerriss ihm fast das Trommelfell. Er würgte, der Mund staubtrocken. Das Gefühl, keinen einzigen weiteren Schritt mehr gehen zu können, zu ersticken. Hektisch fingerte er am Kragen seines Hemdes herum, öffnete die obersten Knöpfe, bis Luft in seine Lunge strömte. Wie ein Ertrinkender schnappte er danach.

Keuchend lehnte er sich später über die Brüstung und schaute auf die zügig dahinfließende Strömung, bis sich sein Herzschlag beruhigt hatte und sein Atem wieder regelmäßig ging, bis sein Körper nicht mehr zitterte.

Das war nicht der erste Anfall dieser Art gewesen. Seine nächtlichen Ausflüge begannen Rohan zunehmend zu belasten; seit er verheiratet und in der Schweiz war, hatte sich die Situation dramatisch verschärft, doch auch früher hatte er immer wieder damit gehadert. Andauernd zwischen Lust und Schuldgefühlen hin- und hergerissen zu sein, zehrte an seiner Substanz. Das Versteckspiel beschämte ihn, war seiner nicht würdig, wie er fand. Er kam sich billig vor, niveaulos, verachtete sich dafür. Hätte er gekonnt, er hätte dieses Drängen, das ihn regelmäßig in die Dunkelheit, zu den verschwiegenen Treffpunkten mit ihren schmutzigen Geheimnissen trieb, auf der Stelle ausgemerzt; die Wurzel allen Übels, die sein Leben so ins Schlingern brachte, er hätte sie gepackt und ausgerissen – hätte er nur gewusst, wie. Dabei hatte er einiges ausprobiert, doch weder ein noch härterer Trainingsplan, Beruhigungstabletten, die er in Delhi illegal erstanden hatte, noch ein dichter Terminkalender ließen das Verlangen verschwinden. Auch sein Arzt, den er im Vertrauen um Rat gefragt hatte, war ihm keine Hilfe gewesen. Der hatte Rohan geraten, sich für eine Seite zu entscheiden, doch Rohan hatte nur gelacht.

Unter keinen Umständen kam dies infrage, er wusste, dass er diese Lust unmöglich unterbinden konnte, weil sie zeitweise mit einer Heftigkeit von ihm Besitz ergriff, der rational nicht beizukommen war. Andererseits erfüllte ihn die Aussicht auf ein Leben ohne die Leitplanken von Familie und Gesellschaft mit nackter Angst, das hatte er sich längst eingestanden. Er hatte eine Rolle auszufüllen, wie es seine Eltern und sein Umfeld von ihm erwarteten; sie zu enttäuschen, war in seinem Konzept nicht vorgesehen. Dennoch war es so, dass sich sein Bedürfnis nach Männerkörpern verstärkte, je mehr er versuchte, jeden Gedanken daran zu verbannen. Mittlerweile hatte Rohan eingesehen, dass kein Mittel gegen seine Neigung half, er musste lernen, damit klarzukommen sich zu akzeptieren, ohne dabei zu zerbrechen. Dass er sich dabei verrenkte und Dinge tat, die er eigentlich nicht guthieß, war schon schlimm genug.

Seufzend stützte er sich auf dem Geländer ab und stellte sich vor, wie es wäre, würde dieses Verlangen in ihm einfach verschwinden. Ein kindlicher Wunsch, das war ihm klar. Auf der anderen Seite verspürte er sofort ein Bedauern, ein Verlustgefühl packte ihn, diese nächtlichen Ausflüge, sie gehörten mittlerweile zu seinem Dasein, und könnte er sie nicht mehr unternehmen, würden sie ihm fehlen.

Rohan drehte sich um und überquerte die Straße. Der Eingang des Kinos lag zwar an einer verkehrsreichen

Einfallsachse, die ins Stadtzentrum führte, dafür verirrten sich wegen der vorbeidonnernden Autokarawane kaum Spaziergänger auf diese Seite des Flusses; lieber schlenderten sie durch die Parkanlage mit dem Pavillon gegenüber.

Rohan hielt den Kopf gesenkt, während er auf den Eingang zusteuerte. Kurz schaute er sich um, gerade lang genug, dass er eine mögliche Gefahr gesichtet hätte, zu schnell aber, um von einem zufällig herüberschauenden Wagenlenker erkannt zu werden. Rasch schlüpfte er durch die angelehnte Türe ins Innere des Gebäudes. An der Kasse kaufte er ein Ticket bei einer älteren Frau, die kaum aufsah, als er sie ansprach, weil das Geschehen auf ihrem Handy sie dermaßen fesselte. Rohan konnte es nur recht sein. Eilig strebte er auf das Drehkreuz zu und atmete auf, sobald er um die Ecke bog und das helle Foyer endlich hinter ihm lag. Dumpfe Technomusik und Stöhnen im Hintergrund, im rötlichen Licht des Vorraums unzählige Videokabinen, die einen langen Gang säumten.

Bei seinen ersten Besuchen im Pornokino hatte Rohan noch nach Seb Ausschau gehalten. Den Abend in der Gemeinschaftsküche hatte er noch immer in lebhafter Erinnerung, die knisternde Spannung, die zwischen ihnen aufgekommen war, er hätte ihn gern wiedergesehen. Doch mit der Zeit hatte er es aufgegeben, sich nach ihm umzusehen, er vermutete, dass Seb nicht an solchen Orten verkehrte. Er hatte eine Aufrichtigkeit ausgestrahlt, die Rohan nur schwer mit diesem schmuddeligen Kino in Verbindung bringen konnte. Das hätte nicht zu ihm gepasst.

Ein bisschen beneidete er Seb für seine Leichtigkeit, seine unbekümmerte Art, andererseits verspürte er eine gewisse Verachtung für seinen Lebensstil. Rohan wusste nur zu gut, was von ihm erwartet wurde, was seine Aufgabe war. Das Leben, das Seb führte, war für ihn keine Option. Rohan hatte sich nie Gefühle erlaubt, die Kontakte zu anderen Männern waren immer so kurz und nichtssagend gewesen, dass von der Seite auch kaum Gefahr drohte. Bei Seb jedoch hatte er eindeutig mehr gespürt als nur die offenkundige sexuelle Spannung. Wenn er sein Konzept von den beiden Leben nicht in Gefahr bringen wollte, musste er jeden weiteren Kontakt zu ihm vermeiden, und sich an diese schnellen, oberflächlichen Abenteuer halten. Etwas, das ihm nicht wirklich schwerfiel, er hatte jahrelange Übung darin.

Rohan spürte, wie die Anspannung von ihm abfiel und die Lust sich in seinem Unterleib breitmachte. Am Ende des Flurs befand sich, von einem schweren Vorhang abgetrennt, der Durchgang zu den beiden Kinosälen. Er kämpfte sich hindurch, atmete den muffigen Geruch weg und betrat den Vorführsaal. Im kalten Licht der Leinwand sahen die Männer geisterhaft aus, ihre Gesichtszüge ausgebleicht. Zurückgelehnt saßen sie in den Rängen, reglos wie Schaufensterpuppen, stets darauf bedacht, genügend Platz zum Nebenmann einzuhalten.

Rohan blickte kurz über seine Schulter. Gerade lief eine Szene auf dem Campingplatz, in der sich diverse Leute, die eindeutig zu lange im Solarium gelegen hatten, miteinander vergnügten. Langsam stieg er die Stufen hoch, die neben den Sitzreihen nach oben führten, und musterte die anwesenden Männer. Die meisten waren älter, aber es gab auch junge Typen, ein paar steckten noch in den Anzügen, die sie vermutlich bereits tagsüber an ihrem Arbeitsplatz getragen hatten. Im oberen Bereich, wo es weit weniger hell war, konnte Rohan Bewegungen ausmachen, der Kunstlederbezug der Sitze knarrte. Beim Näherkommen schlug ihm der seifige Geruch von Sperma entgegen, von Schweiß, ungewaschenen Schwänzen und der dumpfen Ausdünstung männlicher Schamgegenden. Mit klopfendem Herzen setzte er sich in die hinterste Reihe. Noch geblendet vom Licht des Projektors, dauerte es ein paar Sekunden, bevor er etwas erkennen konnte. Schemenhafte Umrisse, die am anderen Ende der Sitzreihe zugange waren. In der vorderen Reihe küssten sich zwei Männer. Drei Sitze entfernt von ihm saß einer mit Bart, so viel war auszumachen. Bomberjacke, Baseballcap. Rohan räusperte sich, der Typ drehte leicht den Kopf zu ihm hin. Kurz trafen sich ihre Blicke, ein stilles Einverständnis. Rohan lehnte sich auf seinem Sitzplatz zurück und knöpfte seine Jeans auf.

38

»Was meinst du?« Sita deutete auf den Bildschirm ihres Laptops und rückte zur Seite, damit Rohan einen Blick darauf werfen konnte. »Wäre das womöglich was?«

Er studierte die Wohnungsanzeige und nickte bedächtig. »Sieht sehr modern aus. Balkon, Waschmaschine in der Wohnung, schöner Parkettboden. Aber können wir uns das leisten?«

»Zusammen verdienen wir genug.«

»Und wenn einer von uns seine Stelle verliert oder so?«

Ruckartig hob Sita den Kopf und musterte Rohan ungläubig. »Was ist denn mit dir los? Das wird nicht passieren, unmöglich. Bei dem Mangel an Fachpersonal hätte ich jetzt schon einen Lebensjob auf sicher. Und dich haben sie extra aus Indien kommen lassen, weil du besser bist als der Rest.«

Unschlüssig wiegte Rohan den Kopf, was Sita zeitweise zur Raserei brachte. Heute jedoch beherrschte sie sich. »Mach dir nicht zu viele Gedanken. Eine Bewerbung mehr kann nicht schaden. Mal schauen, was geschieht, wenn sie unsere Hautfarbe sehen.«

»Die Alarmglocken werden bereits schrillen, wenn sie unsere Namen lesen.«

»Trotzdem: Es nicht zu versuchen, bedeutet, garantiert nicht zu gewinnen.«

Darauf erwiderte Rohan nichts, sondern setzte sich

wieder aufs Sofa, griff zu seinem Handy und begann, darauf herumzutippen. Sita betrachtete ihn ein paar Atemzüge lang von ihrem kleinen Tisch aus, bevor sie sich wieder den Wohnungsanzeigen widmete.

Manchmal hatte sie das Gefühl zu ersticken. Die Mansarde war definitiv zu klein für zwei, selbst wenn Rohan mittlerweile seine Stelle angetreten hatte und oft bis spät arbeitete. Waren sie beide zu Hause, kamen sie kaum aneinander vorbei. Sita fühlte sich dann in der kleinsten Bewegung behindert, Rohan raubte ihr die Luft zum Atmen, schränkte ihren Bewegungsradius ein. Es gab Momente, da war sie nah daran, einfach loszuschreien. Außerdem waren die Wände dünn, und dass sie Bad und Küche teilen mussten, fiel beiden schwer.

Es war in Ordnung, eine kurze Zeit lang so zu leben, fand Sita, wenn die Umstände es erforderten. Aber sowohl sie wie Rohan waren sich einen anderen Standard gewohnt, und mit ihrem gemeinsamen Verdienst hätten sie ihn sich selbst in dieser teuren Stadt problemlos leisten können. Der ausgetrocknete Wohnungsmarkt und ihr fremdländisches Aussehen standen ihnen allerdings bisher im Weg. Sie hatten in ihrer Verzweiflung sogar begonnen, Apartments in den Vororten anzusehen, doch eigentlich wusste sie beide, dass dies bloß eine Notlösung wäre. Sitas unregelmäßige Arbeitszeiten, die auch Nachtschichten beinhalteten, bedingten eine zentral gelegene Wohnung. Zudem war sie der Meinung, Rohan sei nicht den ganzen Weg von Delhi angereist, um dann in der Agglomeration neben einer Industriebrache zu leben.

Sie scrollte weiter nach unten. Nur die ersten paar Inserate waren vom heutigen Tag, sich auf eines der älteren zu bewerben, konnte sie sich sparen. Die Wohnungen waren meist innert kürzester Zeit vergeben.

Aber sie mussten hier raus, unbedingt. Jeder weitere Tag war eine Qual. Der Mangel an Privatsphäre setzte ihnen beiden zu, es gab schlicht keinen Rückzugsort. In letzter Zeit waren sie einige Male aneinandergeraten, die Stimmung zwischen ihnen war oft gereizt oder aber dumpf und lethargisch. Zu ihrer Erleichterung verließ Rohan nun tagsüber das Haus, sodass sie wenigstens an ihren unterwöchigen freien Tagen ein paar Stunden für sich allein hatte. Traf es aber das Wochenende, hockten sie aufeinander und wussten nicht, was sie miteinander anfangen sollten. Ausflüge, Museumsbesuche, Kino oder Schwimmen, die Aktivitäten begannen sich zu wiederholen, und wenn sie ehrlich war, begann Rohan sie zu langweilen. So aufmerksam er sich auch gab, stets hatte sie das Gefühl, ein Teil von ihm sei abwesend. Selbst seine Zärtlichkeiten, die kleinen Geschenke, die er ihr brachte, die Blumensträuße, das alles konnte nicht darüber hinwegtäuschen, dass er sich nie zu hundert Prozent auf sie einließ. In der Zwischenzeit hatte sie zwar einen starken Verdacht, warum dies so war, bislang hatte sie es jedoch noch nicht geschafft, mit ihm darüber zu reden, wie es Andrea ihr in ihrer kompromisslosen Art geraten hatte. Stets schien ihr der Zeitpunkt nicht der richtige, oder sie war, wie jetzt mit der Wohnungssuche, von etwas anderem absorbiert. Insgeheim wusste Sita natürlich, dass sie dieses Gespräch absichtlich hinauszögerte, denn danach würde vermutlich nichts mehr sein wie zuvor. Und davor fürchtete sie sich. Vor den Reaktionen ihrer Familien, den zu erwartenden Vorwürfen ihrer Mutter, den endlosen Telefongesprächen und auch vor der Wohnsituation mit einem Ehemann, den sie nicht mehr wollte. Entsprechend schob sie diese Aussprache vor sich her, wohlwissend, dass ihr auf lange Sicht nichts anderes übrigbleiben würde, als Klartext mit ihm zu reden. Denn sie wusste: Rohan würde es von sich aus niemals tun. So gut kannte sie ihn in der Zwischenzeit.

Aber noch war es nicht so weit, noch gab es einen Funken Hoffnung. Für Sita blieb es eine arrangierte Hochzeit, eine Vereinbarung, die sie beide zu erfüllen versuchten. Mit dem Haken, dass die Liebe sich nicht einstellen wollte, trotz gegenseitiger Sympathie und aller günstiger Vorzeichen, trotz der angeblich harmonierenden Horoskope. Wie sie mit dem Verdacht umgehen sollte, dass sich ihr Gatte des Nachts lieber mit Männern vergnügte als mit ihr, wusste sie nicht. Der Gedanke daran weckte in ihr ein Gefühl der Ohnmacht. Gegen eine andere Frau hätte sie antreten können, sie hätte sich durchaus zugetraut, Rohan zurückzugewinnen und ihre Ehe zu retten. Aber gegen Männer hatte sie nicht die geringste Chance, das war ein durch und durch unfairer Kampf.

Deshalb hoffte sie immer noch, dass Andrea und sie sich womöglich irrten. Andererseits waren die Hinweise so überdeutlich, dass Sita sie eigentlich nicht länger ignorieren konnte. Entsprechend hatte sie in letzter Zeit ernsthaft begonnen, sich Gedanken zu machen, wie ihre Zukunft aussehen würde, wohin ihr Weg führen sollte. Und sie war zum Schluss gekommen, dass mit ihren beruflichen Voraussetzungen sehr viel mehr drin lag, als sie bislang erreicht hatte. Aussichten, die ihr wesentlich verlockender erschienen als das Leben als Mutter und betrogene Ehefrau. Dazu brauchte sie nicht zwingend einen Mann an ihrer Seite.

Das war auch etwas, das Meera vermutlich nie richtig verstanden hatte: Man kann nicht in ein fremdes Land umsiedeln und jahrelang in einer anderen Kultur leben, ohne dass sie einen beeinflusst. So sehr man sich auch bemüht, Traditionen aufrecht zu erhalten und die eigenen Wurzeln zu bewahren, die Welt, die einen umgibt, beeinflusst einen unweigerlich, sie prägt und verändert die Menschen, die in ihr leben. Das war Meera so ergangen, womöglich, ohne dass es ihr bewusst gewesen war, ganz sicher betraf es aber Sita, die dicht an der Schnittstelle dieser beiden Welten aufgewachsen war. Keineswegs empfand sie dies als Zerrissenheit, für sie war es selbstverständlich, sie hatte sich schon als Kind dauernd in diesem Spannungsfeld bewegt und war nicht daran zerbrochen. Eine eigene Insel, so sah sie sich, zwischen aufeinanderprallenden Ozeanen.

Rohan und sie schliefen neuerdings häufiger miteinander, was Sitas Zuversicht nährte, dass sich vielleicht doch noch alles zum Guten wenden würde. Er bemühte sich sichtlich, ihren sexuellen Wünschen nachzukommen, doch die ganz große Leidenschaft blieb weiterhin aus. Dieser brutale und rücksichtslose Übergriff hatte sich nicht wiederholt, was Sita beruhigte. Dennoch, wenn sie nach dem Sex nebeneinander im Bett lagen und Sita sich irgendwie benutzt und gleichzeitig nur halb befriedigt fühlte, wünschte sie sich manchmal, Rohan hätte ein Quäntchen des wilden Begehrens jener Nacht hinübergerettet. Es hätte ihrem Liebesleben den bitter nötigen Kick verliehen. Dass irgendwo tief in ihm drin ein animalischer Trieb lauerte, wusste sie ja nun.

Natürlich fragten ihre Eltern nach wie vor bei jedem Anruf, wann es endlich so weit sei, doch Sita sah längst keinen Grund mehr, diesen Forderungen nachzukommen. Beruflich lief es gerade viel zu gut, und solange sie keine größere Wohnung fanden, stand ein Kind ohnehin nicht zur Debatte. Vorerst würde sie auf gar keinen Fall schwanger werden, dafür sorgte sie. Sie durfte nur nicht vergessen, jeden Morgen die Pille zu schlucken.

39

Obschon es eine firmeneigene Kantine gab, die Menüs für alle gängigen Ernährungsphilosophien anbot, zog es das Team vor, ein oder zwei Mal pro Woche auswärts zu lunchen. Für Rohan kamen diese kurzen Auszeiten in einer komplett anderen Atmosphäre wie gerufen, drängte sich ihm doch je länger, je mehr das Gefühl auf, in einem Elfenbeinturm eingesperrt zu sein. So angenehm das Arbeitsklima auch war, so sehr sich das Unternehmen auch für das Wohlbefinden seiner Mitarbeiter einsetzte – es gab ein Fitnessstudio, ein Lesezimmer mit umfangreicher Bibliothek, Sofas, um Powernaps zu halten, Sitzecken fürs gemeinsame Brainstorming –, für Rohan fühlte es sich an, als würde er systematisch eingelullt. In eine rosafarbene wattige Blase, in der alle der gleichen Meinung waren, in welcher der Einsatz für die Firma das einzige Ziel war, in der alle beinahe platzten vor Stolz, weil sie da arbeiten durften. Die meisten knapp vor der Selbstaufgabe, hatte er manchmal den Eindruck. Und es gab einige, die diese Linie definitiv überschritten hatten.

Deshalb empfand er diese kurzen Lunchpausen als Erleichterung. Als würde er aus einem Bannkreis treten, in eine Welt, in der die Luft eine andere Dichte hatte, wo einem raue Winterkälte unbarmherzig ins Gesicht schlug, und man sich an Gegensätzen und Konflikten reiben konnte.

Die Gegend hinter dem Bahnhof war auf Hochglanz poliert, moderne Hochhäuser und austauschbare Geschäfte mit Produkten, die auf eine gutverdienende Klientel ausgerichtet waren. Bei den Restaurants zeigte sich ein ähnliches Bild: Perfekt durchgestylte Szenetempel, die kulinarisch auf die neusten Trends setzten. Rohan kamen diese Lokale seltsam unpersönlich vor, ebenso gut hätten sie sich in einer anderen Stadt befinden können, es hätte keinen Unterschied gemacht. Die weit spannenderen Möglichkeiten befanden sich gute zehn Minuten Fußmarsch entfernt im verruchten Ausgehviertel. Doch seine Erfahrung hatte gezeigt, dass dazu erstens die Mittagspause zu kurz war; zweitens war es schwierig bis unmöglich, sich unter den unzähligen Möglichkeiten – indische, thailändische, vietnamesische, japanische, türkische, italienische, brasilianische, mexikanische oder gutbürgerliche Schweizer Küche standen zur Auswahl – auf einen gemeinsamen Favoriten zu einigen. Um endlose Diskussionen und die missmutigen Mienen der Überstimmten im Anschluss zu vermeiden, nahm man lieber eines der beliebigen Angebote in der Nähe in Kauf.

»Was soll das mit den Körnern überall? Quinoa, Chia, Bulgur? Man könnte meinen, wir befänden uns in der Vogelwarte Sempach.« Skalde, der aus Uppsala stammte und seit acht Jahren in der Schweiz wohnte, ließ die Menükarte sinken und verdrehte die Augen.

»Mich ärgert mehr, dass man Zutaten scheinbar willkürlich in eine Schüssel schmeißt. Bowl hier, Bowl dort«, ereiferte sich die blonde Frau neben ihm. »Und am Ende wird das Ganze in irgendeiner Plörre ersäuft, damit alles gleich schmeckt.«

Rohan wusste, dass die kräftig gebaute Solveig aus Estland stammte, sie hatte es ihm kurz nach seinem Stellenantritt bei einem Kaffee erzählt. Das war der Teil, den er an seinem Job liebte. Das internationale Team, diese flirrende Stimmung, die zeitweilig entstand, weil die Leute hier aus aller Welt zusammenkamen, um gemeinsam an Projekten zu arbeiten. Nicht wenige Mitarbeiter stammten aus Indien, doch Rohan wich ihnen, so gut es ging, aus. Wenn sie ihn auf den Gängen ansprachen, antwortete er zwar freundlich, schützte aber stets Eile vor, um nicht in ein längeres Gespräch verwickelt zu werden. Dass seine Landsleute genau dazu neigten, war ihm bewusst. Bis vor Kurzem war er noch hocherfreut gewesen, wenn er zufällig auf seinen Spaziergängen Inder angetroffen hatte. Menschen, die ihn in seiner Sprache angesprochen und ihm so über das schlimmste Heimweh hinweggeholfen hatten. Doch hier in der Firma waren es keine Touristen, die mit ihm plauderten, bevor sie kurze Zeit später in ihre Heimat zurückflogen. Sondern Menschen, die sich – genau wie er – in diesem Land niedergelassen hatten. Mit der Absicht zu bleiben. Die sich gegen außen westlich und modern gaben, zu Hause aber ihre Traditionen und ihre

Denkweisen pflegten. Vor allem aber schlossen sie sich gern mit anderen Indern zu Gemeinschaften zusammen. Und genau das wollte Rohan vermeiden. Er verspürte nicht das geringste Bedürfnis, Teil dieser Community zu werden, weil er ahnte, was sich daraus entwickeln würde. Ehe sie sich versähen, würden Sita und er zu Essen und Familienfeiern eingeladen, gemeinsam beginge man Feiertage, löcherte sie neugierig mit Fragen, bis sie irgendwann so fest in diese Parallelgesellschaft eingebunden wären, dass sie sich nicht daraus befreien könnten. Ihm reichte der Druck, den seine eigene Familie und Sitas Mutter aus der Ferne auf sie beide ausübten, vor Ort brauchte er dasselbe nicht auch. Denn natürlich würden sie sich nach Kindern erkundigen, süffisant oder anzüglich lächeln, sie taten es schon jetzt, auf den Gängen und in den Sitzungszimmern, wenn es ihm nicht gelang, schnell genug das Weite zu suchen.

»Hast du was ausgewählt?« Die dunkle Stimme des Kellners riss Rohan aus seinen Gedanken.

Er ließ die Karte sinken und schaute auf. Ein Paar saphirblaue Augen fixierten ihn herausfordernd, Rohan konnte die Ungeduld dahinter erkennen, eine leichte Genervtheit. Rasch deutete er auf eine der Bowls, irgendetwas mit Lachs und Avocado an einem Zitronengras-Koriander-Dressing, worauf der junge Mann die Bestellung mit seinem Tablet aufnahm.

»Allergien?«

Rohan schüttelte den Kopf.

»Intoleranzen?«

»Nein.«

»Zum Trinken?«

»Wasser«, stammelte er etwas überfordert.

»Mit oder ohne?«

»Äh ... ohne.«

Der Kellner, der laut seinem Namensschild Adis hieß, nickte anerkennend, als hätte Rohan hinsichtlich seines Lunches eine sehr weise Entscheidung getroffen. Verstohlen beobachtete Rohan diesen Adis, nachdem der zu Solveig weitergegangen war. Dunkelblondes Haar, auf der Seite kurz rasiert, Stoppelbart und markante, leicht melancholische Gesichtszüge, die ihm etwas Herbes verliehen, eine raue Note. Fünfundzwanzig, ungefähr, schätzte Rohan, sportliche Statur, aber keineswegs gertenschlank. Er hatte eher die Konstitution eines angehenden Rugbyspielers. Trotz seiner etwas ungehaltenen Attitüde, die sich jetzt noch verstärkte, weil Solveig nie das bestellte, was auf der Karte stand, sondern stets komplizierte Spezialwünsche hatte, strahlte der junge Mann etwas aus, das Rohan gefangen nahm. Es war, als würde er von innen heraus leuchten. Rohan legte den Kopf schief und stellte sich vor, wie sich Adis´ Körper anfühlen würde.

In diesem Augenblick drehte sich der Kellner so unerwartet um, dass Rohan zusammenzuckte. Der Kellner schaute ihn direkt an, wie wenn er gespürt hätte, dass er beobachtet wurde. Vor Verblüffung verpasste es Rohan, rechtzeitig wegzugucken, sekundenlang starrten sie sich an, ihre Blicke verhakt, bis sich Adis mit einem kaum erkennbaren Lächeln zu Skalde hinunterbeugte.

Rohan stierte durch die Fensterfront auf die klinisch saubere Allee hinaus, auf die Läden mit all dem sinnlosen Krimskrams, die Passanten, die vorbeieilten, doch das alles nahm er gar nicht richtig wahr. Sein Herz hämmerte, und der Puls dröhnte so laut in seinen Ohren, dass er kaum noch mitbekam, was um ihn herum gesprochen wurde. Erst hatte er es als Scham abgetan, der unsäglichen Peinlichkeit zugeschoben, von diesem Kellner dabei erwischt worden zu sein, wie er ihn unverhohlen angestarrt hatte. Ein kurzer Moment der Fahrlässigkeit, der ihm niemals hätte passieren dürfen. Doch mittlerweile war er sich nicht mehr so sicher, sein Herz klopfte weiterhin kräftig und zu schnell, wollte gar nicht mehr aufhören damit. Rohan konnte keinen klaren Gedanken fassen. Als der Kellner kurze Zeit später die Getränke brachte, senkte er augenblicklich den Kopf, musterte konzentriert sein Gedeck und schaute erst wieder auf, als er sicher war, dass Adis verschwunden war.

Für den Rest des Lunches fühlte sich Rohan seltsam, als hätte sich die Realität ein wenig verschoben, ohne ihn mit sich zu nehmen. Wenn überhaupt, gab er einsilbige Antworten und bemühte sich, sich nichts anmerken zu lassen. Doch das fiel ihm schwer, und die Stimmen seiner Teamkollegen klangen, als kämen sie von weit her.

Daher war er erleichtert, als Skalde die Rechnung verlangte. Sie bezahlten einzeln, alle mit Karte, und als Rohan an der Reihe war, reichte er Adis seine Mastercard, ohne ihn dabei anzusehen.

»Da braucht es den PIN-Code«, hörte er den Kellner sagen.

Widerwillig nahm Rohan das Gerät entgegen und tippte die Zahlenfolge ein. Als er das Kästchen zurückgab, berührten sich ihre Finger und wieder zuckte Rohan zusammen. Verärgert schaute er auf. Zu seiner Verwunderung grinste Adis ihn so unmissverständlich an, dass es Skalde auffiel.

»Nehmt euch ein Zimmer«, brummte er und verzog mit gespieltem Ekel das Gesicht. »Das ist ja nicht zum Aushalten.«

Rohan spürte, wie er schlagartig errötete, während in ihm drin Wut, Scham und diese merkwürdige Verwirrung aufeinanderprallten. Gleichzeitig registrierte er, wie Skalde sich mit einem Kollegen unterhielt, die eben fallengelassene Bemerkung schien er bereits vergessen zu haben. Als würde es ihn überhaupt nicht kümmern, mit wem Rohan flirtete.

40

Jedes Jahr am sechzehnten April pflückte Meera die Tagetes, die sie in den Wochen zuvor in kleinen Töpfen angesät und liebevoll aufgezogen hatte, und bastelte daraus eine Blumenkette. Sie legte sie behutsam auf den Tisch, auf dem sie zuvor ein kunstvoll gemustertes Seidentuch ausgebreitet hatte, und stellte ein paar Kerzen in die Mitte. Das gerahmte Foto Jaspals lehnte sie an die Wand dahinter.

Seufzend blieb sie dann vor dem improvisierten Schrein stehen, die Hände gefaltet, und murmelte ein Gebet auf Hindi.

»Wenn er noch leben würde, wäre vieles anders«, hatte sie einmal gesagt.

Sita war damals ungefähr vierzehn Jahre alt, eine Phase, in der sie mit ihrer Mutter beinahe täglich wegen Nichtigkeiten aneinandergeriet.

»Trotzdem wäre er mit einer anderen verheiratet.«

»Wer weiß das schon?«

»Logisch wäre er das.«

»*Beti,* man kann nie wissen, was passiert wäre. Wenn er an jenem Tag nicht die Kontrolle über seinen Wagen verloren hätte …«

»Hat er aber. Du kannst die Zeit nicht zurückdrehen.«

»Wenn sich zwei Menschen lieben, finden sie am Ende zusammen, davon bin ich überzeugt.«

»In Bollywoood vielleicht«, versetzte Sita.

»Trotzdem gibt es Happy Ends.« Meera wirkte zunehmend gereizt.

»Daran glaube ich nicht.«

»Du wirst sehen. Du bist noch so jung.«

»Alt genug, um zu wissen, dass Vater seine Familie niemals verlassen hätte. Seine *andere* Familie.«

»Das weißt du nicht.«

»Du aber schon, ja?«, fuhr Sita ihre Mutter an.

»Es hätte sein können.«

»Stell dich endlich den Tatsachen!«

Wütend starrte Meera ihre Tochter an. »Manchmal merkt man einfach, dass dir der Vater fehlt.«

»Was willst du damit sagen?« Sitas Stimme wurde plötzlich schrill.

»Dann wärst du vermutlich nicht so eine verzogene Göre, die meint, die ganze Welt drehe sich nur um sie.«

»Ha! Das ist allein deine Schuld. Du hast mich so erzogen.« Triumphierend stieß Sita den Zeigefinger Richtung Meera. »Hast du jetzt davon.«

»Ich war allein und die Hälfte der Zeit am Arbeiten.«

»Hättest du dir halt vorher überlegen müssen.«

»Stimmt.« Meera presste die Lippen zusammen und wandte sich wieder dem Tisch zu.

»Aber du wolltest halt alles …«

»Bitte, Sita! Könntest du einen Augenblick still sein?«

»Er wäre nie zu dir zurückgekehrt, niemals. Selbst wenn du dein Leben lang auf ihn gewartet hättest.«

»Ich möchte in Ruhe deines Vaters gedenken.«

»Du meinst: Dich deinen Tagträumen hingeben.«

Als hätte sie ein Peitschenhieb getroffen, fuhr Meera herum, Tränen schossen ihr in die Augen. »Lass mir meine Träume! Was weißt du schon? Vielleicht sind sie alles, was mir geblieben ist.«

Später, als Sita die Stille nicht mehr aushielt, die wie ein dichtes Gas die Wohnung füllte, legte sie das Buch zur Seite, in dem sie, auf dem Bett liegend, gelesen hatte, und machte sich auf die Suche nach ihrer Mutter. Wenig überraschend stand sie am Herd und wendete silberglänzende Sardellen in einer Gewürzmischung, bevor sie sie in einen mit Mehl gefüllten Teller legte. Als sie Sitas Schritte hörte, versteifte sich ihre Schulterpartie, Sita konnte die Abweisung genau so deutlich spüren, wie wenn ihre Mutter sie angesehen hätte. Ein paar Atemzüge lang blieb Sita unschlüssig im Türrahmen stehen, dann näherte sie sich Meera, die nun die mehlbestäubten Fische vorsichtig in einen Topf gleiten ließ. Die Ältere hielt kurz inne, als sie spürte, dass ihre Tochter hinter ihr stand. Doch als Sita die Arme von hinten um sie legte, spürte sie, wie die Anspannung ihrer Mutter nachließ. Eng umschlungen standen sie da und sahen schweigend den Sardellen zu, die im siedenden Öl schwammen und allmählich eine goldbraune Farbe annahmen.

41

Ein milder Wind ging, dennoch schlug Rohan den Jackenkragen hoch, kaum war er aus dem Firmengebäude getreten. Ein Reflex, als wollte er sich verstecken. Ein paar Atemzüge lang blieb er stehen, als müsste er überlegen, welche Richtung er einschlagen sollte, dabei wusste er genau, wohin ihn sein Weg führen würde. Mit gesenktem Kopf lief er los. Ohne einen Blick an die Schaufenster zu verschwenden, schlängelte er sich durch die entgegenkommenden Passanten. Feierabendzeit, die Bars füllten sich allmählich, überall lachende Leute, stampfende Bässe schallten aus den offenen Eingängen. Sein Herz pumpte im selben Rhythmus. Es war ihm klar, dass er jetzt auf gar keinen Fall innehalten durfte, jede Überlegung, jedes Abwägen konnte ihn von seinem Vorhaben abbringen. Er musste es einfach tun, jetzt, auf der Stelle, bevor die Vernunft und die Vorsicht erwachten. Den ganzen Nachmittag hatte er an nichts anderes denken können, und kurz bevor er seine Arbeit niedergelegt hatte, hatte er sich endgültig entschieden.

Atemlos blieb er vor dem Lokal mit den Bowls stehen. Kurz sackte ihm das Herz in die Hose, seine Knie wurden weich. Mit einem Mal fühlte sich seine Idee komplett verrückt an, Adis würde ihn auslachen, davon war er überzeugt. Oder ignorieren, was noch schlimmer wäre, sich gar nicht mehr an ihn erinnern. Rohan hatte den Türgriff bereits in der Hand, da ließ er wieder los.

Weglaufen. Hoffen, dass ihn niemand gesehen hatte. In derselben Sekunde, in der er sich vom Eingang abwandte, klopfte es von innen an die Scheibe.

»Hast du was vergessen?«, erkundigte sich Adis, nachdem er vor das Lokal getreten war, und zündete sich eine Zigarette an.

Überrumpelt suchte Rohan fieberhaft nach einer Erklärung für sein erneutes Auftauchen, doch die Präsenz des jungen Mannes verwirrte ihn derart, dass ihm auf die Schnelle keine glaubwürdige Antwort einfiel.

»Äh, nein«, stammelte er und kam sich dabei plump vor. Aufgewühlt, wie er den ganzen Nachmittag gewesen war, hatte er es völlig versäumt, sich eine seiner üblichen Strategien zurechtzulegen. Das ärgerte ihn nun maßlos.

»Also wolltest du mich wiedersehen«, stellte Adis lapidar fest und grinste frech.

Rohan wurde glühend heiß. Am Mittag war er noch Gast gewesen und Adis die Bedienung, dieses Gefälle war für ihn vorteilhafter gewesen, er hatte zumindest gemeint, die Situation unter Kontrolle zu haben. Die Verhältnisse hatten sich hier draußen vor dem Lokal abrupt geändert. Nun standen sie sich auf Augenhöhe gegenüber.

Abwartend sah Adis Rohan an. Als keine Antwort kam, nickte er und schnippte Asche auf den Asphalt. »In einer halben Stunde endet meine Schicht. Setz dich an die Bar und warte, der Drink geht auf mich.«

Ehe Rohan ablehnen konnte, packte Adis seinen Arm, trat die Zigarette aus und zog den widerstrebenden Rohan mit sich hinein.

Gleich darauf saß Rohan auf einem Hocker vor dem Tresen im hinteren Bereich des Restaurants, Adis stellte ungefragt ein bauchiges Glas mit einem Gin Tonic vor ihn und entfernte sich, ohne ein weiteres Wort zu verlieren. Während sich Adis um einen Gast kümmerte, der ihm mit der Kreditkarte zugewunken hatten, starrte Rohan auf seinen Drink.

Ihm war unbehaglich zumute, Adis' Direktheit schüchterte ihn ein, er fühlte sich überfordert. So hatte er sich dieses Treffen nicht ausgemalt, selbst wenn seine Vorstellungen über den Ablauf seines Besuches ziemlich unklar gewesen waren. Er hob den Blick und sah sich um. Kurz überlegte er, dass er einfach aufstehen, sich die Jacke überstreifen und aus dem Lokal laufen könnte, doch er verwarf die Idee gleich wieder. Wenn er jetzt ginge, wäre es vorbei, er würde Adis nie näherkommen. Diese Chance wollte er nicht leichtfertig verspielen. Trotzdem ließ ihn das mulmige Gefühl nicht zur Ruhe kommen. Würde ihn jetzt jemand erkennen, müsste er erklären, was er hier tat. Und obschon die Antwort unverfänglich ausfallen könnte und auf der Hand lag, fühlte er sich, als tue er etwas Verbotenes. Der Gedanke erregte und beunruhigte ihn gleichermaßen. So etwas hatte er noch nie getan: In aller Öffentlichkeit auf einen Mann warten, mit dem er vermutlich den Abend verbringen würde. Etwas trinken gehen, sich unterhalten. Sex, höchstwahrscheinlich. Für einmal nicht im Dunkeln die Hose herunterlassen und sich wahllos von einem Unbekannten mit kaum erkennbarem Gesicht den Schwanz lutschen lassen.

Rohan wusste um das Risiko, das er mit diesem Schritt einging. Die scharfe Trennung seiner beiden Leben war in Gefahr, doch Abhauen war keine Option. Das hatte ausschließlich mit Adis zu tun, der ihn auf eine Weise anzog, wie er das noch nie erlebt hatte. Selbst wenn er ihn erst vor ein paar Stunden getroffen hatte.

Zwei junge Frauen setzten sich etwas von ihm entfernt hin, sie beachteten ihn nicht, so angeregt unterhielten sie sich.

»Weißt du, mir macht das ja eigentlich nichts aus«, sagte die eine. Sie hatte kurz geschnittenes schwarzes Haar fast wie Sita und trug eine Art gestrickten Poncho über einem enganliegenden Kleid. »Nur könnte er sich langsam melden. Aber seit Tagen nichts. Keine WhatsApp, kein Anruf. Komplette Funkstille.«

Ihre Freundin nickte beipflichtend. »Und jetzt fragst du dich, ab wann es okay ist, ihm zu schreiben, nicht? Machst du es zu früh, hält er dich für verzweifelt. Wartest du zu lange, denkt er, du bist nicht interessiert.«

»Verdammte Datingscheiße!« Die beiden Frauen lachten auf.

Sein schlechtes Gewissen ließ Rohan unverzüglich nach dem Handy greifen. Die ganze Zeit über schon hatten die Schuldgefühle leise vor sich hin gesimmert, doch er war versiert darin, sie geflissentlich zu ignorieren. Jetzt aber, da ihn die eine Frau an Sita erinnert hatte, wallten sie heftig auf. Rasch tippte er eine Nachricht ein, in der er Sita informierte, dass er von Arbeitskollegen auf ein paar Drinks mitgeschleppt worden sei und entsprechend spät nach Hause komme. Halbherzig schob er eine Entschuldigung nach, doch das reichte nicht aus, um seine Gewissensbisse zum Verschwinden zu bringen. Immerhin war er so nah an der Wahrheit geblieben, wie es ihm irgend möglich war, den Namen der Bar hatte er absichtlich nicht erwähnt, er konnte nicht riskieren, dass Sita dort auftauchte. Selbst wenn er wusste, dass sie das niemals tun würde, sie war nicht der Typ Frau, die ihren Mann auf Schritt und Tritt kontrollierte. Aber er musste äußerst vorsichtig agieren. Fände sie heraus, was er nach seiner Arbeit und in manchen Nächten trieb, wäre das mit Sicherheit das Ende ihrer Ehe. Die enttäuschten Gesichter seiner Eltern, die zornigen Anschuldigungen seiner Mutter und die Verachtung seines Vaters, wenn sie den Grund dafür erführen, ließen ihm elend werden.

Dennoch, dachte er bei sich. Sita muss etwas ahnen, spätestens seit dem Abendessen mit Seb.

Sie hatte ihn beobachtet, das hatte er bemerkt, gesagt hatte sie aber nichts. Auch nicht zum Sex in jener Nacht, als er sich kaum noch gespürt hatte vor Lust und Verzweiflung. All die Abende, an denen er spät nach Hause gekommen war und vermutlich nach Latrine und geschlechtlichen Ausdünstungen gerochen hatte, es musste ihr aufgefallen sein.

Während er über sein Verhalten nachdachte, entsetzte es Rohan mit einem Mal zutiefst, dass er so unvorsichtig geworden war, so rücksichtslos auch. Nicht bei seinen Ausflügen, das nicht, aber gegenüber Sita.

Wie wenn ich sie nicht ernstnehmen würde, stellte er fest, als wäre sie gar nicht da.

Ich benehme mich wie ein Arschloch, kam er beschämt zum Schluss.

»Bist du bereit?«, fragte Adis. Er stand dicht hinter ihm und berührte sachte Rohans Oberarm. Warmer Atem streifte Rohans Hals, sofort stellten sich seine Nackenhaare auf.

42

»Was machst du so im Leben, Rohan?«, fragte Adis, während sie durch die Einkaufsstraße schlenderten.

»Weshalb weißt du, wie ich heiße?« Alarmiert drehte sich Rohan seinem Begleiter zu.

Adis lächelte. »Kreditkarte. Du bist mir sofort aufgefallen.«

»Oh.« Zu mehr als dieser einsilbigen Replik war Rohan nicht in der Lage. Die Situation befremdete ihn, und das gemächliche Tempo, das Adis angeschlagen hatte, machte ihn nervös.

»Also?«

»Ich arbeite gleich nebenan. IT«, brachte Rohan hervor.

»Du bist Inder.«

»Yep.«

Schweigend gingen sie weiter. Adis lief viel zu nahe neben ihm, fand Rohan, doch er wagte nicht, von ihm abzurücken.

»Worauf hast du Lust?«

Rohan zuckte mit den Schultern, das Offensichtliche traute er sich nicht auszusprechen.

»Ein Drink vielleicht? Ich kenne da vorne eine gemütliche Bar. Oder was Essen? Indisch?« Adis lachte leise, Rohan hingegen schwieg weiterhin.

Nach einer Weile blieb Adis unvermittelt stehen und sah Rohan direkt an. »Du sagst nicht viel.«

»Ich bin … das ist neu für mich.« Rohans Stimme brach, er räusperte sich.

Zweifelnd hob Adis die Augenbrauen.

»Nicht neu, wenn du weißt, was ich meine. Aber so kenne ich das nicht.«

»Was ist *das*?«

Rohan wand sich. »Spazieren, etwas trinken gehen. Das mache ich üblicherweise nicht.«

»Ach.« Mit einem wissenden Grinsen setzte sich Adis wieder in Bewegung und fügte nach einer Weile an: »Ich schon.«

»Versteh mich nicht falsch, ich bin nicht …«

»Du brauchst dich nicht zu erklären, ich habe verstanden.« Adis beschleunigte seine Schritte, und Rohan beeilte sich aufzuholen. Die Dinge nahmen keinen guten Verlauf, Adis wirkte verstimmt, Rohan glaubte sogar leichte Verachtung in seinem Blick entdeckt zu haben.

»Ich bin verheiratet …«, versuchte er, seine Lage zu erklären.

»Gratuliere!«

»Deshalb kann ich nicht einfach …«

»Nicht mein Problem.«

»Schon klar«, seufzte Rohan. »Es ist alles so verdammt schwierig.«

Adis warf ihm einen Seitenblick zu.

»Auf der einen Seite meine Familie«, versuchte sich Rohan zu erklären. »Alte Traditionen, die Erwartungen an eine erfolgreiche Karriere, eine glückliche Ehe, Kinder. Auf der anderen Seite das hier. Dieser Trieb, der mich nachts hinausdrängt, diese Lust auf Männerkörper, die ständige Angst, entdeckt zu werden. Manchmal komme ich mir vor, als wäre ich zwischen zwei Mühlsteine geraten, die mich allmählich zerreiben.«

»Und wie gehst du damit um?«

Rohan spürte Tränen hochsteigen, wandte rasch den Kopf ab und tat, als interessiere er sich brennend für die Auslagen im Schaufenster, an dem sie gerade vorbeikamen. »Ich habe nicht die geringste Ahnung.«

»Besser, du findest möglichst schnell eine Lösung, sonst gehst du drauf. So was macht dich längerfristig kaputt. Ich weiß, wovon ich spreche.«

Verblüfft wandte sich Rohan wieder Adis zu. Der junge Mann machte einen so selbstsicheren Eindruck, dass ihm gar nicht eingefallen wäre, dass sich hinter seiner Haltung auch eine Geschichte verbarg, vermutlich sogar eine ähnlich schwierige wie seine. Ein langwieriger Prozess, der ihn zu dem gemacht hatte, der er jetzt war.

»Aber davon erzähle ich dir lieber ein andermal.«

»Ich wollte nicht jammern …«

»Du hast niemanden, mit dem du darüber reden kannst«, stellte Adis sachlich fest.

Als hätte ihn der Schlag getroffen, starrte Rohan ihn an.

»Keiner, der versteht, was du durchmachst. All die Lügen und Betrügereien, all die Sachen, die du hinterrücks und in der Dunkelheit tun musst, weil du denkst, dass etwas anderes nicht möglich sei. Du bedauerst die unaufhaltsam verstreichende Lebenszeit, während du dich zwischen all den Möglichkeiten aufreibst und es doch nicht fertigbringst, dich zu entscheiden. Und dann das schlechte Gewissen, das dich quält, das dich nicht schlafen lässt, das sich mit einem solchen Gewicht auf deine Brust setzt, dass du beinahe daran erstickst.«

Rohan spürte, wie seine Körperspannung nachließ, Adis hatte ihm soeben eine tonnenschwere Last abgenommen, die schon so lange auf seinen Schultern lastete, dass er sie gar nicht mehr bewusst wahrgenommen hatte. Die abendlichen Lichter um ihm herum verschwammen, nun konnte er die Tränen nicht mehr zurückhalten. Ein unterdrücktes Schluchzen entfuhr ihm, sein Körper erschauderte und er weinte auf offener Straße, vor Erleichterung und Bedauern, und es kümmerte ihn nicht, dass Adis ihn an sich zog und Rohans Kopf an seine Brust drückte, es kümmerte ihn nicht, dass er seine Arme um ihn legte, und es kümmerte ihn auch nicht, dass die Leute sie anglotzten, bevor sie schnell weiterliefen.

Rohan schob die Karte in den dafür vorgesehenen Schlitz, das Schloss klickte, doch die Tür klemmte. Er musste sich mit seinem ganzen Gewicht dagegen werfen, bis sie aufsprang. Konsterniert sah er sich in dem winzigen Zimmer um. Die schäbige Einrichtung beschränkte sich auf ein Bett und einen Nachttisch, die Deckenlampe tauchte den Raum in ein klebriges Licht, auf der rechten Seite befand sich der Zugang zu einem Badezimmer, das kaum Platz für eine Person bot.

Sie hatten sich gegen die Bar entschieden, Rohan war nicht nach noch mehr Öffentlichkeit, er wollte allein mit Adis sein, wollte ihm nahe sein, jetzt noch mehr als zuvor.

»Bei mir geht's nicht«, hatte Adis gemeint. »Die beiden Mädels, mit denen ich die Wohnung teile, sind zwar supertolerant, aber sie sind auch enorm neugierig. Das passt jetzt nicht.«

»Bei mir geht's auch nicht«, erwiderte Rohan, und sie lachten zeitgleich auf. Kurz verspürte er einen Stich, sein schlechtes Gewissen meldete sich zuverlässig, doch er schob es von sich, wie so oft.

Am Ende hatte Adis eines der schmuddeligen Stundenhotels vorgeschlagen, die sich nur wenige Minuten entfernt im Ausgehviertel befanden.

Rohan ließ sich sein Entsetzen nicht anmerken, und während Adis kurz die Toilette aufsuchte, knöpfte er unverzüglich sein Hemd auf, zog hastig Schuhe und Socken aus, entledigte sich der Hose und der Unterwäsche.

»Was tust du da?« Adis musterte ihn verständnislos, als er aus dem Bad trat.

Erstaunt erwiderte Rohan seinen Blick. »Ich dachte, wir wollten ...?«

»Schon, aber doch nicht so. Wir sind nicht auf der Klappe, wo es eilt.« Adis schüttelte amüsiert den Kopf.

Beschämt verdeckte Rohan sein Geschlecht mit beiden Händen, jetzt war es ihm peinlich, splitternackt vor Adis zu stehen. Er kam sich billig und gierig vor. Zum zweiten Mal an diesem Abend hatte er sich vor Adis entblößt.

Langsam trat Adis auf Rohan zu, legte ihm die Hände an den Hinterkopf und küsste ihn auf den Mund. Seine Lippen fühlten sich weich an. Seine Zunge suchte Rohans Zunge, umspielte sie, er drückte ihn fest an sich und Rohans Schwanz schnellte in Sekundenschnelle in die Höhe. Doch Adis ließ sich Zeit. Seine Hände wanderten über Rohans Körper, strichen behutsam über die Brustwarzen, umgriffen bestimmt seine Hinterbacken, streichelten die empfindliche Haut an den Lenden, die Finger bohrten sich mit sanftem Druck in seinen Rücken. Dann drängte er Rohan zurück bis zum Bettrand, bis Rohan das Gleichgewicht verlor, mit einem überraschten Aufschrei plumpsten sie auf die Matratze. Die Federn ächzten bedenklich, als Adis sich auf ihn rollte. Adis' Gewicht auf sich zu spüren, erregte Rohan, sein fester, muskulöser Körper, und noch mehr, nackt zu sein, während der andere angezogen war. Adis küsste ihn erneut, intensiver, sein Atem war heiß und ging schnell. Rasch zog ihm Rohan das T-Shirt aus, öffnete umständlich die Gurtschnalle und streifte mit den Füßen die Jeans bis zu den Kniekehlen hinunter, weiter schaffte er es nicht. Mit einem leisen Kichern richtete sich Adis auf, zog sich ganz aus und legte sich neben Rohan. Wieder trafen sich ihre Münder. Es fühlte sich für Rohan neu an, einen Mann zu küssen, es verblüffte ihn, wie sehr sich Adis ihm dabei offenbarte, wie viel intimer es sich anfühlte als bei seinen nächtlichen Abenteuern, wo Geschlechtsteile auf Körperöffnungen trafen. Er spürte, wie sich in ihm etwas löste, ein harter Knoten, etwas, das ihn trotz allen Ausschweifungen immer gehemmt hatte. Hier konnte er sich gehen lassen, mit Adis konnte er den Sex genießen ohne Angst vor Entdeckung, ohne Scham, ohne den Ekel, sich mit jemandem eingelassen zu haben, der ungewaschen roch oder ihm nicht einmal ansatzweise gefiel.

Adis rutschte etwas nach unten und beugte sich über ihn. Er saugte an Rohans rechter Brustwarze, packte sie behutsam mit den Zähnen und zog daran, was Rohan aufstöhnen ließ. Dann tat er dasselbe auf der anderen Seite, derweil Rohan seine eine Hand über Adis Rücken gleiten ließ, die Kuhle im Kreuz ertastete, seinen Hintern ergriff. Ein lustvolles Knurren entfuhr Adis, als Rohan mit dem Zeigefinger über den Anus fuhr, er rückte seinen Arsch etwas höher, so dass Rohan besser hingelangte. Sanft umkreiste er den Ring aus kleinen, aber kräftigen Muskeln, und als er den Finger mit Spucke befeuchtete und den Druck etwas erhöhte, spürte er, wie sie sich allmählich lockerten. Langsam glitt er mit seinen Fingern in das Loch, und Adis seufzte tief, ließ von der Brustwarze ab, küsste Rohan erneut und rutschte dann noch weiter nach unten, um sich mit seinen Lippen um Rohans pochenden Schwanz zu kümmern. Nach einer Weile ließ er davon ab, stülpte Rohan ein Kondom über das speichelnasse Glied und setzte sich rittlings auf ihn.

Außer Atem und verschwitzt lagen sie nebeneinander im Bett, Rohans Puls raste immer noch. Adis lag in seinem Arm, dicht an seinen Oberkörper geschmiegt, die Augen geschlossen, ein wohliges Brummen entfuhr ihm.

»Was?«, wollte Rohan wissen.

»Nicht schlecht«, meinte Adis und öffnete mit einem schelmischen Grinsen die Lider. »Für einen Inder.«

Empört packte Rohan ihn am Ohr, zog ihn zu sich und küsste ihn auf den Mund. Noch nie hatte er Sex so spielerisch erfahren wie mit Adis, gleichzeitig so leidenschaftlich. Mit ihm fühlte er sich entspannt, anders als beim Geschlechtsverkehr mit Sita, wo er das Gefühl hatte, einer Pflicht nachzukommen. Was nicht einzig an Sita und ihm lag, sondern auch an den Kindern, die sie zu zeugen hatten, um ihre Familien zufriedenzustellen. Deren Erwartungen lauerten in seinem Hinterkopf, wenn sie miteinander schliefen, und er war überzeugt, dass Sita das genauso empfand.

Aber das war nicht der einzige Grund. Adis körperlich nahe zu sein, fühlte sich richtig an, Rohan brauchte sich nicht zu verstellen, während des Sex mit ihm hatte er keine Sekunde an Pornofilme denken müssen, seine Leidenschaft war nicht gespielt gewesen. Sie hatten sich ohne Worte verstanden, ihre Körper waren ineinander aufgegangen wie zwei Teile, die zusammengehören.

»Und jetzt?«, murmelte Adis an Rohans Brust.

»Jetzt dusche ich schnell und gehe nach Hause.«

»Schon klar. Aber sehen wir uns wieder?«

Rohans Schweigen dauerte so lange, dass Adis den Kopf hob. »Oder war's das?«

»Nein«, sagte Rohan endlich. »Ich würde dich gern wiedersehen. Sehr gern sogar. Ich weiß nur nicht ...«

»Was?«

»Was, wenn plötzlich Gefühle ins Spiel kommen?«

»Was wäre daran so schlimm?«

Rohan ließ sich Zeit mit der Antwort. »Eigentlich nichts.«

»Dann mach dich mal locker. Das ist anders als bei deinen Klappenbekanntschaften, *ich* bin anders.«

Rohan wand sich vor Verlegenheit. »Ich weiß.«

»Dann lass uns das wiederholen. Wenn man zweimal miteinander fickt, ist man nicht gleich verheiratet.«

»Das bin ich schon«, machte Rohan trocken, und wieder verspürte er diesen schmerzlichen Stich, den ihm sein Gewissen versetzte.

43

Sie trafen sich in unregelmäßigen Abständen in diesem heruntergekommenen Stundenhotel. Rohan erfuhr, dass Adis' Familie aus Albanien stammte und er sich an der Uni für Ethnologie und Philosophie eingeschrieben hatte, allerdings eher selten hinging, wie Rohan vermutete. Drei Tage in der Woche arbeitete er sowieso im Restaurant, da blieb wenig Zeit fürs Studium.

Immer wieder aufs Neue war Rohan von Adis' Lockerheit beeindruckt, die Selbstverständlichkeit, mit der er mit ihrer Affäre umging. Er wirkte überhaupt nicht verschämt, wenn sie am Hotelempfang ein Zimmer buchten, während Rohan stets darauf bestand, dass sie getrennt dorthin gingen. Für den Fall, dass sie unterwegs jemanden trafen, der oder die Rohan kannte und unangenehme Fragen stellen würde. Auch später, wenn sie die Tür zu einem der unappetitlichen Zimmer hinter sich schlossen, zeigte der Junge keinerlei Scham, vielmehr war er draufgängerisch und fordernd, gleichzeitig aber auch verspielt und zärtlich.

»Wie ein Welpe«, rief Rohan eines Abends lachend, als sich Adis nackt auf ihn stürzte und sein Gesicht ableckte.

Diese Art von Intimität war für Rohan Neuland. Bislang hatte er Männer in sexueller Hinsicht einzig als Objekte gesehen, Fleisch, das er benutzte, er war Fleisch für sie, Fleisch waren sie füreinander. Wortlos, triebgesteuert, anonym. Natürlich hatte es den einen oder anderen Kerl gegeben, den er per Zufall wiedergetroffen hatte, doch zu mehr als ein paar geflüsterten Grußworten war es nie gekommen, mehr hätte keiner von ihnen zugelassen.

Das hier war ganz anders. Nach den ersten paar wilden und leidenschaftlichen Treffen hatte es sich Rohan angewöhnt, liegen zu bleiben, anstatt nach dem Sex sofort unter die Dusche zu eilen, sich anzuziehen und mit einer flüchtigen Verabschiedung aus der Tür zu hasten. Adis' Körper dicht an seinem, ihre Herzen, die manchmal beinahe synchron schlugen, manchmal auch nicht, die verschwitzte Haut, der Geruch von Sex, der immer noch in der Luft hing. In diesen Momenten fühlte sich Rohan unbefangen, fahrlässig vielleicht auch, wie er manchmal erschrocken feststellte. Er mochte die vertrauten Gespräche, ihre halblauten Stimmen, diese kleine Welt, die sie sich erschaffen hatten und in der es nur sie zwei gab. Adis hatte Humor und brachte ihn zum Lachen, da war etwas zwischen ihnen, das viel mehr war als nur körperliches Begehren. Es gab Abende, da fühlte Rohan sich regelrecht benommen, wenn er nach ihren Treffen auf die Straße hinaustrat. Als begäbe er sich in Feindesland. Am liebsten wäre er dann umgekehrt und hätte sich wieder zu Adis ins Bett gelegt.

Die Gewissensbisse ereilten ihn spätestens, wenn er die Haustür aufschloss, oft aber schon vorher, auf dem Heimweg, wenn er in der Straßenbahn saß. Die anonymen Treffen, all diese Abende, an denen er, von einer animalischen Lust getrieben, regelrecht zum Pornokino gehetzt war, waren aus seiner Sicht irrelevant. Sie gehörten zu seinem anderen Leben, das von demjenigen, das er mit Sita teilte, völlig abgekoppelt war. Entsprechend war alles, was dort geschah, unbedeutend, hatte keinen Einfluss auf sein Verhalten, hatte, seiner Meinung nach, auch keine Konsequenzen für ihre Beziehung. Für Rohan fühlte es sich nach all den Jahren an, wie wenn diese Ausflüge ein ganz anderer Mann unternommen hätte, ein von seiner Persönlichkeit abgespaltenes Ich.

Seit er jedoch Adis kennengelernt hatte, hatten sich die Umstände geändert. Der junge Mann brachte seine umsichtige Organisation in Schieflage, verwischte Grenzen. Rohan sah sich je länger, je weniger in der Lage, seine beiden Leben scharf zu trennen. Sie hatten ihre Nummern ausgetauscht, schickten sich Nachrichten, während Rohan mit Sita vor dem Fernseher saß. Einmal waren sie sogar in einer Bar gewesen, fernab ihrer Arbeitsorte, darauf hatte Rohan bestanden. Unvorsichtigkeiten, die er sich früher nie erlaubt hätte.

In letzter Zeit war Rohan mehrmals kurz vor dem Entschluss gestanden, Sita alles zu beichten. Sie um Entschuldigung zu bitten, dass er sie betrogen und auf niederträchtige Art benutzt hatte. Irgendwie schaffte er diesen letzten Schritt allerdings nie, vielleicht weil er zu feige war, sich zu sehr vor ihrer Reaktion fürchtete, oder weil die bestehende Situation, von außen betrachtet, ganz okay war. Sita schien keinen Verdacht zu schöpfen, ihre Ehe funktionierte, Adis schien mit seiner Nebenrolle zufrieden zu sein. Zumindest verlangte er nicht mehr, als Rohan ihm zu geben bereit war. Wenn es sich Rohan genau überlegte, gab es keinen zwingenden Grund, dieses fein austarierte Konstrukt, das sein Leben war, zum Einsturz zu bringen.

44

»Hast du mit ihm geredet?« Konzentriert tippte Andrea eine Nachricht in ihr Handy ein.

»Ich bin noch nicht dazu gekommen«, murmelte Sita und stocherte mit dem lilafarbenen Strohhalm in ihrem Drink herum.

Genervt stieß Andrea die Luft aus. »Immer noch nicht? Du schiebst es absichtlich raus.«

»Es funktioniert doch alles, wie es sollte.«

Ruckartig sah Andrea auf, ihr Blick pendelte zwischen Wut und Mitleid. »Es *funktioniert*?«, wiederholte sie. »Bist du nicht ganz bei Trost? Dein Mann betrügt dich …«

»Vermutlich«, warf Sita ein.

»… höchstwahrscheinlich mit Männern. Und du stürzt dich in die Arbeit, um einer Konfrontation aus dem Weg zu gehen, oder joggst wie eine Verbissene, damit du nicht an deiner Ohnmacht erstickst.«

»Wir stehen unter Druck.«

»Und er wird nicht kleiner, solange du die Pille nimmst.«

Mit einem niedergeschlagenen Seufzer langte Sita nach dem Glas und trank einen großen Schluck von ihrer Erdbeer-Margarita.

»Ich sehe dir doch an, dass du immer unglücklicher wirst. Für mich ist es unerträglich zuzuschauen, wie du dein Leben vergeudest.«

»Glück ist eh überschätzt, sagt meine Mutter.«

»Aber du bist nicht deine Mutter.«

»Noch nicht, aber ich habe das Gefühl, ich werde ihr immer ähnlicher.«

Andrea schüttelte den Kopf. »Rohan und du, ihr lebt eine Lüge. Und vermutlich wisst ihr das beide. Das macht die Angelegenheit so grässlich.«

Verzweifelt ruderte Sita mit den Händen in der Luft. »Was soll ich tun, Andy? Mir fehlen die Beweise! Ich kann Rohan nicht etwas vorwerfen, das ich nicht belegen kann. Er würde alles abstreiten oder hartnäckig schweigen, so gut kenne ich ihn mittlerweile.«

Andrea streckte den Arm über den Tisch aus und ergriff Sitas Hand. »Du kannst unmöglich so weitermachen, das ist dir doch auch klar.«

»Natürlich.«

»Dann fass dir endlich ein Herz.«

Sita knetete ihre Unterlippe. »Vielleicht wäre es einfacher, wenn wir in Indien leben würden.«

»Die Situation wäre dieselbe, Sita.«

»Was ich damit sagen will: Dort klappt es mit den arrangierten Ehen.«

»Anderer Kulturkreis.«

»Genau. Hier sind wir komplett auf uns allein gestellt, ohne eine Familie, die uns womöglich mit Rat zur Seite stünde und wüsste, wie man mit schwierigen Situationen umzugehen hat. Ohne Freunde, denen es genauso geht, mit denen man sich austauschen kann. Hier stoße ich nur auf Unverständnis, man hält uns für rückständig, altbacken, der Tradition hörig. Außerdem ist der Einfluss der hiesigen Denkweise nicht zu unterschätzen. Die Art, wie man Beziehungen schließt und führt.«

»Schön, da hast du womöglich recht. Aber am Ende ist es immer dasselbe. Wenn man Probleme hat, sollte man sie lösen. Es gibt da draußen übrigens eine ganze Menge toller Männer.«

»Andy.«

»Ich sag' ja nur.«

Sita verdrehte die Augen. »Das Letzte, was ich momentan brauche, ist ein neuer Mann. Ich muss mir endlich klar werden, was *ich* will. Und nicht dauernd tun, was andere von mir erwarten.«

Andrea nickte ernsthaft. »Höchste Zeit, Schätzchen.«

Der Kellner, ein junger Mann mit blonden Haaren und der gedrungenen Postur eines Rugbyspielers, trat an ihren Tisch und erklärte, dass er gleich Feierabend hätte und deswegen gerne das Geld für die Getränke einkassieren würde. Wortlos zog Andrea ihre Kreditkarte hervor und reichte sie ihm. Sie saßen in einem der gesichtslosen neuen Lokale in der Einkaufspassage hinter dem Bahnhof, da Sita Rohan von der Arbeit abholen wollte, um mit ihm essen zu gehen. Eine Überraschung, sie hatte ihm nichts gesagt. Sie befanden sich beinahe gegenüber der Firma, für die er arbeitete. Von ihrem

Platz am Fenster würde sie ihn also aus dem Gebäude kommen sehen.

Der Kellner reichte Andrea den Beleg und verschwand, kurz danach sah Sita ihn das Lokal verlassen. Er trug nun eine dunkelblaue Bomberjacke über seiner Arbeitskleidung und blieb vor dem Eingang stehen, um sich eine Zigarette anzuzünden. Umständlich holte er sein Telefon aus der Hosentasche und tippte eine Nachricht ein, bevor er loslief und aus ihrem Gesichtsfeld verschwand.

Wenige Sekunden später sah Sita Rohan aus dem gegenüberliegenden Gebäude treten. Er schaute auf sein Handy, warf einen Blick zum Restaurant, in dem sie saßen, und setzte sich in Bewegung. Mit eiligen Schritten strebte er an der Fensterfront vorbei.

Sita hatte bereits die Hand hochschnellen lassen, um sich bemerkbar zu machen, ließ sie aber gleich wieder sinken.

»Er hat gesagt, er arbeite heute etwas länger …«, setzte sie verdattert an.

Mit einem süffisanten Lächeln lehnte sich Andrea auf ihrem Stuhl zurück und verschränkte die Arme. »Wäre doch der ideale Anlass herauszufinden, was genau ihn bewogen hat, trotzdem pünktlich aufzuhören.«

Entgeistert starrte Sita sie an, dann schnappte sie sich ihre Jacke und hastete aus dem Restaurant.

»Ruf mich an«, rief ihr Andrea hinterher, doch das hörte sie nicht mehr.

Rohan war schon ein ziemliches Stück entfernt, als sie aus dem Lokal stürzte, und Sita musste sich beeilen, damit sie ihn nicht aus den Augen verlor. Mit klopfendem Herzen nahm sie die Verfolgung auf. Dass er sich umdrehen und sie entdecken könnte, nahm sie in Kauf. In diesem Fall würde sie die Wahrheit sagen. Dass sie auf ihn gewartet habe und er einfach am Restaurant vorbeigelaufen sei. Doch sie hätte sich keine Gedanken machen müssen. Mit gesenktem Kopf steuerte Rohan durch die Fußgängerzone der Allee, kein einziges Mal blickte er zur Seite oder gar zurück. Sita bemühte sich aufzuholen, ohne dabei zu rennen. Zu ihrer Linken tauchte nun ein Lokal mit großer Terrasse auf, das gleichzeitig das Ende der modernen Hochhauszeile bildete. Die heruntergekommenen Gebäude auf der anderen Straßenseite stammten aus einer ganz anderen Epoche, sie hatten von Abgasen geschwärzte Fassaden, Risse im Verputz, über winzigen Balkonen hingen Satellitenschüsseln an der Wand.

Unbeirrt ging Rohan weiter, zwischendurch trabte er ein paar Meter, was Sita zwang, dasselbe zu tun. Mittlerweile war sie sicher, dass er es nicht einfach eilig hatte, nach Hause zu kommen, dazu schritt er viel zu entschlossen voran. Er passierte einen Kleiderladen und kam an einem ehemaligen Kulturlokal vorbei, danach bog er scharf nach rechts ab. Sita beschleunigte und als sie um die Ecke lugte, erkannte sie den Kellner mit der blauen Bomberjacke, der auf Rohan zu warten schien.

Mit einem kurzen Nicken begrüßten sich die beiden und betraten gemeinsam ein Gebäude.

Im Erdgeschoss befand sich ein modernes Restaurant, das stark an dasjenige erinnerte, in dem Sita eben noch mit Andrea gesessen hatte. Durch die Fensterfront sah Sita die beiden den Empfangstresen ansteuern. Erst dachte sie, sie hätten womöglich einen Tisch reserviert. Was sie seltsam fand, weil ihr Rohan garantiert mitgeteilt hätte, wenn er sich mit jemandem zum Essen verabredet hätte. Sie sprachen mit der jungen Frau, die angeeilt kam und kurz hinter einem Bildschirm abtauchte, im nächsten Moment zog Rohan seine Geldbörse aus der hinteren Hosentasche. Nachdem er mit der Kreditkarte bezahlt hatte, reichte ihm die Empfangsdame mit kupferrotem Pagenschnitt etwas, das Sita aus der Distanz nicht erkennen konnte. Sofort verschwanden die beiden Männer im hinteren Teil des Lokals. Sita hetzte zum Restauranteingang, doch als sie sich im spärlich besetzten Schankraum umsah, waren Rohan und sein Begleiter wie vom Erdboden verschluckt.

»Suchst du jemanden?«, fragte die junge Frau, die hinter dem Empfang hervorgekommen war.

»Da waren eben zwei Typen …«

»Kennst du die?«

»Arbeitskollegen«, stammelte Sita überrumpelt das Erstbeste, was ihr durch den Kopf schoss.

»Die sind nach oben«, meinte die Rothaarige und deutete auf einen schmalen Durchgang zwischen Tresen und Restaurant.

»Danke«, stieß Sita hervor und lief in die angegebene Richtung.

Der Gang führte zwischen unverputzten Betonmauern, an denen Veranstaltungsplakate hingen, zu zwei Aufzugstüren. Doch erst, nachdem Sita auf den leuchtenden Knopf gedrückt hatte, fiel ihr der Schriftzug des Hotels auf, der neonhell direkt an der Wand vor ihr hing. Wie betäubt glotzte sie darauf. Bis sie begriff.

In Sitas Kopf brandete ein gewaltiges Rauschen auf, das alle Geräusche um sie herum in den Hintergrund drängte. Die Musik sowieso, die aus unsichtbaren Lautsprechern säuselte, aber auch das Klirren der Gläser, das von der Bar herüberdrang, die halblauten Unterhaltungen der Gäste, das Zischen von Angebratenem aus der Küche, das gedämpfte Klingeln, mit dem sich die Fahrstuhltüren öffneten. Verdattert stolperte Sita rückwärts, bis sie kalten Beton im Rücken spürte. Sie sah sich um, ohne zu wissen, wonach, dann richtete sie sich abrupt auf und stakste durch den Korridor auf den Ausgang zu.

»Alles okay?«, rief ihr die Rezeptionistin hinterher, doch Sita reagierte nicht.

Gehetzt rannte sie durch die automatischen Schiebetüren und hielt erst vor dem Lokal inne. Atmete tief ein und aus, während sie dem abendlichen Verkehr zusah, den glitzernden Lichtern des erwachenden Ausgehviertels, den Leuten, die an ihr vorbeigingen, ohne sie zu beachten. Minutenlang stand sie da, reglos und mit starrem Blick. Beinahe hätte sie aufgelacht. Jetzt hatte sie den Beweis. Rohan betrog sie. Mit einem Mann. All die Fragen, die sie in letzter Zeit gequält hatten, waren nun beantwortet. Außerdem hatte Rohan ihr eben eine Entscheidung abgenommen.

45

»Wissen deine Eltern davon?« Rohan ließ seine Hand über Adis' Rücken wandern, die Haut warm und weich unter seinen Fingerspitzen.

»Wovon?«

»Von dem hier.«

»Ich habe es ihnen mit sechzehn gesagt.«

»Und?«

Adis lachte leise. »Sie sind nicht begeistert vom Sofa aufgesprungen und mir um den Hals gefallen, um mich zu beglückwünschen. Wenn du das meinst.« Er rückte das Kissen unter seinem Kopf zurecht. »Es hat gedauert, aber mittlerweile kommen sie klar damit. Vorher mussten sie aber einige fixe Vorstellungen und tonnenweise kulturellen Ballast über Bord werfen.«

Er drehte den Kopf in Rohans Richtung, da dieser nichts erwiderte. »Und bei dir?«

»Meine Eltern? Auf gar keinen Fall. Nicht in diesem Leben.«

»Wieso? Wäre das nicht eine große Erleichterung für dich?«

Rohan schüttelte den Kopf. »Sie würden es nicht verstehen.«

»Vielleicht unterschätzt du deine Eltern. Mütter ahnen sowas sowieso immer.«

»Wir kommen aus einer anderen Kultur ...«

»Wir auch. Trotzdem können sie damit umgehen.«

Adis' Ton verschärfte sich. »Vielleicht bist du es.«

»Was meinst du damit?«

»Du stehst dir selbst im Weg. Dir fehlt der Mut zu akzeptieren, was du bist. Wie du fühlst.«

»Ich bin verheiratet.«

»Du sagst das in einem Ton, als würde es alles erklären.«

Rohan holte tief Atem. »Das tut es auch. Ich bin ein verheirateter Mann und möchte nichts daran ändern.«

»Ein Satz wie ein Bollwerk. Und trotzdem liegst du nackt mit mir im Bett.«

Darauf fiel Rohan keine Antwort ein.

»Du solltest reinen Tisch machen«, fing Adis nach einer Weile wieder an und rückte näher an Rohan heran.

»Was, wenn mir mein Leben gefällt, wie es ist?«

»Mit einer Ehefrau, mit der du kaum noch sprichst? Die du nur fickst, damit ihr der Familie endlich ein Kind präsentieren könnt? Was gleichzeitig der Beweis dafür sein wird, dass du ein richtiger Mann bist. Was auch immer ein *richtiger Mann* sein mag.«

Rohan drehte sich zum Fenster. Es war dunkel geworden. Gleich musste er aufbrechen, wenn er Sita nicht zu lange warten lassen wollte. Aus dem dritten Stock des Hotels sah man auf die Gleise, die hinter dem Gebäude zum Bahnhof führten. Irgendwann hatte er von den Stundenhotels, die sich einen Steinwurf entfernt befanden, die Nase vollgehabt und einen luxuriöseren Ort für ihre Schäferstündchen gewählt.

»Und diese andere Seite von dir, diejenige, die dich immer häufiger zu mir ins Bett treibt, was wird mit der?«

»Genau geplante Zeitfenster. Alles hat seinen Platz.«

»Du hältst deine Neigung auf Distanz. Weil du lieber nichts damit zu tun haben würdest.«

Genervt verdrehte Rohan die Augen.

»Wie soll dein Leben weitergehen, wie stellst du dir das vor?« Adis ließ nicht locker. »Willst du für immer durch schmuddelige Pornokinos cruisen? Nachts die Klappen in den Parks aufsuchen und Sex mit irgendwelchen Typen haben, die dich womöglich anwidern? Ist es das, was du dir für deine Zukunft wünschst?«

»Ich habe mir gar nichts vorgestellt«, erwiderte Rohan eingeschnappt.

»Überleg mal.«

»Danke für den Tipp.«

»Du weißt, dass ich dich mag. Sehr sogar.«

Rohan legte die Hand in den Nacken und schaute Adis lange an. »Ich dich auch«, sagte er leise.

»Ich würde gerne mit dir essen gehen«, sagte Adis in versöhnlichem Ton. »Weißt du, in ein schickes Restaurant. Ein Drink an der Bar vorher, wie ein normales Paar halt.«

»Unmöglich!«, stieß Rohan hervor, ein glucksendes Lachen entfuhr ihm, als hätte Adis eben etwas gänzlich Absurdes von sich gegeben.

»Mit dir am See spazieren, Händchen halten, ins Kino gehen, in einem Klub abtanzen«, gab sich Adis unbeirrt. »Alles, was man halt so macht, wenn man sich mag. Wenn man möglichst viel Zeit zusammen verbringen möchte.«

»Das wird nicht geschehen.«

»Bist du sicher?«

»Absolut sicher.«

Enttäuscht presste Adis sein Gesicht an Rohans Brust. »Also ist das alles, was für uns drin liegt? Hin und wieder Sex im Hotel?«

Rohan fuhr sich mit der Hand übers Gesicht. Er hatte gehofft, die Affäre mit Adis würde unverbindlich bleiben. Einige Wochen lang war das auch der Fall gewesen, doch in letzter Zeit waren sie nach dem Sex immer länger im Bett liegen geblieben und hatten geredet. Widerwillig musste er sich eingestehen, dass er ihre Gespräche genoss, dass er sich in Adis' Gegenwart wohlfühlte und geborgen. Auch wenn er damit die Grenze überschritt, die er gezogen hatte. Das jahrelange Versteckspiel, die dauernde Heimlichtuerei hatten ihn erschöpft, und mit Adis hatte er einen Mann getroffen, dem er vertraute und mit dem er Dinge ausleben konnte, die mit den Zufallsbekanntschaften niemals möglich gewesen wären. Es gab allerdings noch einen weiteren Grund, weshalb er diese Linie immer wieder missachtete und Adis so nah an sich heranließ wie niemanden zuvor in seinem Leben: Der Junge hatte Gefühle in ihm geweckt, von denen er nicht gedacht hatte, dass er sie jemals für einen Mann empfinden würde.

46

Sitas abendliche Joggingrunde war ausgedehnter gewesen als üblicherweise, anstrengender auch, die Wut hatte sie weit den Hügel hinauf durch den Wald getrieben. Atemlos war sie über die gekiesten Wege gerannt, so schnell, dass ihre Füße kaum den Boden berührt hatten. Bäume und Büsche flogen an ihr vorbei, der im Dämmerlicht versinkenden Umgebung schenkte sie keinerlei Beachtung. Ihr Blick war nach innen gekehrt, während sie versuchte, Ordnung in ihre Gedanken zu bringen.

Nachdem sie eine Ewigkeit unter der Dusche gestanden hatte, fühlte sie sich angenehm erschöpft und geborgen in ihren Trainingshosen und dem weiten T-Shirt. Fast wie damals, als ihre Mutter sie frisch gebadet in ein Pyjama gesteckt und sie auf dem Sofa Trickfilme hatte sehen lassen.

Sie wärmte eine Tiefkühllasagne auf, schenkte sich ein Glas Rotwein ein. Nachdem sie ihr schnelles Abendessen beendet hatte, blieb sie vor dem leeren Teller sitzen und starrte auf den im sanften Licht der Hängelampe karminrot schimmernden Primitivo.

Nun würde sie nicht mehr darum herumkommen, ihrer Mutter und damit der gesamten Verwandtschaft mitzuteilen, dass ihre Ehe gescheitert war, dass sie sich von Rohan trennen würde. Sie konnte sich Meeras Gezeter und ihre dramatischen Weinkrämpfe vorstellen, die Familie würde sie endgültig als Versagerin abstempeln. Mit dieser Nachricht lieferte sie den Beweis, dass sie eben doch nicht wirklich zum Clan gehörte, dass die westliche Mentalität sie verdorben hatte. Doch damit würde sie klarkommen, sie hatte hier Freundinnen und Freunde, ihre selbstgewählte Familie, die Verachtung und Missbilligung der Blutsverwandtschaft würde sie stoisch ertragen müssen, falls sie je wieder nach Indien reisen sollte. Was sie in nächster Zeit tunlichst vermeiden würde. An ihrer Entscheidung jedoch gab es nichts zu rütteln. Ihre Ehe mit Rohan war am Ende.

Das Rasseln des Schlüsselbunds vor der Tür ließ sie zusammenfahren, sofort versteifte sich ihr Rückgrat, ihr wurde flau im Magen.

»Hey«, rief Rohan, als er eintrat.

Sie ersparte sich eine Antwort und wartete, bis er die Schuhe abgestreift und seine Jacke aufgehängt hatte. Als er um die Ecke bog und etwas linkisch in der offenen Wohnküche stehenblieb, sagte sie: »Ich habe dich heute gesehen.«

Rohans Gesichtszüge froren ein, ausdruckslos sah er sie an.

»Mit diesem Kellner. Ihr habt euch ein Hotelzimmer genommen.«

Sita wartete einen Augenblick, bevor sie nachschob: »Möchtest du mir etwas dazu sagen?«

Rohan starrte sie weiterhin an, sagte aber kein Wort.

»Wir müssen darüber reden. Geahnt habe ich es schon eine ganze Weile und es lang genug ignoriert.

Jetzt habe ich die Nase gestrichen voll.«

Rohan reagierte nicht. Wie eine Statue, fuhr es Sita durch den Kopf. Schön, aber eiskalt. Sein Verhalten machte sie zunehmend wütend.

»Rohan!« Ihre Stimme wurde lauter. »Du kannst nicht einfach dastehen und kein Wort sagen. Rede mit mir!«

Seine Lider zuckten, als sie ihn anfuhr, und irgendetwas veränderte sich in seiner Körperhaltung, doch noch immer kam kein Laut über seine Lippen.

»Ich bin deine Frau, du hast mich geheiratet, obschon du wusstest, dass du auf Männer stehst. Ich habe ein Anrecht darauf, dass du dich erklärst.«

Er glotzte sie an, völlig reglos.

»Du hast mich angelogen und benutzt, um aus den Fängen deiner Familie zu entkommen, um hier deine Neigung auszuleben. Hinter meinem Rücken!«

Er glotzte immer noch. Das machte sie rasend. Sie musste sich mit aller Macht beherrschen, sich nicht auf ihn zu stürzten, ihn an den Schultern zu packen und zu schütteln, ihn zu ohrfeigen, nur damit er endlich eine Reaktion zeigte.

»Ich werde mich von dir trennen, Rohan!«, schrie sie, ihre Stimme überschlug sich, sie stützte die Hände auf der Tischplatte ab.

Wieder zuckten seine Lider, kurz sah es aus, als wollte er etwas sagen, doch er presste bloß die Lippen fest zusammen.

»Du bist einfach unmöglich, Rohan! Wenn man verheiratet ist, muss man irgendwann über gewisse Dinge reden, das geht einfach nicht anders! Monatelang schweigen und hoffen, dass die Probleme auf wundersame Weise von allein verschwinden, funktioniert nicht. Aussitzen ist hier keine Option. Man muss diskutieren, Lösungen finden, Schwierigkeiten angehen. Was du machst, ist feige, du verweigerst dich einer Auseinandersetzung! Versuchst, dich stumm aus dem Schlamassel zu winden, das du angerichtet hast.«

Rohans Kehlkopf hüpfte hektisch auf und ab, was Sita in den Wahnsinn trieb. Sie sprang auf, im nächsten Moment hatte sie den leeren Teller in der Hand. Nur um Millimeter flog er an Rohans Kopf vorbei und zerschellte an der Wand. Rohan war kaum zusammengezuckt, sie jedoch starrte erschüttert auf die Scherben. Wie ihre Mutter. So wie sie nie hatte werden wollen.

Wütend funkelte sie Rohan an. »Es ist aus!«

Mit einem schnappenden Keuchen wandte er sich ab, es klang, als hätte er die ganze Zeit über den Atem angehalten. Einen Augenblick lang wirkte er orientierungslos, als wüsste er nicht, welche Richtung er einschlagen sollte, er schwankte, bevor er blindlings in den Flur stürzte, der von der Wohnküche zum Schlafzimmer führte. Fassungslos sah Sita ihm hinterher und lauschte seinen Schritten. Plötzlich vernahm sie ein schabendes Geräusch, gleich darauf herrschte Stille. Besorgt trat sie hinter dem Tisch hervor, durchquerte den Raum und bog in den Gang ein. Zusammengekrümmt wie ein Embryo lag Rohan am Boden, sein Körper zitterte, das Gesicht in den Händen verborgen, weinte er geräuschlos.

Sita kniete sich neben ihn auf den Boden, ihre Hand schwebte kurz über seinem Rücken, ehe sie ihn berührte, ihm über die Schulter strich, behutsam und immer wieder. Zu mehr fühlte sie sich nicht in der Lage, sie war zu aufgewühlt. Die Nähe, die sie in den vergangenen Monaten in mühsamer Kleinarbeit aufgebaut hatten, sie hatte sich verflüchtigt, stellte sie ernüchtert fest, Rohan war ihr wieder fremd geworden, fremder sogar als an jenem ersten Abend in Delhi.

»Es tut mir leid«, stieß er hervor, und Sita realisierte, wie gleichgültig ihr seine Entschuldigung war.

Stöhnend richtete er sich auf, lehnte sich an die Wand. Sein Gesicht war verquollen, er sah elend aus.

»Ich mache es wieder gut«, stammelte er, doch Sita schüttelte bestimmt den Kopf.

»Es ist vorbei, Rohan.«

»Ich kann es ändern.«

»Nein, kannst du nicht. Das geht nicht einfach so weg.«

»Eine Frage der Disziplin.« Flehend sah er sie an.

Sita erhob sich. »Du kannst deine Sexualität nicht einfach umplanen wie Termine in einem Kalender. Das geht nicht.«

»Ich werde es dir beweisen.«

Sita trat einen Schritt zurück. »Dass du Angst hast,

deiner Familie zu beichten, dass wir gescheitert sind, verstehe ich. Die habe ich auch. Aber da müssen wir durch, es bleibt uns nichts anderes übrig.«

»Gib mir eine Chance! Wir können immer noch glücklich werden. Ich werde alles dafür tun, alles, was du von mir verlangst.«

»Glücklich werden?« Sita lachte leise. »Nein, Rohan, können wir nicht, werden wir nicht. Jedenfalls nicht zusammen. Mit deinen Eskapaden bin ich fertig geworden, ich habe gelernt, damit zu leben. Mir ist etwas anderes klargeworden: Ich liebe dich nicht. Und ich werde es nie tun.«

47

Rohan hatte ein anderes Hotel gewählt für diesen Abend, luxuriöser als das übliche und etwas oberhalb des Stadtzentrums gelegen mit Aussicht auf den See, die Hügelzüge am anderen Ufer und die Bergspitzen in der Ferne. Jetzt, da sein wohlgehütetes Geheimnis aufgeflogen war, sah er nur noch einen Weg, um seine Ehe zu retten: Er durfte Adis nicht mehr sehen, auch die früheren nächtlichen Ausflüge waren ab sofort tabu. Mit eisernem Willen und Disziplin würde er es hinkriegen, schließlich hatte er bisher auf diese Weise in seinem Leben stets alles erreicht, was er sich vorgenommen hatte. Dass er einen Schlussstrich unter seine Affäre mit Adis ziehen musste, kam ihm auch aus anderen Gründen gelegen. Der Junge war ihm in den letzten Wochen viel zu nahe gekommen; mit der ihm eigenen Entschlossenheit hatte Adis alle Grenzlinien überschritten. Rohan durfte Adis nicht mehr sehen, weil dieser in ihm etwas auslöste, das ihm Angst machte, etwas, das er befürchtete, nicht mehr unter Kontrolle haben zu können. Adis aus seinem Leben zu verbannen, war die einzige vernünftige Lösung.

Doch Rohan wollte Adis noch einmal in seinen Armen halten, noch einmal seinen Körper erforschen, seine weichen Lippen spüren, diese wilde verspielte Leidenschaft ausleben. Schmerzhaft zog sich sein Herz zusammen, kurz rang Rohan nach Atem, ehe er die aufkommende Trauer energisch von sich schob. Rührseligkeiten durfte er sich nicht erlauben.

Wie immer hängte er das »Bitte nicht stören«-Schild außen an den Türknauf, zog die Vorhänge bis auf einen schmalen Spalt zu, zog sich aus und setzte sich auf das Bett. Er war zu früh da. Die Nervosität hatte ihn irgendwann aus dem Büro getrieben, Stillsitzen war ihm nicht mehr möglich gewesen. Das Wissen, dass dies sein letztes Treffen mit Adis sein würde, hatte ihm bereits den ganzen Tag Magenkrämpfe verursacht. Rohan spürte einen Kloß im Hals. Mit einem Stöhnen ließ er sich nach hinten auf die Matratze fallen und starrte an die Decke.

Rohan schreckte aus leichtem Schlummer auf, als Adis pünktlich zur verabredeten Zeit anklopfte. Rasch erhob sich Rohan und öffnete. Sofort drängte sich Adis an ihn; während er die Tür hinter sich zudrückte und die Sneaker abstreifte, umfasste er mit der freien Hand Rohans Hintern und küsste ihn auf den Mund. Rohan war unfähig, die Zärtlichkeiten zu erwidern, steif blieb er stehen, bis Adis innehielt, einen Schritt zurücktrat und ihn kritisch musterte.

»Was ist?«, fragte er.

»Nichts.«

»Mir kannst du nichts vormachen. Da ist etwas. Du bist anders als sonst. Und dann das Hotel. Wieso treffen wir uns in diesem teuren Kasten?«

Rohan wandte sich ab und setzte sich auf die Bettkante. »Komm.«

Er streckte die Hand aus, doch Adis rührte sich nicht.

»Sita hat's herausgefunden.« Adis stützte die Fäuste in die Seite. »Und nun gibst du mir den Laufpass.«

Rohan atmete tief aus. So hatte er sich den Ablauf des Abends nicht vorgestellt, doch Adis war ihm zuvorgekommen. »Es ist die einzige Möglichkeit.«

»Damit du deine Lügen weiterhin aufrechterhalten kannst.«

»Ich will nicht, dass meine Ehe zerbricht, versteh' mich doch!«

»Wenn Sita es weiß, ist die eh im Arsch.«

»Ich kann unsere Beziehung retten.«

»Denkst vielleicht du, aber so läuft das nicht. Dauernd machst du den Menschen um dich herum etwas vor. Aber wir durchschauen dich, Rohan, selbst wenn du das für unmöglich hältst. Oder glaubst du tatsächlich, dass sie einfach darüber hinwegsieht, dass du mit Männern vögelst?«

»Ich kriege es hin, ich weiß das. Ich habe die Disziplin dazu.«

Höhnisch lachte Adis auf. »Disziplin!«

»Und ich vögle nicht ›mit Männern‹. Nur mit dir.«

Adis verstummte, er wirkte wütend und gleichzeitig verzweifelt. »Ich verstehe nicht, wieso du nicht endlich ehrlich bist zu dir selbst. Du magst Männer, willst aber unbedingt mit einer Frau zusammen sein. Wegen der

Familie? Der Gesellschaft? Damit du gegen außen einen perfekten Eindruck machst? Wem genau willst du etwas beweisen?«

Rohan gab keine Antwort.

»Wir leben nicht mehr im Mittelalter, Rohan, und auch nicht in einem Staat, in dem man für seine sexuelle Ausrichtung hingerichtet wird. Hier ist es total okay, wenn du eine Beziehung mit einem Mann hast. Du brauchst dich nicht zu verstecken, Heimlichtuerei ist komplett überflüssig. Alles, was du brauchst, ist ein bisschen Rückgrat. Danach kümmert das keinen mehr, nicht in diesem Land und schon gar nicht in dieser Stadt. Und deine Familie wird auch damit klarkommen. Sie werden erst überrascht sein, schockiert vermutlich, aber irgendwann werden sie es akzeptieren. Denn wenn sie dich wirklich lieben, wollen sie, dass du glücklich bist.«

Langsam schüttelte Rohan den Kopf. »Ich kann das nicht, Adis.«

»Du hast gesagt, dass du mich magst.«

Rohan spürte, wie der Kloß in seinem Hals anschwoll. »Das war nicht gelogen«, flüsterte er.

»Dann zeig es mir!«

»Wie?«

»Lass mich nicht sitzen, nur weil dir die Eier fehlen, die einzig logische Konsequenz zu ziehen. Denn exakt das ist es, was einen richtigen Mann ausmacht. Für sich und seine Ansichten einstehen. Das braucht wesentlich mehr Mut als immer genau das zu tun, was die gesellschaftliche Norm verlangt. Zeig mir, dass ich dir wirklich wichtig bin.«

»Ich habe es versucht, Adis«, beteuerte Rohan.

»Davon merke ich gerade nichts.«

»Ich …«

»Was?«

»Ich liebe dich.« Der Satz war ihm einfach so herausgerutscht, Rohan erschrak über seine eigenen Worte. So deutlich hatte er Adis nicht wissen lassen wollen, wie viel er ihm bedeutete.

»Dann sei kein Feigling, Rohan.« Adis drehte sich auf der Ferse um, öffnete die Badezimmertür und rief über die Schulter: »Tu für einmal in deinem Leben, was *du* willst. Nicht das, was andere von dir verlangen.«

Benommen blieb Rohan sitzen, durch die angelehnte Tür hörte er, wie Adis die Klobrille hochklappte, hörte das Plätschern, als er urinierte, den Reißverschluss seiner Hose, den er danach hochzog. Der Wasserhahn gab ein Gluckern von sich, als Adis ihn aufdrehte.

»Die Dichtung ist hin!«, beschwerte er sich. »Gleich steht das ganze Bad unter Wasser.«

»Ich lass' es die Rezeption beim Auschecken wissen«, antwortete Rohan mechanisch.

Im nächsten Moment stieß Adis einen verblüfften Laut aus, gefolgt von einem dumpfen Aufprall. Blitzartig richtete sich Rohan auf.

»Adis?«

Als keine Antwort kam, sprang er auf und rannte ins Badezimmer. Adis lag auf dem Boden, reglos. Er musste auf dem spiegelglatten und nun nassen Boden ausgerutscht sein, folgerte Rohan. Dabei war er vermutlich mit dem Kopf an der marmornen Badkombination aufgeschlagen. Schleunigst beugte sich Rohan über ihn. Adis atmete, stellte Rohan erleichtert fest, doch als er ihn sanft schüttelte, rührte er sich nicht.

48

»Der nächste Mittwoch passt«, bestätigt Sita mit einem Blick in ihren Terminkalender. »Neun Uhr ist perfekt.«

Sie beendet den Anruf und bleibt am Fenster stehen. Eine Weile sieht sie dem Gärtner zu, einem älteren bärtigen Mann in grüner Hose und weißem T-Shirt, der mit gleichgültigem Gesichtsausdruck den Rasen mäht. In der einen Hand hält er eine Zigarette, an der er hin und wieder zieht, mit der anderen steuert er das Gerät in gemächlichem Tempo über die Grünanlage. Ist der Behälter für das geschnittene Gras voll, kippt er den Inhalt in den bereitstehenden Eimer, setzt den Container wieder an und macht weiter. Er arbeitet konzentriert, mit stoischer Miene, ohne sich um seine Umgebung zu kümmern. Weder die jungen Frauen, die an ihm vorbeispazieren, lenken ihn ab, noch der Hund, ein Rehpinscher, der sich auf der frisch gemähten Fläche wälzt. Als würde er sich in selbst ruhen, denkt Sita. Von dieser Gelassenheit ist sie gerade weit entfernt.

Seit sie mit ihrem Scheidungsanwalt telefoniert hat, fühlt sie sich erleichtert. Jetzt gibt es kein Zurück mehr, sie hat den überfälligen Schritt in die richtige Richtung gemacht. Die Trennung von Rohan ist nicht mehr bloß eine vage Idee, die sie mit einem unguten Gefühl viel zu lange vor sich hergeschoben hat. Seit dem Abend, als sie ihn anschrie und er zusammenbrach, ist daraus ein konkretes Ziel geworden.

Zu ihrem Erstaunen verspürt sie keinen Groll. Rohan wacht seit Tagen am Bett dieses jungen Mannes, der seit dem Unfall im Koma liegt, und seine Fürsorge berührt sie, selbst wenn sie nicht ihr gilt. Sie ist überzeugt, dass er bei diesem letzten Treffen mit seinem Liebhaber einen Schlussstrich unter die Affäre ziehen wollte, um ihr zu beweisen, wie wichtig ihm ihre Ehe ist. Der verzweifelte Versuch, zu retten, was längst in Scherben lag. Sita ist klar, dass es nicht ihre Beziehung allein war, die ihn zu diesem Schritt bewogen hatte. Vielmehr war es die Furcht vor den Konsequenzen, die ihre Scheidung nach sich ziehen würde, die Reaktion der Verwandtschaft, die Bemerkungen am Arbeitsplatz.

So ist Rohan. Seiner Ansicht nach ist alles im Leben planbar und durch Willenskraft zu erreichen. Sita beobachtet, wie der Gärtner die liegengebliebenen Grashalme mit dem Rechen zusammenschiebt, bis die Grünfläche so proper aussieht wie in einer amerikanischen Vorstadt.

Der Unfall hat Rohan brutal aus seinem naiven Denkmuster gerissen, nun ist er gezwungen, denkt Sita, sich mit der Realität auseinanderzusetzen. Und zu ihrer Verblüffung tut er jetzt genau das, und zwar ohne wie sonst zu zaudern oder fadenscheinige Argumente vorzuschieben. Rohan lässt alle Konventionen hinter sich und ignoriert die Ansicht anderer Leute, hat sogar kurzfristig sein Arbeitspensum reduziert, um so oft wie möglich bei Adis sein zu können. Dass Sita und er sich trennen würden, war nach diesem Zwischenfall für beide klar.

Seither empfindet Sita Respekt für Rohan. Dass er nicht ehrlich zu ihr war und sich bei jeder Auseinandersetzung in Schweigen flüchtete, hatte sie mit Verachtung erfüllt. Doch in der Zwischenzeit hat er sich entschieden, ohne Wenn und Aber, und das beeindruckt sie.

Mit einem mulmigen Gefühl blickt sie auf das Mobiltelefon, das sie immer noch in der Hand hält. Eine Sache gibt es noch zu erledigen, bevor sie ganz reinen Tisch machen kann. Bevor sie ihr Leben weiterführen darf. Und zwar nach ihren eigenen Vorstellungen. Sie lässt den Finger eine Weile über dem Display kreisen, bevor sie auf Meeras Namen drückt.

»Sita …«

Meera schnieft und putzt sich lautstark die Nase, nachdem sie zuvor gefühlte zehn Minuten lang geweint hat.

Den dramatischen Heulkrampf vorausahnend, hat Sita das Telefon auf Lautsprecher geschaltet und auf den Tisch gelegt, um nebenbei die Spülmaschine auszuräumen und eine Einkaufsliste zusammenzustellen.

»Nach so kurzer Zeit?«, versichert sie sich mit brüchiger Stimme. »Bist du dir sicher?«

»Ja«, antwortet Sita und setzt sich an den Esstisch. »Absolut sicher.«

»Ihr solltet euch das nochmals gut überlegen.«

»Da gibt's nichts zu überlegen, wir sind uns einig.«

»Was ist denn passiert?« Meera schnäuzt sich erneut.

»Nichts.« Sita ist zum Entschluss gekommen, die Gründe für ihre Trennung für sich zu behalten. Unter keinen Umständen wird sie Rohans Geheimnis verraten und ihm damit in den Rücken fallen. Wie er damit umgeht, ist seine Sache. »Wir lieben uns nicht.«

»Aber nach so kurzer Zeit ... Das kommt noch.«

»Nein.«

»Gebt euch eine Chance.«

»Ich habe dich nicht angerufen, weil ich deinen Rat brauche, Ma. Ich wollte dich nur informieren.«

»Seit wann bist du so knallhart?«

»Seit ich die Kontrolle über mein Leben übernommen habe.«

»Und jetzt?«

»Jetzt müssen wir ein paar Dinge organisieren. Wohnung, Scheidungstermin, solche Sachen halt. Und dann führen wir unsere Leben weiter, jeder für sich.«

Meera stößt einen Klagelaut aus. »Du wirfst dein Glück weg, *Beti!*«

Sita verzieht den Mund zu einem Lächeln. »Du hast doch selbst gesagt, dass Glück überschätzt sei.«

Am anderen Ende der Leitung wird es still.

»Ich bin überzeugt, mein Glück liegt anderswo«, erklärt Sita.

»Was sage ich der Verwandtschaft?«, will Meera wissen, ihre Stimme vorwurfsvoll.

»Dir wird etwas einfallen.«

Meera nestelt herum, Blätter rascheln. »Als wir nach einem Ehemann für dich gesucht haben …«

»Nein, Ma, ganz sicher nicht.« Perplex starrt Sita das Telefon an.

»Da! Ich habe die Unterlagen gefunden. Hör zu: Sanjeev. Sechsunddreißig, Restaurantbesitzer, sieht umwerfend aus …«

»Hör auf der Stelle auf!«, schreit Sita und packt das Gerät.

»… wie ein Bollywoodstar!«

»Aufhören, sofort, sonst lege ich auf!«

»Ich will nur helfen.« Meera klingt beleidigt.

»Ich brauche deine Hilfe nicht, Ma, ich bin kein kleines Mädchen mehr. Ich schaffe es auch allein.«

Meera schmatzt mit den Lippen. »Das werden wir sehen.«

»Ma, ich bin eine erwachsene Frau mit einem soliden Job. Ich kann für mich allein sorgen.«

Viel zu lange ist kein Laut zu hören, dann meldet sich Meera unvermittelt wieder: »Sita, alles, was ich immer wollte, ist, dass du glücklich bist. Dir sollte es nicht wie mir ergehen. Allein in einem fremden Land, fern von der Familie, ohne Mann. Ich wollte, dass du Teil von etwas Ganzem bist, von einer Verwandtschaft, die dich trägt, die sich kümmert, dich liebt und für dich da ist, wenn du sie brauchst.«

»Das schätze ich, genau das habe ich mir auch immer

gewünscht. Allerdings verstehe ich nicht, weshalb man dazu verheiratet sein muss. Als wäre ich als Frau nur mit einem Mann an meiner Seite etwas wert.«

Meera atmet tief aus. »Du weißt, wie sie mit mir umgesprungen sind. Weil ich keinen Mann hatte, keinen zumindest, der ihnen gepasst hat.«

»Und du hast mir auch erzählt, wie du darauf reagiert hast. Du hast dich keinen Deut darum geschert.«

Meera stößt die Luft aus. »Und es hat so gutgetan. Eine Zeitlang zumindest. Mein Ziel war immer, dass du es einmal besser hast als ich.«

»Mir geht es gut.«

»Das weiß ich in der Zwischenzeit.«

»Ich glaube, wir sind uns ähnlicher als wir wahrhaben möchten.«

»Auch das weiß ich, Sita. Wusste ich schon, als du noch ganz klein warst. Deswegen dachte ich, dass ich dich in eine andere Richtung lenken muss.«

»Hat nicht geklappt.«

Jetzt lacht Meera auf. »Offensichtlich nicht. Du kannst genauso hartnäckig sein wie ich, wenn du willst.«

»Ich muss los.«

»Sita.« Meera macht eine Pause.

»Ma?«

»Ich liebe dich, ich hoffe, das weißt du.«

Augenblicklich verschleiern Tränen Sitas Sicht. »Ich liebe dich auch.«

»Und wenn du deine Meinung änderst, Sanjeev wäre …«

»Mach's gut, Ma!« Energisch drückt Sita auf den rot leuchtenden Punkt auf dem Display und beendet die Verbindung.

49

Das Rauschen der Klimaanlage erfüllt den Raum, übertönt einzig vom gleichmäßigen Stampfen der Maschine. Verkrampft sitzt Rohan auf dem Stuhl, den er in eine Ecke des Zimmers geschoben hat, und starrt zu Adis hinüber, der im Krankenbett liegt. Seit drei Tagen tut sich nichts, keine Verbesserung in Sicht, die Ärzte zögern mit irgendwelchen Prognosen, wenn er einen von ihnen danach fragt. Es bestehe Anlass zu leiser Hoffnung, hat einer der Assistenzärzte am Vortag gesagt, aber das war zu wenig, um Rohan zu beruhigen. Sein Blick wandert zu den Monitoren, die neben dem Bett stehen.

Wenn er am Empfang nicht behauptet hätte, er wäre Adis Lebenspartner, hätten sie ihn kaum zu ihm vorgelassen. Die endlosen Stunden, die er wachend an Adis' Bett verbracht saß, hat Rohan zum Nachdenken genutzt. Die Trennung von Sita ist die einzig sinnvolle Lösung, ein weiteres Zusammenleben ist unter den gegebenen Umständen schlicht unmöglich. Aber es hat Adis gebraucht, damit er sich dessen bewusst wurde. In der Zwischenzeit weiß Rohan auch mit Klarheit, dass er mit diesem Mann zusammen sein, mit ihm sein Leben verbringen will; er kann kaum mehr verstehen, weshalb er eingewilligt hat, Sita zu heiraten. Es kommt ihm vor, als wäre Adis der Schlüssel, der ihm eine ganz neue Welt eröffnet hat, in der Dinge möglich sind, von denen er nicht einmal zu träumen wagte. Seine früheren Rechtfertigungen, seine Ausflüchte, die Ansicht, dass mit Disziplin und eisernem Willen alles zurechtgebogen werden kann, was in den Augen der Umwelt womöglich nicht konform ist, erscheinen ihm nun lächerlich, kindisch geradezu. Ihm ist bewusst geworden, dass er fast sein ganzes Leben vor sich selbst auf der Flucht gewesen ist. Erst Adis hat ihm gezeigt, dass es keine Katastrophe ist, sich selbst zu sein. Und nein, sein Vater hat nicht recht gehabt. Liebe ist keine Gewohnheit, das hat Rohan am eigenen Leib erfahren. Liebe muss etwas sein, das einen mitreißt, einem den Atem verschlägt, einen durchschüttelt, an die Wand schleudert, bis man zerbricht, nur um einen wieder neu zusammenzufügen. Liebe ist immer wieder anders, sie erfüllt einen mit Licht, mit Leben, mit Glück, denkt Rohan. Sonst ist es keine Liebe.

Sein Telefon klingelt, Rohan wirft einen Blick auf die Anzeige, steht auf und tritt in den Flur hinaus.

»Sitas Mutter hat uns angerufen«, eröffnet Rohans Mutter das Gespräch.

»Dann wisst ihr es schon.« Eine Feststellung, keine Frage. Vermutlich hat Sita nach dem Anruf ihr Handy immer noch in der Hand gehalten, als ihre Mutter bereits die Neuigkeiten verbreitet hat.

»Was ist schiefgelaufen?«

Rohan hadert noch mit der Antwort, da stellt seine Mutter schon die nächste Frage: »Die Männer?«

Rohan schweigt.

»Meinst du, ich hätte es nicht gewusst?«

»Wieso hast du nie etwas gesagt?«

»Was hätte ich sagen sollen? Du hättest mich für übergriffig gehalten. Söhne schätzen es in der Regel nicht, wenn Mütter sie nach ihrer sexuellen Ausrichtung fragen. Ich habe gedacht, du würdest irgendwann von dir aus zu mir kommen.«

Die Mütter wissen es immer, fährt es Rohan durch den Kopf, wie Adis es vorausgesagt hatte. Wie viel leichter sein Leben gewesen wäre, hätte er mit ihr darüber reden können.

»Ich habe stets darauf gewartet«, fuhr sie fort, »aber du hast keine Anstalten gemacht, dich mir anzuvertrauen. Nicht einmal, als dein Vater von Hochzeit zu reden begann. Ich dachte, ich hätte mich womöglich geirrt. Nicht einmal in dem Moment, als Sita ins Spiel kam und alles konkrete Formen annahm, hast du etwas gesagt. Oder dich wenigstens gewehrt.«

»Ich dachte, ihr erwartet das von mir. Ich müsste das tun, um zur Familie zu gehören.«

Rohans Mutter lässt ein bedauerndes Geräusch hören. »Aber nein, so war das nicht. Du wolltest dir immer beweisen, dass du der Beste bist, in der Schule, im Fitnessraum, immer und bei allem. Wir haben dich machen lassen, weil wir das Gefühl hatten, du seist auf einem guten Weg. Zwar habe ich die ganze Zeit geahnt, woher der Antrieb dazu kam, aber ich …« Sie seufzt. »In unserer Familie redet man nicht über Probleme. Das war schon immer so. Jeder kümmert sich selbst um seine Schwierigkeiten, was manchmal ganz gut klappt, manchmal aber auch zu unglücklichen Resultaten führt.«

»Weiß Vater davon?«

»Wissen ist ein großes Wort. Er vermutet es zwar, da bin ich mir sicher, doch er ist ein Meister darin, Konflikten auszuweichen.«

»Immerhin weiß ich jetzt, woher ich das habe.«

»Der Apfel fällt nicht weit vom Stamm.«

»Und jetzt?«

»Du hast deinen Job. Was soll schon passieren?«

»Ich meine, wie gehen wir damit um?«

Rohan kann ein leises Summen vernehmen, das sie jeweils von sich gibt, wenn sie weitreichende Entscheidungen zu fällen hat. »Ich rede mit deinem Vater. Er wird es verstehen. Womöglich braucht er etwas Zeit, bis er die Neuigkeit verdaut hat, aber mach dir um ihn keine Sorgen.«

»Und was sagen wir der Verwandtschaft?«

Rohans Mutter zögert: »Das ist etwas heikler. Wie wäre es mit: Sita und du hättet Differenzen gehabt, unüberwindbare, deswegen würdet ihr euch trennen.«

»Passt.«

»Einfach wird das nicht«, gibt sie zu bedenken. »Sie werden sich kaum mit oberflächlichen Informationen abspeisen lassen und uns mit Fragen löchern. Manche sind wie Bluthunde, das weißt du. Wenn die einen Skandal riechen, bleiben sie dran, bis sie herausgefunden haben, was der wahre Grund für eure Scheidung ist.«

»Ist das wirklich so wichtig für sie?«

Rohans Mutter lässt sich Zeit mit der Antwort. »Es gibt Gerüchte, Rohan. Man hat dich an seltsamen Orten gesehen. Nachts.«

Rohan verstummt.

»Ich habe dich immer verteidigt und das alles als Unsinn abgetan. Aber das Gerede hält sich hartnäckig.«

»Was soll ich tun?«, fragt Rohan verunsichert.

»Ich weiß es nicht. Falls du es wichtig findest, sagst du es ihnen später selbst. Das überlasse ich dir.«

»Ich soll mich outen?«, stößt Rohan entsetzt hervor.

»Der Klatsch wird kaum nachlassen, Rohan. Jetzt, da ihr euch schon wieder trennt, sowieso nicht.« Sie holt tief Luft. »Wenn sich nie jemand hinstellt und klipp und klar sagt, was Sache ist, wird sich auch in Zukunft nichts ändern.« Die Stimme seiner Mutter plötzlich scharf. »Sie werden entsetzt sein, klar, es wird ein Riesendrama geben, das liegt in der Familie. Aber mit etwas Glück hast du danach Ruhe. Sonst wird das nie aufhören mit den halblauten Bemerkungen, den scheelen Blicken, dem hämischen Grinsen hinter deinem Rücken.«

»Ich weiß nicht.« Rohan ist erschüttert vom Vorschlag seiner Mutter. So etwas hat er ganz und gar nicht erwartet.

»Die Entscheidung liegt bei dir«, sagt sie.

»Sieht ganz so aus.«

Sie schweigen eine Weile.

»Wie heißt er?«, will seine Mutter wissen.

Rohans Blick wandert zu Adis, der hinter der Scheibe in seinem Bett liegt. Die Decke hebt und senkt sich in regelmäßigen Intervallen.

»Adis.«

»Adis«, wiederholt Rohans Mutter langsam. »Schön. Grüß ihn von mir. Ich würde ihn gerne kennenlernen.«

»Er ist gerade nicht …«

»Eines Tages, Rohan. Lass dir Zeit.«

Rohan kehrt in das Zimmer zurück, das Mobiltelefon schiebt er in seine Hosentasche. Noch nie in seinem Leben hat er sich so befreit gefühlt, ihm ist, als würde er schweben, so leicht ist ihm ums Herz. Er zieht den Stuhl dicht an das Bett heran und ergreift Adis' Hand.

»Ich habe mit meiner Mutter gesprochen«, flüstert er ihm zu. »Du hast recht gehabt: Sie hat es immer vermutet. All die Jahre habe ich sie unterschätzt. Sie kennt mich wesentlich besser, als ich je gedacht habe. Wie viel einfacher wäre alles gewesen, wenn ich das geahnt hätte. Wenn ich gewusst hätte, dass da jemand ist, mit dem ich über alles sprechen kann.« Sekundenlang fixiert er den reglos daliegenden Jungen, dann drückt er seine Wange an Adis' Handfläche. »Wach auf, Adis, ich bitte dich.«

Einen Moment lang verharrt er so, dann schiebt er den Stuhl zurück und nimmt wieder in der Ecke Platz.

Kaum hat er sich hingesetzt, registriert er aus dem Augenwinkel eine Frau, die beinahe geräuschlos das Zimmer betreten hat. Mit einem knappen Nicken begrüßt er sie, gleichzeitig versucht er, sich kleinzumachen, unsichtbar zu werden. Eine automatische Reaktion, eine Folge des jahrelangen Versteckspiels.

Verstohlen beobachtet er die Frau. Fünfundvierzig, schätzt er, sie trägt einen sandfarbenen Mantel und Stiefel aus Kunstleder, eine ausgebeulte Handtasche am Arm. Sie durchquert den Raum und bleibt am Bett stehen. Lange sieht sie Adis an, dann streckt sie die Hand aus und streicht ihm übers Gesicht, lässt sie einen Moment auf seiner Wange ruhen, berührt sanft seinen Arm. Als sie sich abwendet, sind ihre Augen feucht.

Ihr Blick bleibt an Rohan hängen, sie scheint ihn erst jetzt richtig wahrzunehmen. Unvermittelt erhellt sich ihre Miene, was Rohan veranlasst, den Kopf zu senken. Sie zieht sich einen Stuhl heran und setzt sich am anderen Ende des Zimmers hin.

»Sie müssen Rohan sein«, bricht die Frau nach ein paar Minuten die Stille.

Überrascht fährt Rohan hoch. »Woher wissen Sie das?«

»Adis erzählt oft von Ihnen«, meint sie mit einem Lächeln. »Ich bin seine Mutter.«

Rohan verschlägt es die Sprache.

»Er mag Sie sehr«, setzt sie nach einer Pause hinzu. »Ich kenne meinen Sohn gut genug, um zu spüren, wenn er jemanden kennengelernt hat, der ihm wichtig ist.«

»Ich ...«, beginnt Rohan und bricht dann ab.

»Sie bedeuten ihm viel. Sehr viel.«

Rohan schluckt leer, rasch verbirgt er sein Gesicht in den Händen. Der Stuhl wird zurückgeschoben, sie nähert sich zögernd und bleibt schließlich nah bei ihm stehen. Selbst durch die Jacke kann er die Wärme spüren, die sie ausstrahlt.

»Sie sollten unbedingt zum Essen kommen«, sagt Adis' Mutter und berührt sanft seine Schulter. »Alle sind ist sehr neugierig auf Sie.«

Rohan schaut auf. »Was? Ich kann unmöglich ...«

»Doch, doch, natürlich können Sie. Adis hat sich das immer gewünscht. Er sprach oft davon, wie er sie der Familie vorstellen will. Er wäre überglücklich, wenn er wüsste, dass Sie zusagen.« Sie hält inne und schaut zu ihrem Sohn hinüber. »Wobei ich mir sicher bin, dass er gerade zuhört. Er ist ein Schlitzohr, aber das haben Sie ja vermutlich längst herausgefunden. Machen Sie ihm die Freude, seien Sie unser Gast.« Sie lächelt Rohan zu. »Ich koche Tavë Kosi, einen Lammauflauf mit Joghurt. Adis' Leibgericht. Morgen Abend, ja?«

50

Sorgfältig wickelt Sita eine doppellagige Schicht Haushaltpapier um den letzten Teller und verstaut ihn in der bereitstehenden Kartonkiste. Der Geschirrschrank sollte nun leer sein; sie überzeugt sich davon, indem sie sich auf die Zehenspitzen stellt und mit der Hand über das oberste Tablar fährt. Etwas Staub bleibt an ihren Fingern kleben, sie spült sie unter dem Wasserhahn ab. Danach öffnet sie die angrenzende Schranktür, die Gläser sind als nächstes dran. Sie legt eine kurze Pause ein, lehnt sich an die Küchenkombination, trinkt einen Schluck aus ihrem halbvollen Weinglas. Die Beleuchtung wirkt heller als zuvor, die Wohnung kahler. Rohan hat bei seinem Auszug einige Möbelstücke mitgenommen und in der leerstehenden Garage eines Kollegen untergebracht. Skalde, jemand, der mit ihm zusammenarbeitet, hat Rohan vorübergehend ein Zimmer in seiner Wohnung vermietet, bis er eine eigene Bleibe gefunden hat.

Derweil hat sich Sita ein kleines Apartment im Personalhaus der Klinik genommen, die Sachen, die ihr gehören, wird sie in einem Lagerraum verstauen. Für ihre zukünftigen Pläne sind sie nur Ballast, aber sie weiß, dass sie irgendwann, wenn sie zurück ist, froh um die bereits vorhandene Wohnungseinrichtung sein wird.

Das Klirren eines Schlüsselbunds lässt sie zusammenfahren, gleich darauf wird die Tür zum Apartment geöffnet.

»Sita?« Rohan klingt neuerdings anders, findet sie, selbstsicherer, forscher.

»In der Küche.«

»Ich habe noch ein paar Sachen im Schlafzimmer vergessen …«, erklärt er, als er den Raum betritt.

»Ich habe sie aufs Bett gelegt.«

Er nickt, bleibt stehen. Schweigend sehen sie sich an.

»Ein Glas Wein?«, fragt sie nach längerem Zögern.

»Barbera?«

»Primitivo. Anusha und Navin haben abgesagt.«

»Unglaublich oberflächliche Leute, wir sollten sie nicht mehr einladen.«

Sie grinsen sich an, der Scherz löst die gespannte Atmosphäre.

»Was hast du vor?«, fragt Rohan, nachdem sie die Kisten auf dem Tisch zur Seite geschoben und sich eine freie Fläche geschaffen haben.

»Ich habe gekündigt«, sagt Sita und setzt sich hin; Rohan lehnt sich an die Tischkante.

»Echt? Weshalb?«

»Ich will mir klar werden, was ich will. Was mich wirklich interessiert.«

»Deshalb gönnst du dir eine Auszeit?«

Sita schwenkt das Glas und sieht dem rot funkelnden Wein zu, wie er über die Wände schlingert. »Ich fliege nach Indien.«

Rohan reißt die Augen auf. »In die Höhle des Löwen!«

Sofort schüttelt Sita den Kopf. »Keiner weiß davon. Außer du jetzt. Ich will herumreisen, auf eigene Faust, ganz allein. Ohne meine Mutter, ohne dauernd die Verwandtschaft im Nacken zu haben, die mir keine freie Sekunde gönnt. Ich will dieses Land erfahren, ungefiltert, ihm nahekommen. Am Ende ist es doch ein Teil von mir, und ich will herausfinden, wie groß und wie wichtig dieser Teil ist.«

Ein flüchtiges Lächeln gleitet über Rohans Gesicht.

»Lach nicht, das ist keine pathetische Wurzelsuche, ich will einfach wissen, wie es sich anfühlt. Mir vorstellen, wie es wäre, wenn ich dort geboren wäre, mein Leben in Indien verbracht hätte. Wer ich dann geworden wäre.«

»Am Ende musst du doch zu deiner Familie.«

Amüsiert schürzt Sita die Lippen. »Meine Mutter würde mich eigenhändig erwürgen, wenn sie herausfände, dass ich in Indien gewesen bin, ohne sie zu besuchen.«

»Meera sucht bestimmt schon weiter.«

»Darauf kannst du wetten. Sie hat mir letzthin eine ganze Auswahl möglicher Kandidaten geschickt.«

»Und? Was Brauchbares dabei?«

Sita winkt ab. »Kein Interesse. Der letzte hat mir gereicht.«

»Ein Reinfall.«

Sita zuckt mit den Schultern.

»Es tut mir leid«, sagt Rohan nach einer Pause. »Ich hatte nie vor, dich zu enttäuschen.«

»Ich weiß. Aber unter diesen Voraussetzungen war unsere Ehe von vornherein zum Scheitern verurteilt.«

»Ich habe echt gedacht, ich kriege das hin.«

»Eine unglaublich bescheuerte Vorstellung.«

Rohan lacht auf. »Das habe ich mittlerweile eingesehen.«

»Wie geht es Adis?«, erkundigt sich Sita.

»Er erholt sich, Schritt für Schritt.«

»Gut.«

Rohan greift zur Flasche, die auf dem Tisch steht, und schenkt Sita nach.

»Warum hast du mich geheiratet?«, erkundigt er sich, nachdem er die Flasche wieder hingestellt hat.

»Du weißt, wieso.«

»Nein, ich meine nicht das Offensichtliche. Nicht Tradition und Verwandtschaft und was auch immer. Was genau war es, dass dich hat einlenken lassen, was hat dich dazu bewogen? Du erinnerst dich sicher an den ersten Abend …?«

»Als wir darüber gesprochen haben, dass es Sachen gibt, über die wir nicht reden wollten.«

»Genau.«

Sita legt die Hände um ihr Glas, nach einer Weile hebt sie den Kopf und schaut Rohan lange an. Und dann erzählt sie ihm von Jerôme, von ihrer Affäre und dem Schwangerschaftsabbruch, von der Leere, die sie danach verspürt hat, von der Verzweiflung und der Gleichgültigkeit, und er nickt voller Verständnis. Und berichtet ihr plötzlich von seinen nächtlichen Ausflügen, von den Männern, deren Namen er nie gekannt hat, von der Scham und der Reue und dem schlechten Gewissen, während sie ihm aufmerksam zuhört.

»Und mit einem Mal können wir reden«, meint Sita.

»Der Druck ist weg. Wir sind uns nichts schuldig.«

»Wir hätten uns von Anfang an nicht darum scheren sollen.«

»Dann hätten wir kaum geheiratet«, gibt Rohan zu bedenken.

»Stimmt.« Amüsiert nippt Sita am Wein. »Bleibst du bei der Firma?«

Ruckartig wendet sich Rohan Sita zu. »Warum fragst du?«

»Nur so.«

»Ich habe mich heute entschieden. Ich gebe den Job auf, ich halte es nicht mehr aus.«

»Und wirst Koch?«

Rohan deutet mit dem Weinglas auf Sita. »Langsam wirst du mir unheimlich.«

»Ich kenne dich gut, wir waren mal verheiratet. Schon vergessen?« Sita rückt den Stuhl zurück. »Gratulation, das war höchste Zeit.«

»Es dauert manchmal etwas, bis man sich von all den Erwartungen gelöst hat, die Eltern in einen setzen.«

»Sie meinen es gut, Rohan«, sagt Sita. »Alles geschieht immer nur in bester Absicht.«

»Aber manchmal ist das, was sie als gut ansehen, nicht das Richtige für ihre Kinder.«

»Jeder muss seinen Weg allein finden.«

Rohan nippt an seinem Wein. »Ich würde dich gerne einladen, dich bekochen.«

Sita legt ihre Hand auf Rohans Arm. »Erst reise ich nach Indien.«

»Ganz ungezwungen.«

»Ich brauche Zeit für mich, will Distanz zu meinem bisherigen Leben gewinnen.«

»Irgendwann.«

»Wir werden sehen.«